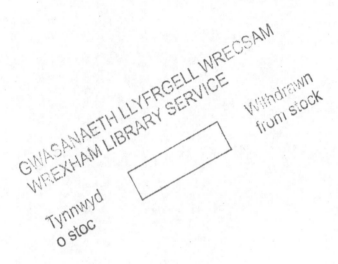

COFIWCH LANWDDYN

Eiddwen Jones

Gomer

Carwn ddiolch i swyddogion Gwasg Gomer am eu parodrwydd i gyhoeddi'r nofel hon. Rwy'n ddyledus ac yn ddiolchgar i Mair Rees am ei harweiniad wrth olygu'r gyfrol. Mae fy niolch pennaf i Dr Angharad Price, Prifysgol Bangor, am ei chefnogaeth ddoeth yn ystod y cyfnod y bûm yn ysgrifennu'r nofel. Carwn ddiolch hefyd i Elfed am ei amynedd a'i gefnogaeth ddiflino.

Cyhoeddwyd yn 2015 gan
Wasg Gomer, Llandysul, Ceredigion SA44 4JL
www.gomer.co.uk

ISBN 978 1 78562 000 3
ISBN 978 1 78562 001 0 (ePUB)
ISBN 978 1 78562 002 7 (Kindle)

Cyhoeddir gyda chymorth ariannol
Cyngor Llyfrau Cymru.

Argraffwyd a rhwymwyd yng Nghymru gan
Wasg Gomer, Llandysul, Ceredigion.

Er cof am Tecwyn,
fy mhriod annwyl am bron i 48 o flynyddoedd,
a'i deulu a fu'n byw yn yr hen Lanwddyn cyn y boddi.

Rhagair

Nofel hanesyddol yw hon sy'n sôn am foddi Dyffryn Efyrnwy ym Maldwyn ddiwedd y bedwaredd ganrif a'r bymtheg. Aberthwyd y dyffryn hwnnw er mwyn sicrhau cyflenwad ychwanegol o ddŵr glân i Lerpwl, dinas ddiwydiannol fawr a oedd yn wynebu chynnydd poblogaeth aruthrol ar y pryd. Bu'n rhaid ailgartrefu tua phedwar cant o bentrefwyr y fro a chafodd tai, capeli a thafarndai, yn ogystal â'r ysgol, sawl fferm a phlasty eu dymchwel. Tristwch ac anghyfiawnder mwyaf yr hanes yw nad oedd gan y pentrefwyr, fel taeogion di-rym, y gallu na'r dylanwad i fedru gwrthwynebu'r trychineb.

Er bod hanes Tryweryn wedi'i serio ar gof y genedl, mae Dyffryn Efyrnwy, ac ing y pentrefwyr, wedi'u hen anghofio erbyn heddiw. Hyd yn oed yng nghyfnod y boddi ei hun, anwybyddwyd trigolion yr 'Hen Lan' i bob pwrpas, gan bapurau newydd yr oes. Dyma gyfle, felly, i ddweud yr hanes ac i unioni'r cam.

Mae *Cofiwch Lanwddyn* yn dilyn hynt un teulu a fu yng nghanol y chwalfa – eu trallod, a'u profedigaethau teuluol, a'r rheiny'n digwydd yn erbyn cefndir boddi'r dyffryn. Er pwysleisio cyffyrddiadau a goblygiadau cyfoes yr hanes, mae'r nofel hefyd, ochr yn ochr, yn adrodd stori teulu o'r unfed ganrif a'r hugain sydd â chysylltiadau agos â Llanwddyn a Lerpwl.

Gwnaethpwyd pob ymdrech i sicrhau fod hanesion am foddi Llanwddyn ac adeiladu'r argae yn ffeithiol gywir, ond y mae'r cymeriadau'n ddychmygol.

Briw hen y Cwm a brynwyd,– yr erwau
Er arian a werthwyd;
Y brau feddau a faeddwyd,
A'r Llan yn y dyfnder llwyd.

A llwyd fel cen y llediaith – a dorrodd
Ar gwm dewr ac uniaith;
Rhy drwm fu gorthrwm 'Y Gwaith'
A chost yr oer orchestwaith.

Llanwddyn yn llyn heddiw, – dinodded
Ei anheddau chwilfriw;
Tan genlli tonnog unlliw
Allorau bro'n y llawr briw.

(O awdl fuddugol John Evans, 'Yr Argae',
Eisteddfod Genedlaethol Ystradgynlais 1954)

Pennod 1

Torrodd sŵn y cloc larwm fel seiren chwarel ar draws breuddwydion hyfryd Meira.

'Tro'r hen beth yna i ffwrdd, Wil. Dydi hi erioed yn hanner awr wedi chwech?' mwmiodd rhwng cwsg ac effro.

Rholiodd ar ei bol yn y gwely mawr cyfforddus yr oedd yn ei rannu â'i gŵr. Ateb Wil oedd rhoi ei fraich amdani, ei thynnu yn nes ato, ei chofleidio'n dyner a'i chusanu. Roedd y ddau ohonynt yn mwynhau'r agosatrwydd er iddynt fod yn briod ers deng mlynedd bellach, ac wrth i Wil ei chofleidio, cofiodd Meira wefr hyfryd caru'r noson gynt.

'Drycha Wil, rhaid i ni gallio. Dydd Mercher ydi hi ac mae gwaith yn galw. Fedrwn ni ddim gwag-symera fel rydan ni ar fore Sadwrn a Sul.'

'Rwyt ti'n eitha reit, ond tyrd, un gusan fach arall cyn i mi ddechrau meddwl am yr hen swyddfa 'na,' ceisiodd Wil demtio Meira yn ei acen ganolbarth gref.

Suddodd Meira yn ôl i'w freichiau a bu cusanu a chofleidio egnïol eto am rai eiliadau cyn iddi ymryddhau, neidio o'r gwely a rasio Wil i'r stafell molchi. Dyna pryd y cafodd sioc ei bywyd. Ar sil y ffenest gwelai ei thabledi atal cenhedlu a sylweddolodd nad oedd wedi cymryd un y noson gynt cyn mynd i'r gwely!

Be ar wyneb y ddaear oedd wedi digwydd iddi? Pam y bu iddi anghofio? Be oedd hi'n mynd i'w wneud? Neidiodd stumog Meira mewn braw wrth iddi gofio caru diofal y noson gynt. Doedd hi'n bendant ddim eisiau plant. Roedd gorfod gofalu am blant yn yr ysgol o naw tan dri yn fwy na digon. Doedd ganddi ddim teimladau mamol o gwbl. Ar y llaw arall roedd Wil eisiau cychwyn teulu. Fedrai o ddim deall ei theimladau hi ac roedd hyn wedi bod yn achos dadlau rhyngddynt dros y blynyddoedd. Dim ond yn ddiweddar yr oeddynt wedi dod i ryw fath o gytundeb fod eu gyrfaoedd yn bwysig i'r ddau ohonynt ac mai gohirio cychwyn teulu yn amhenodol fyddai orau. Felly, bob nos aeth llyncu'r bilsen fach yn ddefod ddeddfol yn sgil hynny.

*

Camodd allan o'r gawod gan felltithio'i blerwch a'i hanghofrwydd. Tybed a ddylai hi alw heibio'r fferyllfa ar ei ffordd i'r gwaith er mwyn cael y bilsen bore wedyn? Sychodd ei hun yn ofalus cyn rhoi hylif *Repairwear laser focus* dros ei hwyneb a'i gwddf a chan rwbio'r hylif i mewn yn drwyadl i ambell grych a oedd yn cychwyn ffurfio o gwmpas ei llygaid a'i cheg. Er ei bod yn gwario ffortiwn ar *Clinique* i geisio cadw'i chroen yn ifanc ac iach, heneiddio roedd hi. Edrychodd yn fwy manwl y tro hwn. Roedd hi'n llawer rhy hen i gael babi, a hi newydd gael ei phen-blwydd yn dri deg chwech. Doedd hi ddim am fod fel Buddug Ty'n Caeau yn cael ei babi cyntaf yn ddeugain oed.

'Wil, mae'r gawod yn wag. Dwi wedi gorffen,' gwaeddodd.

Roedd Wil yn ei ŵn llofft yn y gegin yn gosod y bwrdd ar gyfer brecwast. Ei orchwyl cyntaf bob dydd oedd paratoi brecwast. Roedd yn ofynnol i bopeth fod yn iawn ac yn drefnus. Dau gwpan a soser (dim mygiau), llwyau sgleiniog, powlenni ar gyfer grawnfwyd a grawnffrwyth, dau blât bach, dwy gyllell, marmalêd, menyn mewn potyn del a fu gan ei fam ers talwm, napcyn bob un i fynd efo'r lliain bwrdd … Weithiau byddai'n berwi ŵy iddynt, felly rhaid oedd cael cwpan ŵy, llwy fach, a phupur a halen.

Fel arfer, byddai Meira yn dod i lawr yn edrych yn rhyfeddol o ddel ac yn barod am ei diwrnod yn bennaeth ysgol. Yna, tro Wil fyddai mynd am gawod, gwisgo'n sydyn – crys gwyn, siwt lwyd a thei coch – cyn cael brecwast a'i throi hi am fanc yr HSBC lle'r oedd yn ddirprwy reolwr.

Brasgamodd i fyny'r grisiau gan ddisgwyl gweld Meira yn dod allan o'r llofft wedi gwisgo ac ymbincio fel arfer.

'Rwyt ti'n araf iawn y bore 'ma. Be wyt ti'n wneud yn dal yn y stafell molchi? Rhaid imi fynd i'r gawod rŵan. Tyrd, brysia, mae brecwest wedi'i osod,' meddai Wil, gan fachu tywel mawr gwyn o'r cwpwrdd.

Roedd Meira'n dal i syllu arni ei hun yn y drych bach o dan y golau uwchben y basn. Roedd y drych hwn yn chwyddo'r ddelwedd ac yn dangos bob amherffeithrwydd. A hithau'n dal wedi ei lapio ei hun mewn tywel mawr gwyn, gofynnodd i Wil, 'Wyt ti'n meddwl fy mod i'n heneiddio? Drycha, mae gen i sawl crych ar fy ngwddw ac wrth ochr fy llygaid. Traed brain. Hefyd, mae 'na un neu ddau yn ymyl fy ngwefus,' aeth yn ei blaen. 'Wyt ti'n eu gweld nhw?'

'Be ar wyneb y ddaear sy' arnat ti, lodes? Dim ond newydd droi tri deg chwech wyt ti. Dan ni'n dal yn ifanc,' oedd sylw swta Wil wrth iddo gamu i mewn i'r gawod.

Trodd Meira i edrych arno. Roedd o'n lluniaidd ac yn dal. Ond roedd ei wallt cyrliog tywyll yn dangos ambell i flewyn gwyn erbyn hyn. Llygaid treiddgar, glas yn union fel ei dad. Fo oedd ei chariad hi, a fo fyddai ei chariad hi am byth. Bu ei lygaid glas a'r modd yr oedd yn ei ddal ei hun ac yn cerdded yn unionsyth, gyda swae arbennig yn ddeniadol iawn iddi ers blynyddoedd – ers dyddiau Bangor.

'Faswn i'n dweud ei fod yn dipyn o fi fawr, y ffordd mae o'n cerdded,' roedd Menna, ei ffrind, wedi'i ddweud ar y pryd. Ond roedd Meira'n gwybod yn wahanol, hyd yn oed bryd hynny. Roedd digon o fwynder Maldwyn yn Wil i olygu fod ganddo bersonoliaeth hyfryd.

'Be' sy' bore 'ma? Wyt ti'n sâl, Meira?' holodd Wil, wrth sylwi nad oedd ei wraig yn bwyta'i brecwest.

Edrychodd Meira i fyny'n sydyn a dagrau'n cronni. 'Na, dwi ddim yn sâl … 'mond yn pryderu. Ti'n gweld … 'nes i anghofio cymryd y bilsen neithiwr …'

Edrychodd Wil yn syn arni.

'Gallwn i gael fy nhal!' aeth yn ei blaen. 'Ti'n gwybod fel dwi'n teimlo am hynny.'

Yn dawel bach, roedd Wil wrth ei fodd. Roedd o wedi teimlo ers talwm fod eu bywyd yn hunanol a mewnblyg ac y byddai cychwyn teulu'n grêt. Meira oedd wedi penderfynu ers blynyddoedd y dylid gohirio cychwyn teulu yn amhenodol, ac roedd o – yn groes i'r graen – wedi cyd-fynd â hynny ac er mwyn heddwch wedi cydsynio.

Gafaelodd yn ei llaw yn dyner, a chan ei hanwesu meddai, 'Meira fach, fyddai hynny ddim yn ddiwedd y byd. Plentyn wedi ei greu o'n cariad ni fyddai'r un bach …'

Torrodd Meira ar ei draws.

'Ddim yn ddiwedd y byd! Wrth gwrs y byddai'n ddiwedd y byd! Fy myd *i* beth bynnag. *Fi* fyddai'n sâl bob bore. *Fi* fyddai'n mynd yn dew a di-siâp. *Fi* fyddai'n rhoi'r gorau i fy ngwaith. *Fi* fyddai'n codi at y babi yn oriau mân y bore ...' dechreuodd golli rheolaeth arni'i hun. 'Dwi ddim yn credu y byddet ti yn ei glywed. Na, chwyrnu'n braf fyddet ti. A be pe bawn i'n cael efeilliaid? Fe gafodd dy nain ddwy set o efeilliaid ac maen nhw'n rhedeg mewn teulu fel arfer.'

Roedd Wil yn edrych yn syn arni.

'Yn waeth na dim, beth petai rhyw nam ar y plentyn? Wedi'r cyfan, dwi'n dri deg chwech ac mae bod yn feichiog dros dri deg pump yn gallu bod yn beryg. *Fi* fyddai'n gorfod cael yr hen brofion yna i weld ydi'r babi'n iawn. Be wyt ti'n feddwl o hynny? Ddim yn ddiwedd y byd, wir! Dach chi ddynion i gyd yr un peth. Mwynhau'r hwyl o greu ac wedyn cario mlaen fel arfer.'

Roedd golwg wedi'i frifo ar Wil, ond sylwodd Meira ddim. Yn hytrach, gorffwysodd ei phen ar ei breichiau gan bwyso ar y bwrdd a chrio – yn rhannol gan ofn, ac yn rhannol o ddicter.

*

Yn sydyn clywodd glec ar ddrws y ffrynt. Cododd ei phen. Roedd Wil wedi mynd. Wedi gadael am ei waith heb ffarwelio a heb gusan! Doedd hyn ddim wedi digwydd erioed o'r blaen. Neidiodd Meira ar ei thraed a rhedeg at y drws. Ond yn rhy hwyr. Roedd Wil yn diflannu yn ei gar i lawr y ffordd.

Daeth ton o gywilydd dros Meira. Difarodd iddi rannu ei phryderon â'i gŵr. Wedi'r cyfan, byddai'n bosibl iddi ddiddymu ei hansicrwydd … ac unrhyw ddarpar fabi ag un bilsen fach gan y fferyllydd.

Wrth roi ei cholur a gwisgo ffrog ysgafn liwgar a siaced binc, penderfynodd fod rhaid iddi wneud ymdrech i gyfaddawdu a cheisio maddeuant gan Wil. Roedd o wrth ei fodd efo stecsen, felly stecsen amdani i swper heno, meddyliodd. Ychydig o salad, tatws newydd ac, ie, potel o'r gwin coch gorau. Roedd gwin coch bob amser yn help i anghofio tramgwydd.

*

Wrth deithio i'r ysgol yn ei BMW Z4 y bore hwnnw daeth atgofion yn ôl i feddwl Meira o sut y bu i Wil a hi gyfarfod. Yn ystod blwyddyn olaf ei gradd yn y brifysgol ym Mangor y digwyddodd hynny. Roedd criw ohonynt wedi mynd draw i'r Antelope am ddiod un Sadwrn braf ym mis Medi 1991. Roedd Wil yn dathlu ei ben-blwydd yno gydag un neu ddau o'i ffrindiau.

'Dewch, genod, mae Wil 'ma'n cael ei ben-blwydd heddiw,' meddai Ifan, ffrind gorau Wil. 'Pawb sy' isio diod, rhowch eich llaw i fyny, fo sy'n talu.'

Aeth Ifan yn ei flaen, 'Hefyd dan ni'n dathlu ein bod ni wedi cwblhau ein blwyddyn hyfforddi'n athrawon. Dan ni am fynd i Gaerdydd i ddysgu – bydd mwy o hwyl i gael yno. Mynd i wylio'r rygbi yn gyson, a mynd ar nos Sadwrn i Glwb Ifor Bach!'

Fel yr aeth y noson ymlaen, a'r cwrw a'r gwin yn

dechrau mynd i'w pennau, sylwodd Meira fod Wil yn closio ati, a'i fod yn amlwg yn awyddus i sgwrsio. Roedd o wedi bod yn llygadu a ffansio'r ferch wallt cyrliog du, gyda'r llygaid gwyrddlas, llawn direidi a'r wên hudolus ers iddi gerdded i mewn i'r bar.

'Rwyt ti'n lwcus o dy wallt, dim angen perm na tongs, mae o mor naturiol. Dwi'n gwario ffortiwn ar f'un i,' oedd cwyn ei ffrind, Menna, cyn iddynt fynd allan bob nos Sadwrn.

Roedd Meira'n ymwybodol ei bod yn lwcus. Gwyddai ei bod yn ffortunus hefyd yn y ffaith nad oedd hi'n gorfod gwylio ei phwysau. Fel arfer pwysai tua wyth stôn ac fel canlyniad gallai fwyta popeth.

'Tyrd, gad i ni chwilio am gornel dawel,' awgrymodd Wil.

'Un o ble wyt ti?' holodd wedyn, gan eistedd wrth ei hochr yng nghornel bella'r bar.

'O lannau Dyfrdwy. Pentre o'r enw Maesglas rhyw bymtheng milltir o Gaer.'

'Erioed wedi clywed am y lle!'

'Wel, mae 'na weddillion abaty yno. Mi wnaeth Harri'r VIII ddwyn llawer o drysorau Abaty Dinas Basing,' eglurodd Meira i ddangos ei gwybodaeth, cyn dechrau ei holi yntau. 'Ble mae dy gartre di?'

Rhoddodd ei glasied gwin coch i lawr ar y bwrdd a chlosio'n agosach ato.

'O Lanwddyn, sir Drefaldwyn.'

'Llanwddyn? Wel, dydw i erioed wedi clywed am Lanwddyn,' meddai hithau.

'Do, debyg iawn,' mynnodd Wil. 'Dyna lle mae'r gronfa

ddŵr enfawr a'r argae a godwyd y ganrif ddwytha i roi dŵr i Lerpwl. Y diawled! Boddi pentre a lladd cymuned. Y cyfan yn mynd o dan y dŵr ...'

Wedi saib o dawelwch rhyngddynt dyma Wil yn nesu at Meira a rhoi ei fraich yn ysgafn dros ei hysgwydd. Dyna deimlad braf. Aeth gwefr drwy ei chorff wrth i Wil ei chyffwrdd. Roedd y boi yma'n wahanol i unrhyw un arall oedd wedi closio ati yn ystod ei dyddiau coleg.

Cyn diwedd y noson, roeddent wedi mynd allan i gefn y dafarn a threulio cryn amser yn cusanu'n frwd.

*

Byth er hynny, prin iddynt fod ar wahân. Ddwy flynedd yn ddiweddarach, priodwyd y ddau yng nghapel y Presbyteriaid ym Maesglas, a hynny mewn tipyn o steil. Roedd deng mlynedd bellach wedi mynd heibio ac roeddent wedi mwynhau eu bywyd priodasol, ond bob hyn a hyn roedd cwestiwn cychwyn teulu wedi cynhyrfu'r dyfroedd, yn union fel y gwnaeth heddiw.

Ond roedd heddiw'n wahanol. Doedd Wil erioed wedi colli ei dymer a cherdded allan o'r blaen. Byddai rhaid dweud sori, sori, sori – go iawn.

Pennod 2

Wrth deithio i'r ysgol y bore hwnnw, dechreuodd Meira ei holi ei hun o ddifrif pam roedd ei gyrfa mor bwysig iddi. Ers ei phlentyndod roedd bod yn athrawes ar blant bach wedi bod yn uchelgais ganddi. Roedd hi wyth mlynedd yn iau na'i chwaer, a golygai hynny y bu'n rhaid iddi ei diddanu ei hun y rhan fwyaf o'r amser pan oedd yn ferch fach. Am rai blynyddoedd chwarae ysgol oedd ei hoff weithgarwch.

Deunaw o blant dychmygol oedd ganddi yn ei dosbarth, a hynny – mae'n bur debyg – am mai deunaw oedd yn ei dosbarth yn yr ysgol go iawn. Yn ystod y chwarae byddai'n galw'r gofrestr, yn dweud storïau wrth y plant, yn rhoi papur a phensil mewn cylch ar lawr ei hystafell wely (deunaw pensil a deunaw darn o bapur!). Fel arfer, pan oedd y chwarae dychmygol ar ei anterth, byddai ei thaid, a oedd yn byw gyda nhw, yn clustfeinio wrth y drws. Roedd o wrth ei fodd yn ei chlywed yn ei byd bach hud a lledrith ei hun.

Un diwrnod, mentrodd i mewn i'r ystafell. Edrychodd Meira fach arno'n flin gan ddweud yn ei llais athrawes, 'Taid, rwyt ti newydd sefyll ar y plant!' Aethai yntau allan i'r gegin dan ymddiheuro a phwffian chwerthin.

'Dwi'n sicr o un peth,' meddai wrth ei rhieni, 'athrawes fydd Meira, heb os nac oni bai.'

Wedi iddi hyfforddi'n athrawes bu'n dysgu am flwyddyn yn un o ysgolion cynradd Cymraeg Glannau

Dyfrdwy. Yna, symudodd i Lerpwl wedi i Wil gael swydd ym manc yr HSBC yn y ddinas honno.

Wrth i'r blynyddoedd fynd heibio, sylweddolodd Meira ei bod yn croesawu cyfrifoldeb, a buan y daeth yn bennaeth adran, cyn ei dyrchafu'n Ddirprwy Bennaeth yr ysgol. Wedi dwy flynedd yn y swydd honno gwelodd hysbyseb yn y *Times Educational Supplement* am swydd Pennaeth yn un o ysgolion cynradd mwyaf Lerpwl. Roedd Wil yn gefnogol.

'Rho dy gais i mewn. Mi fydd o'n brofiad i ti fynd am gyfweliad,' meddai.

O'r diwedd perswadiwyd hi i lenwi'r ffurflen gais.

'Cha' i ddim clywed chwaneg o'r cyfeiriad yna, mae'n sicr,' meddai wrth roi'r llythyr yn y blwch post ar ben y stryd.

Bu'r cyfweliad yn erchyll, neu o leiaf felly y teimlai Meira. Cyflwyniad i lywodraethwyr yr ysgol yn gyntaf, a hwnnw'n parhau am o leiaf ugain munud. Yna, cael ei holi'n dwll gan sawl aelod o'r Bwrdd Llywodraethol. Llwyddodd yn rhyfeddol. Ond daeth un cwestiwn a gynhyrfu Meira, a hwnnw gan gynrychiolydd y rhieni.

'Do you have any children, lovey? And if so, what are your arrangements for looking after them when they're ill and you need to be in school?'

Roedd swyddog addysg yn bresennol, ac meddai yntau'n syth, 'Mrs Owen, you don't have to answer the question; that subject's completely out of bounds!'

Roedd Meira wedi cynhyrfu'n lân, a gwridodd at ei chlustiau. Pam oedd rhaid i'r hen gwestiwn yna ynglŷn â theulu godi ei ben o hyd?

Cafodd Wil a hi noson i'w chofio wrth ddathlu ei llwyddiant gyda ffrindiau pan benodwyd hi'n bennaeth.

'Mae *pennaeth* yn swnio'n grandiach na dirprwy,' meddai Wil, wrth gynnig llwnc destun ac ymfalchïo yn ei llwyddiant.

'Wel, mae hon yn ysgol fawr gydag adran babanod ac adran iau. Gobeithio y medra'i wneud y gwaith. Dw i'n hapus iawn, ond yn ofnus ar yr un pryd,' oedd ateb pryderus Meira wrth sipian ei thrydydd glasied o win coch.

Ond bu'r ysgol yn llwyddiant mawr dan ei harweiniad. Roedd gair da amdani, a phawb yn ei hoffi, y staff, y plant, a hefyd y rhieni, heblaw am ambell un trafferthus.

'She's very approachable, and you know where you stand with her,' oedd barn Mrs Peters, athrawes y dosbarth meithrin.

Bob min nos wedi swper roedd Meira'n gweithio ar gynlluniau gwaith a pholisïau newydd i'r ysgol, a disgrifiadau swydd i bob aelod o'r staff. Yn yr ysgol roedd hi'n cynnal cyfarfodydd staff yn gyson am hanner awr wedi tri, gan ddirprwyo cyfrifoldebau cwricwlwm i unigolion ac annog rhai i fynychu cyrsiau a oedd ar gael i ddatblygu sgiliau ac ymestyn gwybodaeth am y pwnc.

Roedd hi o ddifrif ac wrth ei bodd. Wrth gwrs, roedd rhai yn ei beirniadu. Un oriog oedd ysgrifenyddes yr ysgol, Mrs Brown. Roedd hi'n sobr o gegog a chwynfanllyd.

'She's a new broom. She'll soon get fed up and slow down. Really, I can't keep up with all the work she keeps giving me,' oedd ei chwyn barhaus.

Ond i'r gwrthwyneb, fel roedd pethau'n gwella yn yr

ysgol, cynyddu a wnâi brwdfrydedd Meira. Roedd rhaid iddi gydnabod hefyd ei bod yn lwcus iawn yn ei staff, y rhan fwyaf ohonynt yn falch o gael pennaeth newydd a oedd mor barod i fentro ailstrwythuro'r ysgol gan ymdrechu i godi safonau.

Flwyddyn wedi iddi gychwyn ar ei swydd newydd cafodd ymweliad gan un o swyddogion yr Awdurdod Addysg. Roedd honno wedi ei chanmol i'r cymylau, 'You are well on the way towards turning this school around, Mrs Owen.'

Cododd y ganmoliaeth galon Meira, ac o ganlyniad aeth yn fwy ymroddedig fyth, gan ymateb i'r sialens a oedd o'i blaen. Ac roedd heddiw'n ddiwrnod arall.

Wrth nesáu at yr arwydd glas a gwyn a gyhoeddai enw *Saint Mary's County Primary School, Toxteth* ystyriodd Meira droi'r car i'r dde er mwyn ymweld â'r fferyllydd. Eto, roedd ganddi rhyw frith gof nad oedd y siop yn agor tan naw o'r gloch. Oherwydd y ffrae â Wil, roedd hi'n hwyrach nag arfer yn barod. Hoffai fod wrth ei desg o leiaf awr cyn y gloch, er mwyn mynd i'r afael â phethau. Roedd hi eisoes wedi mynd ar y we yn sydyn i chwilio'r *morning after pill* cyn gadael y tŷ a gwyddai fod 72 awr ganddi i gymryd y bilsen honno. Byddai'n bosibl iddi bicio allan am bum munud i'w nôl amser cinio.

Wedi tawelu ei meddwl ychydig, llywiodd Meira'r *BMW* i mewn i faes parcio'r staff. Neidiodd allan, a chan afael yn ei bag lledr du, cychwynnodd tua'r fynedfa. Wedi'r holl helynt efo Wil y bore hwnnw teimlai'n syndod o eiddgar i fynd i'w gwaith. Fe fyddai pethau'n normal yn yr ysgol. Dim sôn am fabis! Byddai bwrlwm y diwrnod yn help iddi anghofio problemau personol. Roedd hi'n barod wedi bod yn blaenoriaethu tasgau. Darllen y post. Cael gair gydag athrawes Blwyddyn 1B am y cwrs oedd ar gael ar sut i ddatblygu sgiliau darllen plant. Wedi'r cyfan, dyma'r dosbarth lle roedd rhai yn cael trafferthion. Ai ar y disgyblion ynteu'r athrawes oedd y bai, tybed? Yn sicr, byddai peth arweiniad yn siŵr o helpu, meddyliodd Meira. Cofiodd wedyn fod angen iddi gael sgwrs gyda'r Dirprwy ynglŷn â dyletswyddau'r staff, ac roedd rhaid ffonio Cadeirydd Cymdeithas Rhieni ac Athrawon yr ysgol i drefnu cyfarfod i gynllunio gweithgareddau a stondinau'r ffair haf. Roedd y rhestr yn faith, a Meira, rhywsut, yn falch o hynny.

Wrth iddi groesi'r buarth a chyn iddi allu cyrraedd y fynedfa, suddodd ei chalon o weld Mrs Butterworth, un o'r mamau, yn dod tuag ati.

'Mrs Owen, I'd like a word about our Billy, chuck. You see, he's started wetting the bed again.'

Gwenodd Meira, gan ffugio diddordeb ym mhroblemau Billy. Roedd yn rhaid iddi ddangos diddordeb ac amynedd.

'Oh! I am sorry, Mrs Butterworth. When did this problem start again?'

'Last night was the fourth night for him to wet the bed and I really can't keep up with the washing.'

Cochodd Billy at ei glustiau. Pump oed oedd o, a chuddiodd y tu ôl i'w fam.

'Well, well, maybe he's worried about something at school. Have those unkind boys from year two been teasing you again?' holodd Meira ar ei chwrcwd gan edrych yn syth i lygaid glas Billy.

Druan ohono. Roedd o bob amser yn edrych yn ddi-raen. Pawb yn yr ysgol erbyn hyn yn gwisgo'r wisg ysgol. Pawb ond Billy. Ei fam yn cyhoeddi'n uchel wrth gât yr ysgol nad oedd hi ddim yn gallu fforddio'r iwnifform. O ganlyniad roedd Billy fel rhyw frân wen, yn wahanol i bawb.

Na, doedd bechgyn yr ail flwyddyn ddim wedi bod yn ei herian. Felly, beth yn union oedd y broblem? Cyn troi am y fynedfa, gofynnodd Meira i Mrs Butterworth, 'Is everything alright at home?'

Roedd hi'n amlwg ei bod wedi cyffwrdd â man tyner, ac meddai Mrs Butterworth a'i hwyneb yn goch a'i llygaid yn fflachio, 'Of course everything is OK at home – no problems there, the problem is at school, but I can see it's no use talking to you!'

I ffwrdd â hi gan dynnu Billy yn anfoddog tua drws yr ysgol, a chan fygwth mynd i gael gair gyda'i athrawes er mwyn mynd at wraidd y broblem, yn ei thyb hi. Dilynodd Meira'r ddau i'r coridor, yna fe'u gwelodd yn diflannu i mewn i ystafell Dosbarth Un. Doedd hi ddim wedi'i darbwyllo gan orymateb Mrs Butterworth. Roedd yn bur debyg mai'r ffraeo a'r gweiddi a oedd yn mynd ymlaen yn y tŷ pan fyddai Mr Butterworth yn dychwelyd o'r dafarn oedd wrth wraidd problem Billy.

'You do look nice today love, that pink colour suits you,' oedd y cyfarchiad a gafodd wrth fynd drwy swyddfa Mrs Brown, yr ysgrifenyddes, i swyddfa'r Pennaeth.

Mae hi mewn hwyliau da, eisiau ffafr mae'n debyg, meddyliodd Meira. 'Love', yn wir! Doedd dim parch yn Lerpwl i unigolion na swydd!

'I need to ask you a favour,' meddai'r ysgrifenyddes

wedyn. 'Can I have tomorrow afternoon off? It's our Tom, you see, he's in court for shoplifting and I need to be there for him.'

Dyna pam ei bod mor serchus.

'Oh! yes I forgot to mention, Miss Wainwright phoned. Not coming in today, she's got that bug that's going round. Won't be in tomorrow either. Do you want me to phone the supply, chuck?'

Edrychodd Meira arni'n syn. O! roedd hi'n gwybod sut i ffalsio.

'Yes, you can have tomorrow afternoon off, but I'll have to inform the Chair of Governors. And yes, phone the supply as soon as possible.'

Heb oedi rhagor aeth Meira i mewn i'w swyddfa gan gau'r drws. Roedd yn stafell braf gyda golygfa ar draws afon Merswy: digon o le i gadw llyfrau, desg anferth hen ffasiwn ac arni wyneb lledr gwyrdd, cadair ddu o ledr, un o'r rheini oedd yn troi yn ei hunfan. Ac yn y gornel bellaf roedd dwy gadair esmwyth, eto o ledr du, ar gyfer ymwelwyr.

'Mae hon cystal â swyddfa Rheolwr Banc,' oedd sylw Wil pan welodd o pa mor grand oedd ei hystafell yn yr ysgol.

Roedd Meira wedi ceisio'i gwneud yn gartrefol gan ddod â chlustogau lliwgar a'u rhoi ar y cadeiriau esmwyth. Ar y wal roedd hi wedi hongian dau lun i'w hatgoffa o'i gwreiddiau, un o Foel Famau ac un o gastell Normanaidd y Fflint.

Agorodd y ffenest i gael ychydig o awyr. Roedd hi'n amlwg fod Mrs Brown wedi'i phlesio, meddyliodd. Mi fyddai'n bosib gwneud hebddi am brynhawn. Fel arfer malu awyr efo Eleanor, un o'r cynorthwywyr dosbarth fyddai hi am hanner awr diwethaf pob diwrnod, er bod honno, yr hen glep, i fod yn tacluso'r dosbarth yn ystod amser stori'r plant.

Cymerodd Meira gipolwg ar ei desg. Roedd yna fwndel o lythyrau'n disgwyl amdani ...

Roedd hi wedi meddwl y byddai'r hyn a ddigwyddodd rhyngddi hi a Wil y bore hwnnw wedi ei hen anghofio ym mhrysurdeb yr ysgol. Ond roedd yr atgof yn dal i gorddi yng nghefn ei meddwl. Wrth edrych ar y bwndel llythyrau gwelodd Meira amlen frown yn eu mysg. Rhoddodd ei chalon lam. Tybed ai '*YR* amlen frown' oedd hi? Yr amlen frown honno fyddai'n cyfleu'r neges fod arolwg ar y gorwel!

Penderfynodd Meira beidio â chynhyrfu; doedd dim pwrpas mynd o flaen gofid: llythyrau oddi wrth yr Awdurdod Addysg yn sôn am iechyd a diogelwch, llythyr yn hysbysebu cynllun mathemateg newydd, cynigion am fargeinion os oedd rhywun yn archebu cyfrifiaduron newydd i'r ysgol (dim arian ar gael, meddyliodd Meira), gwybodaeth am hyfforddiant mewn swydd i'r staff.

Gwibiodd Meira drwy'r llythyrau gan eu didoli i'w pasio ymlaen i'r Dirprwy Bennaeth. Yna daeth at y llythyr olaf. O diar! Yr amlen frown!

Agorodd yr amlen yn ofalus. Fel yr oedd hi wedi ofni, roedd y tîm arolygu yn bwriadu ymweld â'r ysgol ymhen rhai misoedd! Dyna beth oedd sioc. Ond roedd wedi hanner disgwyl y newyddion ers mis bellach. Cafodd y teimlad nad oedd y diwrnod hwn yn mynd i droi allan yn rhy dda. Ffrae efo Wil, yna cael ar ddeall fod yr arolygwyr ar eu ffordd. Rhaid oedd cael gair sydyn â'r Dirprwy er mwyn iddi hi alw cyfarfod ddiwedd y prynhawn canlynol.

Cymraes oedd Catrin Fraser ac roedd hynny'n fendith fawr gan fod y ddwy yn gallu trafod popeth yn Gymraeg. Roeddent yn ymwybodol fod Mrs Brown yn glustiau i gyd ac yn gwrando y tu ôl i'r drws pan fyddai Meira a Catrin gyda'i gilydd yn trafod materion ynglŷn â'r ysgol, neu unrhyw beth arall, petai'n dod i hynny. Os oedd yna rywbeth yr oedd y ddwy'n awyddus i'r ysgrifenyddes ei wybod, yna roeddent yn trafod yn uchel yn yr iaith fain! Ymhen hanner awr fe fyddai'r newyddion hynny ar led o amgylch yr ysgol. Ond pan oedd yna faterion pwysig, wel, Cymraeg bob tro.

'They are in there having a chat, but I can't understand a word – it's that gobbledegook again,' oedd ei chwyn wrth Eleanor, ei ffrind pennaf ar y staff.

'Be sy'?' holodd Catrin. 'Rwyt ti'n edrych fel petaet ti wedi gweld drychiolaeth.'

Chwifiodd Meira'r amlen frown.

'Maen nhw wedi'n rhybuddio ni, fe fyddan nhw yma ymhen ychydig fisoedd. Mi fydd pawb wedyn ar bigau'r drain ac yn cynhyrchu tomennydd o bapur – allwn i neud heb y newyddion yma!'

'Wel, paid â phoeni, mae 'na gynllun ar gyfer pob agwedd o'r cwricwlwm. Dan ni'n cyrraedd y targedau angenrheidiol bob blwyddyn. Mae'r disgyblion yn cael canlyniadau da yn y profion ar ddiwedd y cyfnodau allweddol. Mae gennym system gofnodi dda ac mae gan bob un ohonom ddisgrifiad swydd. Ar ben hynny, mae gyda ni berthynas dda efo'r rhieni, heblaw am ambell un fel Mrs Butterworth, wrth gwrs,' cysurodd Catrin.

'Ia, ia, mae hyn i gyd yn wir, ond rhaid adnewyddu rhai o'r cynlluniau gwaith a thalu mwy o sylw i'r modd rydan ni'n arddangos gwaith y disgyblion yn y stafelloedd dosbarth, y coridorau a'r neuadd. Rhaid i mi gael cyfarfod efo'r staff fory. Mi fydd pawb mewn panic llwyr! Mae'n rhaid i mi hefyd gael gair gyda Chadeirydd y Llywodraethwyr,' aeth Meira yn ei blaen, gan ysgwyd ei phen yn hunandosturiol.

Pam oedd hi'n adweithio fel hyn? Ai tensiwn y ffrae efo Wil oedd wedi effeithio arni? meddyliodd.

'Tyrd, mi wna i ofyn i hon drws nesa neud paned o goffi i ni ein dwy; mae hi bron yn amser chwarae.'

Dyna oedd ateb Catrin i bob problem – amser i feddwl dros baned o goffi. Eisteddodd y ddwy yn y cadeiriau esmwyth yn sipian y coffi poeth.

'Mae gen i *digestive* yn rhywle yn fy nesg. Wyt ti isio un?' cynigiodd Meira.

'Wel, ddylwn i ddim, dwi'n rhoi pwysau ymlaen fel mae hi – ond mi ga i un y bore 'ma,' oedd ateb Catrin.

Bu tawelwch am eiliad neu ddwy tra'r oeddent yn mwynhau eu diod ac yn bwyta'r fisgeden. Yna meddai Catrin, 'Dydi cael arolwg ddim yn ddrwg i gyd, mi fydd raid i un neu ddwy ddechrau tynnu eu pwysau, ac os cawn ni adroddiad da mi fydd erthygl yn y papur lleol, ac mi fydd hynny'n hysbyseb i'r ysgol.'

'Hm, hwyrach dy fod ti'n iawn. Gawn ni weld be fydd yr ymateb. Rhaid i ni'n dwy beidio dangos unrhyw arwydd o banic – cymryd pethau gan bwyll bach,' atebodd Meira.

Yna cododd o'i chadair, a chan droi at Catrin meddai, 'A dweud y gwir,

dwi braidd yn edrych ymlaen at y sialens, mi wnawn ni ddangos iddyn nhw be' allwn ni wneud fel ysgol!'

'Ia! mi wnawn ni'n gorau beth bynnag,' meddai Catrin yn ôl.

Pennod 3

Wedi i'r ddwy orffen yfed eu coffi dyma benderfynu y dylai Catrin fynd draw i ystafell y staff i dynnu sylw at y ffaith fod cyfarfod i'w gynnal am hanner awr wedi tri y prynhawn canlynol. 'Mae'n ofynnol i mi fel pennaeth dorri'r newyddion,' siarsiodd Meira.

Tra roedd y ddwy yn trafod, dyma gnoc sydyn ac awdurdodol ar ddrws y swyddfa a llais Mrs Brown i'w glywed yn groch, 'Excuse me, you can't barge in like that, the Head is in a very important meeting.'

Roedd hi'n amlwg ei bod wedi deall fod rhyw fusnes pwysig rhwng y ddwy. Daeth llais dyn ar ei thraws.

'Sorry love, this can't wait. We need an urgent word with Mrs Owen.'

O glywed beth oedd yn mynd ymlaen agorodd Meira ddrws ei swyddfa i weld pwy oedd yno. Yn sefyll o'i blaen roedd plismon a phlismones.

'Mrs Meira Owen, I'm PC Ratcliffe, and this is my colleague, WPC Shorey, may we come in please?'

Roedd Meira wedi dychryn, ac agorodd y drws led y pen i'w gadael i mewn i'r swyddfa.

'Please, sit down,' meddai.

'Wyt ti eisiau i mi fynd?' holodd Catrin.

'Na, na, aros, gawn ni'n dwy glywed pam maen nhw yma,' atebodd Meira a'i chalon yn curo yn gyflymach bob munud. Beth bynnag oedd o, roedd yn well iddi gael cwmni Catrin. O weld yr olwg ar wyneb y plismon, y peth cyntaf a ddaeth i'w meddwl oedd Wil. Oedd Wil yn iawn tybed?

Aeth y Plismon yn ei flaen, 'We think you'd better sit down. I'm afraid we've got some bad news about your husband, William Elfyn Owen … he's met with a serious car accident. He was driving to work this morning in rather a hurry. He tried to overtake another vehicle but ended up going through the central reservation. He's been taken to the A&E department at the University Hospital with severe head injuries. We've come to take you there.'

Syrthiodd Meira yn ôl i'w chadair a dechreuodd grynu drwyddi. Ni allai yngan gair am rai eiliadau. Rhedodd Catrin am lasiad o ddŵr a'i gynnig iddi. Ond doedd hi ddim yn gallu llyncu.

Cododd yn sydyn.

'Rhaid imi fynd efo'r ddau hyn, mae Wil fy angen i.'

'Wyt ti isio i fi ddod efo ti?' cynigiodd Catrin.

Dros ei hysgwydd, wrth ddiflannu drwy'r drws, dywedodd Meira, 'Na, rhaid iti redeg y lle yma.'

*

Wrth eistedd yn sedd gefn car y plismyn roedd calon Meira'n curo mor gyflym nes iddi feddwl y byddai'r blismones a oedd yn eistedd agosaf ati yn ei chlywed. Roedd ei meddwl allan o reolaeth yn llwyr. Arnaf i mae'r bai am hyn. Y fi oedd wedi'i wylltio fo a'i ddigio fo. Plis, plis Wil, paid â 'ngadael i. Os wyt ti isio plant, dwi'n barod i gael hanner dwsin. Plis, Wil, paid â 'ngadael i, alla'i ddim byw hebot ti. O Dduw Mawr, os wyt ti'n gwrando, plis, plis wnei di achub Wil, fy unig gariad …'

Yn y man, clywodd lais, 'Here we are, I'll show you the way to the A&E Department.'

Roedd yr ysbyty'n anferth a Meira druan mewn cyflwr o sioc yn meddwl na fyddai byth yn cyrraedd yr adran ddamweiniau. Roedd ei thraed yn teimlo fel plwm, a sŵn ei sodlau yn uchel ar y llawr wrth iddi hi a'r blismones gerdded ar hyd y coridor a deimlai fel petai'n filltir o hyd. Wedi iddynt gyrraedd y dderbynfa, dyma'r blismones yn dweud, 'This is Mrs Owen, she's here to see her husband. He was admitted this morning following an accident.'

'Oh! yes, I'll call the Sister now. I know they were hoping you'd get here soon.'

Roedd yna rywbeth ofnadwy yn bod. Teimlodd Meira'r panig yn ymledu trwy ei chorff. Beth oedd wedi digwydd? Oedd Wil yn mynd i fod yn iawn? Oedd o'n mynd i farw? Doedd bosib ei fod o'n mynd i farw! Roedd Wil yn gryf. Bob amser yn iach fel cneuen. Na, doedd Wil ddim yn mynd i farw! Allai hynny ddim digwydd!

*

Galwyd arni i mewn i ofod tawel, a'r llenni wedi'u tynnu o amgylch un o drolïau'r ysbyty. Dyna lle'r oedd o yn edrych yn welw a chlwyfedig, ei lygaid wedi cau a chleisiau mawr ar ei wyneb. Roedd o'n hollol, hollol dawel.

Roedd y tîm argyfwng, un meddyg a dwy nyrs, yn paratoi i roi'r peiriant adnewyddu curiad calon arno. Dyma naid sydyn artiffisial, unwaith, ddwywaith, deirgwaith.

Roedd pob naid yn loes calon i Meira ond eto cafodd ei hun yn dweud yn dawel yn ei meddwl gan ddal ei gwynt – plis, plis rhaid i hyn weithio. Roedd wedi ei hurtio. Aeth ei cheg yn hollol sych. Roedd ei hymateb yn union fel cwningen fach ar ganol cae pan oedd carlwm yn ei herlid.

Yr hyn oedd yn ei brawychu fwyaf oedd yr olwg bryderus ar wynebau'r meddyg a'r nyrsys.

Galwodd pennaeth y tîm arni i ddod yn nes, a synnodd ei hun ei bod yn gallu cerdded yn araf a chrynedig tuag ato. Roeddent wedi trio popeth i gael calon Wil i ailgychwyn. Ond wedi methu. Trodd y pennaeth ati, 'I'm sorry Mrs Owen we have tried everything but we have failed.'

Yna mewn llais oeraidd a chan edrych ar ei wats datganodd:

'Time of death 10.58 a.m.'

*

Teimlodd Meira'r llawr yn dod i'w chyfarfod. Aeth pobman yn ddu, a phan agorodd ei llygaid, sylweddolodd ei bod yn gorwedd ar wely cul yn un o'r baeau, a'r llenni wedi'u cau o'i hamgylch.

'Now sit up very slowly, lovey. You've had a terrible shock.'

Llais un o'r nyrsys.

Ceisiodd Meira godi'n araf a rhoi ei thraed dros erchwyn y gwely. Ond roedd hyn yn ormod, ac fe syrthiodd yn ôl.

'Now take your time, steady, there's no hurry.'

Roedd hon yn gefnogol a charedig, meddyliodd Meira. Yna'n sydyn, heb ddim arwydd, cofiodd Meira pam yr oedd hi yn yr ysbyty. Teimlodd gyfog yn codi yn ei gwddw a thaflodd i fyny dros y gwely a thros y nyrs druan.

Dechreuodd feichio crio wrth i'r ffaith erchyll wawrio arni fod Wil wedi marw. Teimlai hefyd gywilydd ei bod wedi creu'r fath lanast.

'Nurse Evans speaks Welsh, I'll call her, she'll help you and don't worry about the mess we'll soon clear it all up.'

*

'Wel, wel, Mrs Owen bach, peidiwch â gofidio, dach chi wedi cael sioc ofnadwy. Pwy alla i ffonio i fynd adre hefo chi?'

Roedd ei chwaer yn byw yn Bridlington, swydd Efrog. Roedd hi wyth mlynedd yn hŷn na Meira a doedd fawr o Gymraeg wedi bod rhwng y ddwy ers y ffrae a gododd ynglŷn ag ewyllys eu mam. Ac eto, eisiau gweld ei theulu yr oedd Meira yn awr.

'Wnewch chi ffonio fy chwaer i ddweud wrthi be' sy' wedi digwydd?'

Dechreuodd chwilota yn ei bag llaw am rif ffôn Margied, yna ailfeddyliodd, 'Ond efallai y dylech chi ffonio Catrin Fraser yn yr ysgol gynta ...'

Yn sydyn, dechreuodd Meira grio a mwmblan drosodd a throsodd, 'Fo oedd 'y nghariad i. Be dwi'n mynd i wneud? Fo oedd fy ffrind gorau i. Sut alla' i ymdopi hebddo?'

Ceisiodd godi ar ei thraed. Roedd hi'n sobr o sigledig.

'Ga' i weld o eto, imi gael dweud ffarwel yn iawn?'

Roedd corff Wil yn gorwedd mewn bae arbennig, a'i wyneb o dan orchudd.

'Ydych chi'n siŵr eich bod isio ei weld o eto? Mae o wedi ei anafu'n ddrwg, fel y gwelsoch chi,' holodd Nyrs Evans yn garedig.

Pan agorwyd y llenni, a phan welodd Meira'r gorchudd, sylweddolodd fod y nyrs yn iawn. Doedd hi ddim yn gallu edrych arno'r eilwaith. Roedd hi am ei gofio fel yr oedd rai oriau ynghynt, yn lluniaidd a golygus. Nid ei Wil hi oedd o bellach. Nid y corff hardd yr oedd hi wedi mwynhau ei anwesu oedd yn gorwedd ar y gwely.

Roedd hi angen meddwl, anadlu, ffoi. Aeth oddi yno, ond doedd hi ddim yn gwybod ble i fynd. I lawr â hi ar hyd y coridor hir. Ffoi o'r sefyllfa erchyll.

Gwelodd yr arwydd *CHAPEL* ac i mewn â hi i dawelwch y capel bach. Penliniodd a dechreuodd weddïo, 'O Dduw Mawr, maddau i mi am fod mor hunanol. Derbyn Wil, fy nghariad, i dy freichiau di. Fo oedd fy nghariad i, fy ffrind gorau. Cadw fo'n saff.'

Roedd hi'n crio, ochneidio ac yn crynu drwyddi. Doedd hi ddim wedi gweddïo ers blynyddoedd. Wedi bod yn llawer rhy brysur. Ni fu dim amser i bethau fel yna ym mywydau'r cwpl gweithgar, er ei bod hi wedi arfer mynd i'r capel pan yn fach. Ond roedd hynny'n bell, bell yn ôl.

Sut oedd hi'n mynd i adael corff Wil annwyl yn yr hen ysbyty mawr yma? Ie, yr ysbyty a fethodd achub ei fywyd. Roedd pawb o bwys yn ei bywyd wedi marw. Ei rhieni, rhieni Wil, ac yn awr Wil ei hun.

Yna, cofiodd yn sydyn am yr hyn oedd wedi rhoi cychwyn i'r gadwyn drychinebus. Y ffrae ynglŷn â'r posibilrwydd ei bod wedi beichiogi.

'O, Dduw trugarog, bendithia fi â phlentyn bach – fy

mhlentyn i a Wil. Ga'i fachgen bach fydd mor hardd â'i dad?'

*

Nid oedd Meira'n siŵr am ba hyd y bu yn y Capel. Yno'r oedd hi pan ddaeth Catrin i'w hebrwng adre. Roedd staeniau dagrau ar ei hwyneb, y masgara wedi rhedeg a'i gwallt cyrliog du yn ddamp gan chwys emosiwn a gofid. Eisteddodd fel delw wrth ochr Catrin yn y car ar hyd y ffordd i'w chartref.

'Ga i wneud paned i ti ac aros gyda thi heno?' cynigiodd Catrin wedi iddynt gau'r drws ar y byd. Dyna'n union yr oedd Meira eisiau ei wneud – cau drws ar y byd.

'Na, mi fydda i'n iawn, diolch i ti. Dwi isio bod ar fy mhen fy hun, i mi gael amser i feddwl. Diolch, Catrin, am dy gefnogaeth heddiw ac am ddod â mi adre.'

Ysai Meira am fod ei hun yn y tŷ.

'Peth bach iawn oedd hynny, cofia ffonio ac mi ddof yma'n syth,' meddai Catrin wrth fynd tua'r drws.

Wedi i'r drws gau, safodd Meira yn y cyntedd a gwaeddodd yn uchel, 'Wil, ble'r wyt ti?'

Aeth i'r lolfa, roedd popeth yn edrych yn union yr un fath. Papur ddoe ar y bwrdd coffi fel roedd Wil wedi ei adael neithiwr. Dau gwpan wedi eu staenio gan goffi ar y bwrdd bach yn ymyl y soffa. Dyna lle'r oeddent wedi eistedd yn gysurus y noson gynt i ddarllen y papur, gwylio *Pobol y Cwm* ac wedyn yr *Apprentice*. Bob min nos wedi swper roeddent yn eistedd ochr yn ochr i wylio'r teledu mawr y mynnodd Wil ei brynu er mwyn gwylio rygbi a *Formula 1*.

Teimlodd Meira gyffyrddiad ysgafn ar ei braich. Trodd yn sydyn, ond na, doedd o ddim yno. Dringodd y grisiau ac i mewn â hi i'r ystafell ymolchi. Safodd yng nghanol yr ystafell. Yn hongian ar y bachyn tu ôl i'r drws yr oedd y tywel y bu Wil yn ei ddefnyddio'r bore hwnnw wedi iddo gael ei gawod. Roedd y tamprwydd yn dal ar y tywel a dychmygodd Meira fod arogl *aftershave* Wil yn dal yn yr ystafell.

Croesodd i'r ystafell gyferbyn. Hon oedd yr ystafell yr oedd hi wedi ei rhannu efo Wil am ddeng mlynedd. Dyna lle'r oeddent wedi mwynhau caru eiddgar y noson gynt.

Gorweddodd ar y gwely. Pwysodd ei phen ar glustog Wil. Roedd ei ddillad nos wedi'u plygu'n daclus o dan y glustog. Rhedodd ei bysedd drostynt a gafael ynddynt yn dynn. Cododd, agorodd y cwpwrdd dillad enfawr oedd ar draws un wal i'r ystafell. Dyna lle'r oedd siwtiau, crysau, trowsusau a siwmperi Wil wedi'u cadw'n daclus. Byseddodd y dillad, yn enwedig ambell ffefryn. Roedd hi'n gallu teimlo Wil ynddynt, ac roedd ei arogl arnynt. Ymlwybrodd Meira i'r bedwaredd stafell wely a oedd wedi ei throi yn stydi iddi hi a Wil. Dwy ddesg, llwyth o bapurau a'i gliniadur hi. Desg daclus a chyfrifiadur arni i Wil. Roedd y silffoedd yn y stafell yn llawn o lyfrau. Roedd hi'n hoffi nofelau hanesyddol a Wil yn hoffi llyfrau teithio.

Roedd lluniau yma ac acw ar wal y stydi gan fod Wil yn un da efo'r camera. Hi a Wil yn Awstralia; hi a Wil yn Efrog Newydd; hi a Wil ym Mharis; hi a Wil yn sgïo yn Vermont. Roeddent wedi mwynhau teithio.

Ymlaen â hi i'r gegin fodern braf. Wrth y tegell trydan roedd y tebot, y pot coffi … Ac yna gwelodd ddau fyg, un glas ac un gwyn efo blodau pinc arno. Pam oedd popeth yn ymddangos mor normal?

Y gwir plaen oedd nad oedd dim byd yn normal. Aeth yn ôl i'r lolfa. Eisteddodd ar y soffa a bwriodd ei phen i'r glustog Laura Ashley.

Teimlodd ei chorff yn malu'n dipiau mân. Dychmygodd glywed llais Wil yn dweud, 'Dydi hi ddim yn ddiwedd byd.'

Ond roedd hi *yn* ddiwedd y byd. Diwedd ei byd hi!

'Wil, ble rwyt ti rŵan? Wyt ti'n fy ngweld i'n torri fy nghalon neu wyt ti mewn rhyw fyd arall?'

*

Daeth tawelwch a llonyddwch rhyfedd dros Meira. Wedi'r crio, y crynu, a'r cyfog, eisteddodd yno ar y soffa yn y lolfa yn ei chartref tawel. Roedd Wil ym mhobman, eto roedd hi'n unig, yn hollol ar ei phen ei hun. Syllodd fel delw ar un peth, sef y darlun ohoni hi a Wil mor hapus gyda'i gilydd ar ddydd eu priodas ddeng mlynedd ynghynt, yn llawn gobaith am flynyddoedd maith gyda'i gilydd.

Pan symudodd hi o'r diwedd, rywbryd yn oriau mân y bore, llusgodd ei hun i fyny'r grisiau. Gorweddodd ar ochr Wil i'r gwely ar ben y dillad, heb dynnu amdani. Doedd hi ddim yn mynd i allu gorwedd ar ei hochr hi o'r gwely fyth eto a gorfod edrych ar y gofod gwag ar ochr Wil.

Pennod 4

Clywyd sŵn cloch yn diasbedain drwy'r tŷ. Neidiodd Meira allan o'i chroen. Ble yn y byd oedd hi? Beth oedd hi'n ei wneud heb dynnu amdani ar ben y gwely? Be oedd hi yn ei wneud yn gorwedd ar ochr Wil i'r gwely?

Canodd cloch y drws eto. Ac eto. Y trydydd tro, ymddangosai fod pwy bynnag oedd yno yn benderfynol o ddod i mewn.

Safodd Meira'n sigledig a lluddedig wrth erchwyn y gwely. Yn sydyn, syrthiodd yn ôl ar y gwely gan bendro sydyn. Wrth orwedd yno'n llipa, cofiodd gyda dychryn beth oedd wedi digwydd. Y ddamwain! Wil wedi marw …

Wedi marw! Y gair dychrynllyd, terfynol hwnnw. Wil ddim yn dod 'nôl!

O! diar, dyna'r hen gloch yna eto, dro ar ôl tro. Cododd a llusgodd ei hun i lawr y grisiau. Pwy oedd yno tybed?

Cofiodd yn sydyn, ei chwaer, Margied. Ie siŵr.

Clywodd guro trwm ar y drws, a gwelodd Meira bâr o lygaid yn syllu arni drwy dwll y blwch llythyrau.

Daeth llais Margied i'w chlyw.

'Ble'r oeddet ti? Dwi wedi bod yn canu'r gloch yma ac yn curo'r drws ers hydoedd. Tyrd, agor! Mae hi bron yn ddau y prynhawn.'

Agorodd Meira'r drws yn araf ac am y tro cyntaf yn ei bywyd, syrthiodd i freichiau ei chwaer gan feichio crio. Cofleidiodd y ddwy'n dynn. Gwasgodd Margied hi'n agos ati.

Roedd golwg ofnadwy ar Meira, meddyliodd ei chwaer. Ei hwyneb yn wyn, a'i gwallt cyrliog du yn ddamp ac aflêr. Roedd ei dillad, hyd yn oed, yn edrych yn ddi-raen, fel pe bai hi wedi ei thynnu drwy'r drain, ac olion colur wedi ei olchi i ffwrdd gan ddagrau.

Am unwaith daeth ton o dosturi am Meira dros Margied.

Gwahanol iawn i'w pherthynas hi a Bob oedd perthynas Meira a Wil. Ers y cychwyn roedd Meira a Wil wedi bod yn gariadon go iawn, yn meddwl y byd o'i gilydd, tra bo Margied a Bob wedi ysgaru ers tair blynedd – diolch am ei le fo! Priodas anaddas ac anghynnes. Eto, trwy'r cwbl, roedd ganddi ddau o blant hyfryd, diolchodd Margied, tra bo Meira druan heb blant, er ei phriodas hapus a'u perthynas glòs.

Dyna annhegwch bywyd.

Ar ben y cyfan, roedd Wil yn awr wedi marw. Wedi ymadael cyn ei amser. Tra bod Bob yn dal i hel merched a slotian yn y dafarn.

Ble'r oedd y tegwch yn hynny?

Wedi gollwng Meira o'i gafael safodd Margied yn y gegin gan ddisgwyl i'r tegell trydan ferwi.

'Rhaid i ti wneud y coffi, fedra i wneud dim. Mae popeth yn y cwpwrdd ar y chwith,' meddai Meira, gan eistedd yn swp ar un o'r cadeiriau wrth y bwrdd bach crwn ym mhen pella'r gegin.

O'r diwedd roedd y coffi'n barod. Estynnodd Margied am ddwy gwpan Portmeirion o'r cwpwrdd uwchben y sinc ac eisteddodd i wynebu Meira wrth y bwrdd bach crwn.

'Wel, wel, Meira fach, dwed wrtha'i be ddigwyddodd. Fedra i ddim credu ei fod wedi'n gadael ni.'

Ond yna bu distawrwydd llethol rhwng y ddwy. Y naill na'r llall ddim yn gwybod beth i'w ddweud. Doedd yna ddim i'w ddweud yn y fath sefyllfa.

Yr unig sŵn i darfu ar y tawelwch oedd sipian y coffi.

Yn y man, mentrodd Margied holi eto am yr hyn a oedd wedi digwydd.

'Dwi mewn sioc. Fedra i ddim cofio'r manylion. Mae fy ymennydd i wedi rhewi. Yr unig beth alla i gofio ydi mynd i'r ysbyty a'i weld o yno. Y tîm yn gweithio arno fo, a'i gorff o'n neidio wrth iddyn nhw ddefnyddio'r peiriant. Wedyn, y meddyg yn dweud heb flewyn ar ei dafod fod Wil wedi marw!'

Trodd at ei chwaer.

'O! Margied, roedd golwg ofnadwy arno. Cleisiau a chwyddiadau mawr dros ei wyneb. Fyddet ti byth yn i nabod o. Mi ges i andros o waith edrych arno fo.'

Ychwanegodd, gan feichio crio, 'Fedra i ddim byw hebddo fo!'

Teimlai Margied dosturi mawr dros ei chwaer er nad oedden nhw erioed wedi bod yn agos. Gormod o flynyddoedd rhyngddyn nhw. Rhyw dipyn o boendod fu Meira i Margied erioed. Pan oedd Meira'n fach, a hithau tua naw neu ddeg oed, digwyddodd rhywbeth na allai Margied fyth ei anghofio. Roedd rhaid iddi edrych ar ôl Meira'n aml, a mynd â hi am dro yn y goets. Cofiai ei ffrindiau yn chwerthin ac yn dweud fel hyn, 'Gad i'r goets yna fynd lawr yr allt. Fydd hi'n sgrechian wedyn ac fe gawn ni hwyl!'

Yn y diwedd, ildiodd Margied i'r demtasiwn. Yn ymyl y tŷ roedd yna allt fach serth. Un diwrnod braf ym mis Mai gollyngodd ei gafael ar y goets. Aeth Meira fach yn bendramwnwgl i lawr y llethr ac yn syth i mewn i'r gwrych. Roedd ffrindiau Margied i gyd yn gwylio, ac yn gweiddi chwerthin. Ond braw mawr a gafodd Margied. Credai'n sicr fod Meira wedi marw. Rhedodd ati, a cheisio ei thynnu allan o'r goets. Methodd, oherwydd bod y goets yn sownd yn y gwrych. Roedd wedi apelio ar ei ffrindiau am help, 'Triwch fy helpu fi! Dowch genod!'

Ond roedd pob un ohonynt wedi diflannu erbyn hynny, a bu'n rhaid i Margied redeg â'i gwynt yn ei dwrn at ei mam. Roedd honno uwchben y twb golchi ac yn anodd ei gweld drwy'r stêm.

'Mam! Mam! Mae brêc y goets wedi methu, ac mae hi wedi rhowlio i lawr yr allt a Meira ynddi!'

Aeth ei mam allan fel bollten, a rhedodd y ddwy i gyfeiriad y gwrych. Erbyn hyn, roedd sgrechiadau Meira i'w clywed dros y lle i gyd. Wedi iddynt lwyddo i ryddhau'r goets, fe waeddodd ei mam mewn braw, gan fod y crafiadau ar wyneb a breichiau Meira'n ddigon i ddychryn unrhyw un.

Wedi cyrraedd y tŷ glanhwyd y crafiadau a rhoi eli Savlon ar ei breichiau bach. Ond dal i sgrechian crio yr oedd Meira.

Anfonwyd Margied i'w gwely heb ei the, yn gosb am beidio â gofalu am ei chwaer fach. Yno y bu am rai oriau yn crio ac ochneidio. Roedd hi'n teimlo cywilydd, wrth gwrs. Ond roedd yna deimlad o genfigen hefyd tuag at Meira. Wedi'r cyfan, roedd bywyd llawer brafiach cyn iddi hi gael ei geni. Bryd hynny, hi, Margied, oedd cannwyll llygad ei rhieni.

Ond efallai mai'r rheswm pennaf am y dieithrwch rhwng y ddwy, dros nifer o flynyddoedd, oedd y ffrae a ddigwyddodd o ganlyniad i ewyllys eu mam. Y gwir oedd fod Margied yn dal i deimlo'n ddig oherwydd mai dim ond chwarter gwerth tŷ ei rhieni a ddaeth iddi hi. Meira oedd wedi etifeddu'r gweddill, a hithau mewn swydd sefydlog ac yn ennill cyflog mawr. Ac roedd Wil hefyd mewn swydd uchel yn y banc – a dim plant i wario arnynt, ar ben pob dim!

Cafodd y ddwy andros o ffrae. Roedd Margied wedi ei hargyhoeddi ar y pryd fod Meira – a lwyddai bob amser i gael ei ffordd ei hun – wedi dylanwadu ar eu mam.

Dŵr dan y bont oedd hynny rŵan, meddyliodd Margied. Rhaid oedd maddau.

Roedd Meira mewn helynt ac roedd angen ei chwaer arni.

*

I dorri ar y distawrwydd mentrodd Margied awgrymu bod rhaid dechrau meddwl am wneud trefniadau ar gyfer angladd Wil.

'Trefniadau, pa drefniadau?'

Edrychodd Meira mewn syndod ar Margied.

'Wel, Meira, rhaid dechrau meddwl am drefnu. Fedri di ddim gadael ei gorff yn yr ysbyty am ddyddiau,' atebodd Margied yn garedig.

'Dwi ddim yn gwybod be i neud nac at bwy i droi. Dwi

ddim yn gwybod am ymgymerwr. Dwi ddim yn gwybod am weinidog chwaith. Doedd Wil a fi ddim yn aelodau o unrhyw gapel.'

Roedd hi'n amlwg i Margied fod ei chwaer yn methu delio efo'r sefyllfa. Rhyfedd hefyd, a hi wedi bod yn geffyl blaen ar hyd ei hoes, ac wedi gallu delio'n iawn efo argyfyngau bywyd. Meira, wedi'r cyfan, oedd wedi trefnu angladdau eu rhieni ac roedd popeth wedi mynd yn berffaith. Ond mae'n debyg bod colli Wil mor sydyn a thrwy ddamwain yn ddigon i daflu'r gorau oddi ar ei echel.

Sylweddolodd Margied y byddai'n rhaid iddi hi wneud y penderfyniadau. Doedd hi ddim yn siŵr iawn o'i phethau, ond fe fyddai'n gwneud ei gorau i fod yn gadarn er mwyn Meira.

'Drycha Meira, dos di am gawod. Golcha dy wallt a rho ddillad glân amdanat. Mi wnei di deimlo'n fwy ffres wedyn. Tra wyt ti yn y gawod, mi ro' i ganiad i fy ffrind Helen. Fe gollodd ei gŵr i ganser flwyddyn yn ôl. Mi fydd hi yn siŵr o wybod am ymgymerwr.'

Profodd Margied yn un â'i gair. Ffoniodd ei ffrind a oedd wedi bod yn weddw ers blwyddyn bellach.

'Wel, wel,' meddai honno. 'Fedra i ddim dod i delerau efo newyddion mor ddrwg. Meira druan, dim rhybudd o gwbl. Mi roeddwn i yn rhyw amau na fyddai Ted yn cael gwella o'r canser yna. Felly, roeddwn i wedi dechrau trio paratoi fy hun yn feddyliol. Ond wedi dweud hynny, mae hi'n anodd iawn colli un rwyt ti'n ei garu.'

Wedi trafod y sefyllfa drist, a holi sut oedd Meira yn ymdopi, dyma Helen yn cymeradwyo ymgymerwr o'r enw Brian Edwards.

'Dydi o ddim yn Gymro, ond mae o wedi hen arfer â threfnu angladdau Cymraeg ac fe fydd o hefyd yn gallu galw am wasanaeth gweinidog. Mae o'n nabod pawb. Fo ddaru drefnu popeth ar gyfer angladd Ted.'

Daeth Meira'n ôl i'r ystafell fyw.

'Rwyt ti'n edrych yn well rŵan,' meddai Margied gan wneud ei gorau i ysgafnhau ychydig ar yr awyrgylch.

'Dwi ddim yn teimlo'n well. Dwi'n meddwl na fydd bywyd o ddim gwerth byw imi fyth eto,' oedd ymateb Meira.

Chymerodd Margied fawr o sylw ohoni, ac aeth ymlaen i adrodd beth oedd gan Helen i'w ddweud am yr ymgymerwr.

'Ga' i roi caniad iddo fo?' holodd Margied.

'Os oes rhaid,' oedd ateb difater Meira.

Unwaith eto, anwybyddodd Margied ei chwaer. Roedd angen llawer o amynedd ac roedd hi'n amlwg fod rhaid trin Meira'n ofalus iawn. Ffoniodd yr ymgymerwr, ac fe drefnwyd ei fod yn galw tua phump y noson honno i drafod trefniadau angladd Wil.

'Bydd rhaid iti feddwl sut fath o angladd wyt ti'n ei ddymuno. Wyt ti eisiau ei gladdu o neu wyt ti eisiau gwasanaeth yn yr amlosgfa?'

O'r pellter yn rhywle clywodd Meira ei chwaer yn holi. Be' oedd y gwahaniaeth? Roedd Wil wedi marw! Doedd hi ddim yn gwybod beth fyddai ei ddymuniad. Roeddent wedi meddwl fod ganddyn nhw flynyddoedd eto efo'i gilydd.

Torrodd Margied ar draws ei synfyfyrion.

'Yn anffodus, rhaid iti wneud dy feddwl i fyny cyn i'r dyn yna alw.'

Dyna hi eto. Penderfyniadau, penderfyniadau. Heddwch oedd hi ei angen.

Gorweddodd Meira ar y soffa gan godi ei choesau fel pe bai'n fabi yn y groth. Doedd hi ddim eisiau siarad efo neb, ddim hyd yn oed ei chwaer. Dim ond galaru am Wil a gofidio hefyd am y ffaith eu bod wedi ffraeo'r bore hwnnw, a'i fod o wedi gadael heb ddweud ta-ta.

Mae'n rhaid ei bod hi wedi syrthio i gysgu am ryw hanner awr. Deffrôdd yn sydyn, gyda Margied yn ei chyffwrdd yn dyner ar ei braich.

'Mae Brian Edwards yma, rhaid iti siarad efo fo.'

Brian Edwards! Siarad efo fo? I be? Yna daeth yr hunllef yn ôl iddi.

*

Dyn caredig a phroffesiynol iawn wrth ei waith oedd Brian Edwards, yr ymgymerwr. Margied oedd yn trafod y manylion, ac yn troi at Meira bob hyn a hyn i gadarnhau ei bod yn fodlon gyda'r trefniadau.

Roedd o wedi hen arfer trefnu gwasanaeth drwy gyfrwng y Gymraeg.

'Dwi'n rhyw feddwl mai mynd i'r amlosgfa fyddai orau,' sibrydodd Meira.

Sicrhaodd yr ymgymerwr na fyddai dim problem trefnu hynny. Byddai ef yn gofalu bod gweinidog o un o gapeli Cymraeg Lerpwl yn cymryd y gwasanaeth, a byddai hwnnw yn dewis emynau priodol. Dwy dorch fyddai ar yr arch, un gan Meira ac un gan Margied. Hefyd byddai hysbyseb yn y *Daily Post*, yn argraffiad Lerpwl ac yn argraffiad Gogledd Cymru.

Wedi i Brian Edwards ymadael ochneidiodd Margied, a throi at Meira.

'Dyna ni, rhaid inni fynd drwy'r broses yna. Mae popeth yn ei law o rŵan, fedrwn i wneud dim mwy.'

Ond doedd Meira ddim yn gwrando. Roedd hi'n ôl ar y soffa, yn syllu tuag at un o gorneli'r ystafell. Dim awydd siarad, dim ond syllu a synfyfyrio.

Roedd Margied yn poeni yn ofnadwy am Meira, doedd hi ddim yn siŵr beth i'w wneud am y gorau. Aeth Meira i fyny i'w hystafell wely yn fuan, ond dagreuol iawn fu hi y rhan fwyaf o'r nos. Drwy'r wal clywai Margied hi'n torri ei chalon.

*

Buan yr aeth y newyddion ar led ymysg perthnasau, ffrindiau a chydweithwyr. Roedd y ffôn yn canu yn barhaus. Roedd cloch y tŷ'n canu'n barhaus hefyd. Blodau, geiriau caredig o gydymdeimlad, cofleidio.

'I know how you feel, lovey, don't despair, life has to go on.'

Dyna oedd gan Mrs Brown, ysgrifenyddes Meira, i'w ddweud. Na, doedd Mrs Brown ddim yn gwybod sut oedd hi'n teimlo. Doedd neb yn y byd yn gwybod. Pan ddaeth Mrs Brown i ymweld â hi, a'i chofleidio, cafodd Meira waith peidio â chyfogi gan arogl chwys a phersawr rhad. Ych! Doedd hi ddim eisiau cael ei chofleidio gan Mrs Brown fyth eto.

'Plis Margied, ga i fynd i fy ystafell wely? Mi fyddai'n well i ti gael gair efo pawb sy'n galw,' erfyniodd Meira.

'Na, na, dwi'n bendant am un peth, chei di ddim cuddio. Maen nhw'n galw i dy weld *ti*. Dwi'n barod i ateb y drws, gwneud te a rhoi'r blodau mewn dŵr. Ond mae'n rhaid iti drio wynebu'r bobl yma dy hun.'

Aeth yr ymweliadau gan lu o ffrindiau, cydweithwyr a chydnabod Wil a Meira ymlaen am ddyddiau. Yn ystod y cyfnod hwn, sylweddolodd Margied fod cyflwr meddwl Meira'n gwaethygu. Er iddi allu sgwrsio am gyfnod byr gydag ambell un o'r ymwelwyr, ei hystafell wely oedd y ddihangfa, yn aml. Heb yn wybod iddi, rhyw dri diwrnod cyn yr angladd, cafodd Margied air ar y ffôn gyda meddyg Meira, ac addawodd alw i'w gweld.

Y prynhawn hwnnw canodd cloch y drws. Roedd Meira'n gorwedd ar ei gwely. O diar, rhywun arall yn dod i gydymdeimlo, meddyliodd yn ddigalon.

'Where is she?' holodd Dr Jarvis.

'She's upstairs in bed,' atebodd Margied.

I ffwrdd â fo i fyny'r grisiau. Dyna lle'r oedd Meira yn gorwedd ar y gwely heb dynnu amdani a'i llygaid ar gau. Dechreuodd y meddyg ei holi. Sut oedd hi'n teimlo? Oedd ganddi boen o gwbl? Chafodd o fawr o ymateb heblaw'r ailadrodd dro ar ôl tro, 'I can't take it in. I can't believe it. I feel responsible. You see we had a row before he left for work. He wanted a family I didn't. Now I think I may be pregnant and he'll never be a father. You see, I forgot to take the pill the other night. What am I going to do?'

Roedd Margied yn sefyll wrth ddrws yr ystafell wely. Syfrdanwyd hi. Nid oedd Meira wedi sôn fod yna bosibilrwydd ei bod yn feichiog. Felly, dyna oedd gwraidd y drwg. Dyna pam nad oedden nhw ddim wedi cael plant.

Y hi, Meira, oedd ddim eisiau cychwyn teulu, Wel, wel, un hunanol fu hi erioed, meddyliodd Margied.

'We'll take a proper pregnancy test in a few days' time and then you can have a scan. I can't give you anything as far as tablets are concerned, just in case you are pregnant. I know it's difficult, but try very hard to calm yourself. I'll see you next week after the funeral.'

Aeth y meddyg i lawr y grisiau. Wrth agor y drws iddo, dywedodd Margied, 'I knew nothing about this possible pregnancy, Doctor.'

'We'll just have to wait and see. I certainly can't give her anything for her state of mind. In the meantime, watch her carefully,' atebodd yntau.

Aeth Margied yn syth i'r ystafell wely. Roedd Meira erbyn hynny yn y gawod. Pan ddaeth hi'n ôl i'r ystafell, teimlai ychydig yn well ei hysbryd.

'Pam yn y byd na fydde ti wedi dweud am y posibilrwydd dy fod ti'n feichiog?' holodd Margied.

Eisteddodd Meira ar erchwyn y gwely a thorrodd y llifddorau. Daeth popeth allan bendramwnwgl. Y ffaith fod Wil eisiau plentyn, a hithau yn erbyn hynny. Eisiau bwrw ymlaen efo'i gyrfa. Dim amser i fabis a newid clytiau. Arni hi, a hi'n unig, yr oedd y bai am y ddamwain.

Er ei bod hi'n teimlo rhyddhad o gydnabod beth oedd wedi digwydd, sut oedd hi'n mynd i fyw am weddill ei hoes gyda hyn i gyd ar ei chydwybod?

'Dydi hi ddim yn deg; fi sy'n gyfrifol am ladd y dyn roeddwn i'n ei garu. Hwyrach fy mod i'n disgwyl babi. Fydd Wil byth yn cael magu'r plentyn roedd o'n dyheu am ei gael – mae'r euogrwydd yn fy lladd i.'

Gyda dagrau yn powlio i lawr bochau tenau Meira, allai Margied ddim peidio â thosturio wrthi.

'Drycha Meira, paid â beio dy hun. Os wyt ti'n feichiog cymer o fel rhodd gan Dduw.'

Torrodd Meira ar ei thraws, 'Rhodd gan Dduw yn wir! Be mae Duw wedi ei neud i mi erioed? Mae o wedi cymryd bywyd yr un roeddwn i yn ei garu fwya'n y byd. Alla i ddim credu yn y syniad o drefn rhagluniaeth a nefoedd. Ble mae 'nghariad i rŵan? Ble mae Wil?'

*

Pan ddaeth diwrnod yr angladd roedd Margied yn benderfynol o sicrhau bod Meira'n ymddwyn yn briodol.

'Rhaid iti fod yn gryf er mwyn Wil. Rhaid iti ymddwyn yn urddasol, sut bynnag rwyt ti'n teimlo,' siarsiodd.

'Dwi ddim am wisgo du, fe fyddai hynny'n hollol anaddas'.

Felly, penderfynodd wisgo ffrog gyda chefndir gwyn a blodau glas tywyll arni, cardigan a sandalau glas tywyll. Fe fethodd fwyta brecwast, er i Margied wneud ei gorau i'w chael i fwyta darn o dost.

Pan gyrhaeddodd yr amlosgfa cafodd fraw wrth weld cymaint o ffrindiau, perthnasau a chydweithwyr yn disgwyl amdani. Wrth gerdded i mewn, a gweld y gynulleidfa fawr, teimlai fod hyn yn un o dreialon mwyaf ei bywyd. Cydiodd Margied yn dynn yn ei llaw, ac er iddi addo ceisio bod yn urddasol, roedd y dagrau'n mynnu rhedeg i lawr ei gruddiau, yn enwedig pan gododd y gynulleidfa i ganu'r emyn, 'Arglwydd, dyma fi'.

Roedd yna rywbeth arbennig am ganu emynau Cymraeg. Canu yn llawn hiraeth – dyna beth oedd o, meddyliodd Meira. Yna, pan welodd yr arch yn diflannu y tu ôl i'r llenni yn yr amlosgfa, aeth popeth yn ormod iddi. Llosgi corff hardd Wil! Y corff roedd hi wedi ei anwesu a'i gofleidio. Ei losgi yn llwch mân!

Roedd hyn yn gyrru amheuon mawr drwy ei meddwl. Roedd y gweinidog wedi sôn am yr enaid yn dychwelyd at Dduw. Enaid? Beth yw enaid? Ble roedd enaid Wil rŵan? I ble roedd yr enaid yn mynd? Oedd yna ran o Wil yn rhywle, yn ymwybodol o'i dioddefaint hi? Oedd o'n gwybod pa mor ddirdynnol oedd pethau iddi?

Wedi'r gwasanaeth, rhaid oedd cael paned a scon mewn bwyty bach gerllaw. Pan awgrymwyd wrth Meira ei bod yn ofynnol paratoi paned ar gyfer y rhai a oedd wedi teithio ymhell, fe brotestiodd.

'Dwi ddim eisiau jamborî. Dwi'n galaru am fy ngŵr. Dwi ddim eisiau parti.'

Pwysleisiodd Margied mai cyfle iddi gael dweud diolch oedd y te. A dyna'n union wnaeth hi. Roedd hi fel robot yn dweud dro ar ôl tro, 'Diolch i chi am ddod, rydw i'n gwerthfawrogi hyn yn fawr.'

'Dan ni'n gwybod sut rwyt ti'n teimlo. Dan ni'n cydymdeimlo. Cofia godi'r ffôn os wyt ti angen rhywbeth.'

Cofleidio mawr. Ond roedd Meira yn dal ei hun yn stiff fel procer, heb allu rhoi i mewn i'r cofleidio caredig.

Wedi rhyw awr o gyfarfod llu o berthnasau a ffrindiau, sibrydodd Meira wrth Margied nad oedd hi'n gallu wynebu neb arall a'u clywed yn dweud eu bod yn gwybod sut roedd hi'n teimlo.

'Rhaid imi gael mynd adref. Fedra i ddim dal ymlaen. Does neb yn gwybod sut ydw i yn teimlo mewn gwirionedd. Mae hyn yn ormod i mi.'

Wedi cyrraedd adref aeth Meira i eistedd ar y fainc bren oedd o dan y goeden helyg yng nghornel bella'r ardd. Roedd hi'n ddiwrnod arbennig o braf. Awyr las ac awel gynnes. Diwrnod llawer rhy braf i fod yn ddiwrnod angladd, yn enwedig angladd Wil!

Ar benwythnosau yn yr haf, dyma lle'r oedd Wil a hi wedi arfer cael eu coffi ganol bore. Y ddau yn eistedd ochr yn ochr ar y fainc bren.

Amser gorau'r flwyddyn oedd yr haf i Wil. Roedd o wrth ei fodd yn gwneud ychydig o arddio. Torri'r gwrychoedd a thorri'r lawnt. Meira fel arfer oedd yn plannu'r blodau. Gardd fach daclus oedd hi, a phleser mwyaf y ddau oedd treulio amser yno yn ystod y gwanwyn a'r haf.

Eisteddodd Meira fel delw, gan gofio am yr amser hapus. O! roedd hi'n unig. Trodd i edrych ar y gwagle wrth ei hochr ar y fainc. Fyddai ei bywyd fyth yr un fath eto, byth!

*

Y noson honno yn ei gwely syllodd Meira i'r tywyllwch. Roedd tywyllwch o'i chwmpas ym mhobman, yn ddwfn, ddwfn – ie, yn ei henaid hi hefyd. Y rhan yna ohoni nad oedd yn gallu ei disgrifio yn iawn. Eisteddodd i fyny yn y gwely. Noson ddi-gwsg arall o'i blaen.

Yna daeth syniad i'w meddwl.

Rhaid oedd trefnu taith iddi ei hun i Lanwddyn, pentref genedigol Wil. Ei syniad oedd mynd yno ei hun, er mwyn gallu cerdded yr hen lwybrau ac ail-fyw peth o'r amser hapus roedd Wil a hi wedi ei dreulio yn ei gartref wrth lan Llyn Efyrnwy. Yno, un noson leuad braf, a Wil wedi parcio'r car ger y llyn sawl blwyddyn yn ôl bellach, roedd o wedi dweud wrthi am y tro cyntaf ei fod yn ei charu.

Ardal hynod o braf oedd ardal Llanwddyn ac fe gafodd Meira ysfa i droedio'r hen lwybrau ac atgoffa ei hun am yr hyn roedd Wil wedi ei ddweud wrthi am y pentref a'r dyffryn a foddwyd.

A pham? Er mwyn sicrhau cyflenwad o ddŵr i Lerpwl. Dyna ryfedd! Achos roedd hi a Wil wedi dibynnu ar y cyflenwad hwnnw ers iddyn nhw symud i Lerpwl. Doedd y syniad erioed wedi croesi meddwl Meira o'r blaen.

Roedd ei gefndir yn bwysig iawn i Wil ac roedd ganddo le cynnes yn ei galon i Lanwddyn. Hwyrach y byddai'n syniad gwneud trefniadau i chwalu ei lwch yno. Byddai ei ysbryd yn cael tangnefedd ym Maldwyn.

Dyna'r penderfyniad wedi'i wneud. Dylai Wil orffwys gyda'i gyndadau. Roedd y mwynder ym mêr ei esgyrn. Rhaid oedd cyflwyno Wil yn ôl i fwynder ei fro.

Pennod 5

Roedd hi'n fis Medi a dau fis wedi mynd heibio ers i Wil farw. Erbyn hyn, roedd Meira wedi gwneud ei gorau i ddod i delerau â'r hyn a oedd wedi digwydd, ac i ddygymod â bod yn y tŷ ar ei phen ei hun. Ond roedd hi'n anodd iawn.

Wrth weld llun Wil, neu geisio didoli ei ddillad, neu hyd yn oed gael sgwrs gyda chyfaill neu gydnabod, roedd dagrau yn dal yn agos iawn.

'Mae o fel troi switsh ymlaen, mae'r dagrau yno yn barod i lifo o hyd. Dwi'n ei golli o yn ofnadwy,' cyfaddefodd wrth Margied ar y ffôn.

Yr ofn mwyaf oedd misoedd y gaeaf. Gwyddai y byddai'r dydd yn byrhau a phob drws wedi'i gau'n dynn erbyn pump o'r gloch y prynhawn a noswaith hir, unig a thywyll yn ymestyn o'i blaen.

Methodd Meira ddychwelyd i'r ysgol ar ôl gwyliau'r haf, ond roedd hi'n ffyddiog y byddai'n gwneud hynny wedi'r gwyliau hanner tymor ym mis Hydref. Fodd bynnag, roedd yna broblem arall yn poeni Meira, un na allai ei hanwybyddu. Bob bore ers rhyw dair wythnos, roedd hi wedi deffro gan deimlo'n sâl. Codai wedyn i wneud cwpanaid o de, a methu cadw hwnnw i lawr. Ras i'r tŷ bach, taflu i fyny a theimlo fel cadach llestri wedyn.

Roedd Margied, wedi dychwelyd i'w chartref yn Bridlington ers chwech wythnos bellach. Wrth edrych yn ôl, teimlai Meira iddi fod yn garedig iawn dros y cyfnod anodd y bu drwyddo. Roeddent fel chwiorydd wedi agosáu at ei gilydd, ac ers hynny wedi galw ei gilydd ar y ffôn o leiaf ddwywaith yr wythnos, yn ogystal ag anfon ambell i neges destun. Cyn dychwelyd adref roedd Margied wedi siarsio Meira, 'Cofia, mi ddo i nôl yn syth bin os byddi di fy angen i. Mi fydda' i'n dy ddisgwyl acw hefyd am benwythnos. Bydd croeso mawr iti. Rhaid i ni beidio â bod yn ddierth rŵan.'

'Fedra i byth ddiolch digon i ti, rwyt ti wedi bod yn gefn mawr i mi,' oedd ymateb Meira gyda'r dagrau yn cronni wrth iddi ddychmygu ceisio byw ar ei phen ei hun.

'Dwi'n chwaer i ti cofia. Be mae chwiorydd yn dda, dywed?' meddai Margied hithau, gan ofleidio Meira. Roedd yn rhaid cyfaddef fod eu hagosatrwydd newydd yn braf.

Roedd ffrindiau Meira wedi closio ati hefyd, yn enwedig Catrin, ei dirprwy yn yr ysgol. Hi, wrth gwrs, oedd yn rhedeg y sioe yn absenoldeb Meira. Cafodd ei chanmol gan y Llywodraethwyr am ei hymroddiad i'r gwaith ac roedd Meira yn ddiolchgar iddi am beidio â'i thrafferthu gyda rhai o fân broblemau'r ysgol, heb sôn am hwylio'n llwyddiannus drwy'r archwiliad.

'Paid â sôn, a phaid â holi am yr ysgol. Mae popeth yn iawn yno. Mi fydda' i yn falch pan fyddi di'n ôl wrth y llyw. Ond ar hyn o bryd, canolbwyntia ar gryfhau. Dan ni'n dod i ben â phethau,' sicrhaodd hi.

Roedd y ddwy yn cael sgwrs ar y ffôn bob yn ail ddiwrnod, a Catrin yn trefnu rhywbeth arbennig iddi bob hyn a hyn.

'Da ni'n mynd i siopa ddydd Sadwrn nesa. Dipyn o *retail therapy*. Mi godith hynny dy galon di,' meddai wrthi dros y ffôn un nos Iau.

'Dwi'n iawn. Dwi ddim angen dim,' oedd ateb Meira.

Ond doedd dim dadlau. Rhaid oedd ufuddhau. Galwodd Catrin amdani tua deg y bore, ac i mewn â nhw i Lerpwl ac i ganol y siopau newydd. Coffi cyn cychwyn gwario, yna tamaid bach o ginio ysgafn tuag un o'r gloch. Prynodd Catrin sgert goch a siwmper, ac i'w phlesio prynodd Meira gôt ddu gynnes ar gyfer y gaeaf. Ar ôl paned ddiwedd y prynhawn, dyma orffen y diwrnod yn nhŷ Catrin, gyda Ffred, ei gŵr, yn paratoi pryd min nos i'r ddwy.

Rhyw nos Wener arall dyma ganiad ar y ffôn gan Catrin.

'Dwi'n galw amdanat ti tua deg bore fory. Mi awn i'r dre i siopa. Yna, be am fynd i'r sinema tua hanner awr wedi tri? Maen nhw'n dweud fod yna ffilm dda o'r enw *Victoria and Albert* a'i bod hi'n werth ei gweld. Rwyt ti'n hoffi ffilm dda, yn dwyt?'

Ond dyna'r lle diwethaf roedd Meira eisiau mynd iddo. Eistedd am ddwy awr i wylio stori garu. Ond i blesio Catrin fe gytunodd. Crio yn dawel wnaeth hi bron iawn drwy'r ffilm i gyd.

Tueddu aros i mewn fyddai hi yn ystod yr wythnos, heblaw am bicio i'r archfarchnad i brynu pethau angenrheidiol. Y drwg oedd, wrth gerdded i mewn i'r tŷ, roedd hi bob tro yn ailagor y briw, ac roedd y teimlad o bresenoldeb Wil ym mhobman yn gryf iawn. Yn aml, wrth yfed ei choffi a darllen y *Daily Post*, byddai'r dagrau'n treiglo i lawr ei gruddiau ac yn sblasio ar dudalennau'r papur. Yn ystod y tywydd braf, ac yn enwedig ar fin nos gynnes, byddai'n eistedd ar y fainc yn yr ardd. Yno hefyd roedd hiraeth yn llenwi ei chalon.

*

Tua chanol mis Medi oedd hi pan sylweddolodd ei bod wedi methu ei mislif ddwywaith. Roedd y teimlad o gyfog yn y bore hefyd yn gwneud iddi amau'n gryf ei bod yn feichiog. Roedd hi wedi gwrthod gwneud prawf gyda'r meddyg, Dr Jarvis. Allai hi ddim ei wynebu. Ond bellach, doedd dim dewis. Aeth i siop y fferyllydd i brynu'r prawf beichiogrwydd. Yna, fe'i cuddiodd yn y cwpwrdd bach yn yr ystafell molchi am rai dyddiau.

Doedd hi ddim eisiau wynebu'r gwir.

Roedd hi eisiau cael babi Wil, ond doedd hi ddim yn siŵr ei bod hi eisiau bod yn fam sengl.

O'r diwedd, dyma benderfynu defnyddio'r prawf. Wel, doedd dim dwywaith amdani. Roedd llinell las wedi ymddangos yn y ffenest brawf yn cadarnhau y byddai hi'n fam.

Rhyw saith mis oedd i fynd.

Ffoniodd ei chwaer ar unwaith, a chafodd gyngor gan Margied i fynd i weld Dr Jarvis yn syth.

'Mae'n bwysig dy fod yn edrych ar ôl dy hun. Dwyt ti ddim yn ifanc yn cael dy fabi cyntaf. Oherwydd yr hyn wyt ti wedi ei ddiodde'n feddyliol ac yn emosiynol, *rhaid* i ti weld y meddyg. Dwyt ti ddim isio colli'r babi, nac oes?'

'Nac oes. Ac ydw, rydw i'n falch, ond dwi ofn y cyfrifoldeb o fagu plentyn ar fy mhen fy hun. Dwi'n gobeithio mai bachgen fydd o ac y bydd o'n debyg i'w dad.'

Oedodd. Roedd geiriau Margied wedi codi ofn arni.

'Tydw i ddim yn andros o hen. Mae yna rai yn hŷn na fi yn cael ei babi cyntaf,' meddai wedyn.

'Oes, oes,' meddai Margied yn gysurlon. 'Dim ond dweud be mae'r gwybodusion yn ei ddweud rydw i!'

*

'I know you're not young to be having your first baby, but you should be fine,' oedd ymateb call y meddyg, heb ddannod iddi na fu ato ynghynt, er iddo ei chymell i wneud hynny. 'I am, however, concerned about you, due to your sudden bereavement. You must be careful, very careful. We will monitor you closely. I'll arrange for your first scan.'

Ond wedi iddi gael sgwrs â'r meddyg, roedd y syniad o fynd draw i Lanwddyn yn pwyso'n drymach ar Meira.

'Rhaid i mi ymweld â Llanwddyn cyn imi fynd yn rhy fawr i deithio, a chyn y gaeaf hefyd. Hwyrach y ca' i gyfle i wasgaru llwch Wil yn rhywle,' meddyliodd, a sylweddoli'n sydyn mor braf oedd y tywydd. Lwcus bod plant yr ysgol yn gallu mynd allan i chwarae. Doedd dim byd mwy annifyr nag amser chwarae gwlyb i'r disgyblion a'r athrawon.

Na! doedd hi ddim yn colli bod yn bresennol yn ystod amser chwarae gwlyb. Yn wir, er syndod iddi, doedd hi ddim yn colli bod yn yr ysgol o gwbl, ac fe fyddai'n anodd dychwelyd yno.

*

Llywiodd Meira y BMW i fyny'r dreif oedd yn arwain at y *Lake Hotel*. Roedd yn westy Fictoraidd hyfryd wedi ei adeiladu pan foddwyd dyffryn Efyrnwy rhyw gant a phump o flynyddoedd ynghynt. Ymwelwyr dros y ffin oedd yn aros yno gan amlaf, ond yn y dyddiau cynnar helwyr a physgotwyr oedd y gwesteion. Roedd yna sôn hefyd fod y brenin Siôr y Pumed wedi galw heibio unwaith, ac roedd yna lun ohono ar y wal yn dystiolaeth o'i ymweliad. Roedd Meira a Wil wedi aros yno sawl gwaith yn y gorffennol, a chymryd mantais o'r sba a'r cyfleusterau harddwch er mwyn ymlacio'n llwyr.

Wrth weld y gwesty yn edrych mor rhyfeddol ar ben y bryn, roedd Meira'n ansicr iawn o'i theimladau. Sut beth fyddai aros yno ar ei phen ei hun? Gwely mawr cyfforddus, a dim Wil i'w gydfwynhau.

Ond er ei theimladau trist, roedd rhaid cyfaddef fod y lle yn arbennig o braf. Safodd i fwynhau'r olygfa. Roedd dail y coed yn dechrau troi eu lliw, ac roedd yna ryw brydferthwch arbennig yn perthyn iddynt a hithau'n ddiwedd Medi.

Llyn Efyrnwy ar ei orau! Y dŵr mor dawel ac adlewyrchiad y Tŵr Hidlo yn debyg i un o gestyll y Rhein, yn edrych yn hynod o ramantus.

Cofiodd Meira am y tro hwnnw wrth iddynt ddychwelyd o'u gwyliau yn Sbaen, a'r awyren yn hedfan dros y llyn cyn glanio yn Lerpwl. Wrth edrych ar Efyrnwy o'r awyr, roedd yn olygfa berffaith ac roedd Wil wedi cynhyrfu'n lân. Fo oedd yn eistedd agosaf at y ffenest bob tro pan fyddent yn hedfan, a hynny am nad oedd Meira'n mwynhau hedfan a doedd byth eisiau edrych allan a gweld y ddaear islaw.

'Drycha, drycha, dan ni'n hedfan dros Lanwddyn. Dacw'r Twr a dacw hi'r wal. Am olygfa ryfeddol!'

Mentrodd Meira bwyso ar draws Wil ac edrych i lawr ar Lyn Efyrnwy. Roedd yn olygfa ryfeddol – yn un na fyddai byth yn ei hanghofio.

A dyna lle roedd hi rŵan, yn syllu ar y llyn hardd, a hithau'n unig, heb Wil i rannu'r profiad. Roedd rhaid cyfaddef fod Llanwddyn ym mêr esgyrn Wil, er iddo ymadael flynyddoedd ynghynt. Yn ystod eu priodas roeddent wedi mwynhau sawl encil o'u bywydau prysur yn y gwesty uwchben y llyn. Cerdded hen lwybrau, hel atgofion, adrodd hen storïau, beicio o amgylch y llyn a mwynhau'r awyr iach. Wedyn, pryd ardderchog fin nos ac ambell botel o win coch i'w olchi i lawr.

Torrwyd ar ei synfyfyrion gan lais caredig yn ei chyfarch, 'Good afternoon, Mrs Owen. Welcome back to the Lake Vyrnwy. Mr Owen not with you this time?'

Dyna'r math o beth a oedd yn llorio Meira. Rhai yn eu hanwybodaeth yn disgwyl gweld y ddau ohonynt gyda'i gilydd. Eglurodd yn ddagreuol beth oedd wedi digwydd gan ofyn am gael ystafell yn wynebu'r olygfa, fel arfer.

Eisteddodd i lawr ar y gadair esmwyth wrth y ffenest i sipian ei phaned o goffi. Rhyfedd, meddyliodd. Ers pan oedd hi'n feichiog doedd hi ddim yn gallu yfed te, yn enwedig te gwan; roedd o'n codi cyfog arni. Dŵr, sudd oren neu goffi fyddai'n mynd â hi bob tro.

Roedd ei thraed wedi chwyddo rhyw gymaint ar ôl y daith yn y car, felly penderfynodd orwedd ar y gwely i gynllunio ble yn union y byddai'n mynd am dro. Yn sicr, byddai'n rhaid iddi fynd dros y wal a cherdded i lawr i'r pentref. Edrych ar yr *Island* fel y gelwid o gan y pentrefwyr. Llain o dir oedd hwnnw y tu isaf i'r wal fawr oedd yn debyg i ynys pan oedd llif cryf yn dod dros yr argae yn y gaeaf. Roedd llwybr yn arwain o'r pentref i'r *Island*. Byddai Wil bob amser yn adrodd y storïau a glywodd gan ei dad am y cyfnod pan oedd o'n fachgen yn tyfu i fyny yn y pentref adeg yr Ail Ryfel Byd.

Byddai Wil yn ei hatgoffa o'r hyn a ddigwyddodd adeg yr Ail Ryfel Byd.

Oherwydd pryder am gyflenwad dŵr dinas Lerpwl, codwyd gwersyll gan y Royal Engineers a oedd yn ymledu o'r pentref i lawr at yr afon ac i gyfeiriad yr *Island*.

'Ti'n gweld, ddaru nhw fwy neu lai gymryd drosodd y pentref er mwyn achub Lerpwl. Wrth gwrs, roedd bechgyn bach, fel fy nhad, yn meddwl ei bod hi'n grêt cael soldiwrs ym mhobman. Roedden nhw'n mynd lawr at y gwersyll, ac roedd y milwyr yn rhoi siocled a fferins iddyn nhw. Weithiau, yn amser sbâr y milwyr, fe fyddai gêm bêldroed rhwng cogia'r pentref a'r milwyr.'

Yna, byddai Wil yn mynd ymlaen i adrodd yr hanes am ei dad fo a'i ffrind, y faciwî, yn chwythu chwisl o un pen i'r pentref i'r llall, ac fel y bu heddlu'r Fyddin ar eu holau, gan feddwl eu bod yn rhoi rhyw arwyddion cudd. Roedd Wil yn rholio chwerthin wrth feddwl am gampau'r bechgyn.

Ar un o'u hymweliadau â Llanwddyn roedd Wil wedi adrodd hanes ei daid a'r cipar. Mae'n debyg, fel sawl gwraig tŷ arall yn y pentref, fod ei nain yn rhoi llety i rai o bobl bwysig y fyddin. Roedd ffrind taid Wil yn dipyn o botsiwr. Un tro, rhoddodd bedwar o ffesantod tew i Henri Jones i'w mwynhau, gan ei siarsio i gadw'r peth yn ddistaw.

Y noson honno, fe goginiodd nain Wil y ffesantod ar gyfer swper i un o'r capteiniaid, a bu canmoliaeth fawr. Y diwrnod canlynol, gwelodd y capten y cipar lleol, a dywedodd wrth hwnnw mor flasus oedd y pryd o ffesant a gafodd y noson gynt. Taid Wil gafodd flas tafod y cipar. Er iddo, fel blaenor parchus yng Nghapel y Gwaith, brotestio ei fod yn ddieuog, roedd yr amheuaeth yn eglur ar wyneb y cipar.

Oedd, roedd yna ddwsinau o storïau am Lanwddyn, a byddai Wil wrth ei fodd yn eu hadrodd.

Wrth orwedd yno ar y gwely, meddyliodd Meira mor wahanol fu ei bywyd hi a Wil o'i gymharu â bywyd ei daid a'i nain yn y gornel fach dawel hon o Gymru.

Yr hyn oedd yn gyffredin iddynt oedd eu cysylltiad â dinas fawr Lerpwl. Tyddynwr oedd taid Wil, wrth gwrs, yn rhentu rhyw ddwy acer o dir gan Gorfforaeth Lerpwl. Yn ogystal â godro dwy fuwch bob bore a min nos, cadw mochyn ac ychydig o ieir, roedd yn gweithio rhwng wyth a hanner awr wedi pump i'r *Corporation*. Adeg y Rhyfel byddai nain Wil yn gwneud menyn ac yn pobi bara. Ar ddiwrnod corddi yn yr haf, er mwyn cadw'r menyn yn ffres, byddai Henri Jones yn cerdded draw i Ffynnon Lluest, ryw filltir a hanner o'r pentref, i nôl dau lond bwced o ddŵr oer. Erbyn cyrraedd y tŷ, roedd y creadur bach bron ar ei liniau.

Wrth droi storïau am deulu Wil yn ei meddwl, syrthiodd Meira i gysgu a rhyw hanner breuddwydio. Dechreuodd rhai o'r cymeriadau ddod yn fyw iddi …

Dihunodd yn sydyn, a sylwi ar y cloc larwm wrth ymyl ei gwely. Roedd hi bron yn chwarter i chwech!

Roedd hi'n dechrau tywyllu, ac wrth edrych allan dros y llyn sylwodd Meira ar harddwch lliwiau'r machlud i gyfeiriad Bwlch y Groes yn y pellter. Tybed a fu cyndeidiau Wil yn hapusach yn byw eu bywyd syml nag oedd hi heddiw? O gofio am foddi'r hen Lan, roedd hi'n amau hynny'n gryf.

Wedi iddi gael cawod a gwisgo blows lân, aeth draw tua'r sba i drefnu ychydig o faldod iddi'i hun y diwrnod canlynol.

Yfory, mi fyddai'n crwydro ac yn hel atgofion. Roedd angen hefyd cael gair â rhywun ynglŷn â chwalu llwch Wil.

*

Wrth gynllunio ei hymweliad â Llanwddyn roedd Meira wedi meddwl llogi beic o'r gwesty am ddiwrnod, er mwyn cael crwydro'r fro a chael tro o amgylch y llyn. Fe soniodd am hyn wrth ei chwaer a'r ymateb a gafodd oedd, 'Wyt ti eisiau cadw'r babi yna?'

'Wrth gwrs fy mod i!'

'Wel, paid â gwneud dim byd gwirion a mentrus. Be fyddai'n digwydd pe baet ti'n syrthio oddi ar dy feic? Allet ti golli'r babi!' oedd ateb swta Margied.

Felly, y car ac ychydig o gerdded amdani!

Aeth draw i'r pentref, dros yr argae a throi i'r chwith. Heibio i Gapel Bethel, neu 'Gapel y Gwaith', fel roedd y pentrefwyr yn ei alw. Roedd yna olwg druenus ar y capel rŵan, wedi ei droi yn ganolfan natur. Ymlaen â hi at res tai Glyndu yng ngwaelod isaf y pentref. Y tu ôl i'r tai, ar lethr serth, gwelodd y caeau a fu unwaith o dan ofal Henri Jones, taid Wil. Meddyliodd am ei thad yng nghyfraith yn dweud y byddai'n ofynnol iddo godi cerrig o'r cae cyn plannu tatws a moron pan yn blentyn. Wedi i'r moron dyfu i faint arbennig, roedd rhaid chwynnu rhwng y rhesi. Dyna beth oedd gwaith diflas, meddyliodd Meira.

'I'm *bored*, Miss.'

Dyna'n aml oedd rhai o'i disgyblion yn yr ysgol yn ei ddweud. *Bored!* Doedden nhw ddim yn gwybod ystyr *bored!* Codi cerrig a chwynnu moron oedd bod yn *bored!*

Wrth sefyll yno o flaen cartref taid a nain Wil, cofiodd fod pentref Llanwddyn wedi ei ynysu gan eira yn ystod gaeaf garw 1947. Roedd tad Wil wedi bod gartref o'r ysgol am wythnosau, ac roedd dynion a bechgyn y pentref, sawl gwaith yr wythnos, wedi pasio bara a sachau o flawd o ris i ris ar y ffordd rhwng Llanfyllin a Llanwddyn cyn eu cludo ar dractor i'r pentref. Roedd hynny, yn ôl pob sôn, yn llawer mwy o hwyl na mynychu Ysgol Uwchradd Llanfyllin.

Rhyw bum mlynedd cyn y ddamwain roedd hi a Wil wedi treulio'r Nadolig yn y gwesty yn Llanwddyn. Roedd hi'n hynod o braf, ac oer, a rhew ar y coed ym mhobman. Roedd yn ddarlun na fyddai Meira byth yn ei anghofio. Dyna pryd y cofiodd Wil am yr hanes a glywodd gan ei dad am yr hyn a ddigwyddodd yn ystod y gaeaf bythgofiadwy hwnnw bron i drigain mlynedd ynghynt.

'Roedd y llyn wedi rhewi'n gorn yn 1947, ac yn ôl fy nhad, fe feiciodd Ned Glan Rhyd ar ei draws heb unwaith glywed y rhew yn dadmer. Dyna be oedd gaeaf hen ffasiwn.'

Ymlaen â hi at y Tŵr Hidlo wrth lan y llyn. Roedd yn edrych yn hudolus yn yr heulwen hydrefol. Sylwodd ar y gadwyn fawr a oedd i'w gweld ar ochr bella'r tŵr yn disgyn o'i ben uchaf i lawr i'r dŵr islaw. Roedd Wil wedi dweud wrthi ei fod, yn ddeg oed, wedi dringo'r gadwyn fawr.

'Paid â'u malu nhw, alla' i ddim dy goelio di. Be fyddai wedi digwydd pe bai dy droed di wedi methu? Be yn y byd wnaeth iti wneud y fath beth?'

'Bob Tŷ Ucha ddaru fy herio i. Yr adeg honno roedden ni'n gallu sleifio i mewn i'r tŵr heb i neb ein gweld. I mewn â ni. Bachais yn y ddolen gyntaf, ac fe es i fyny'r gadwyn o fewn ugain munud. Cyn i Bob wneud yr un peth, dyma lais fel taran. Ted bach, y fforman, oedd yno yn disgwyl i mi gyrraedd y gwaelod. I'r swyddfa â ni i wynebu'r bosys. Yna, i lawr i'n tŷ ni i ddweud wrth fy rhieni ac wrth Taid a Nain. Roedden ni'n byw efo Taid a Nain yr adeg honno. Cefais fy ngyrru i fy stafell wely am weddill y diwrnod i edifarhau.'

Cyn gyrru ymlaen o amgylch y llyn penderfynodd Meira alw i weld y person. Gŵr annwyl a theimladwy iawn oedd o, a chydymdeimlodd yn ddwys â hi.

'Mi roedd Wil yn arfer chwarae yn y caeau y tu draw i Glyndu pan oedd o'n fachgen bach. Dwi'n credu y caiff ei ysbryd ryddid a thangnefedd yno,' awgrymodd Meira.

'Debyg iawn. Mi fyddai'n fraint imi gael dod efo chi, ac fe ddarllenwn ni ryw Salm fach a chynnig gair o weddi,' awgrymodd y person.

Cytunwyd mai dyna fyddai'r lle priodol i chwalu llwch Wil, ac y byddent yn cyfarfod am un o'r gloch y diwrnod canlynol, a hynny cyn i Meira droi'n ôl am Lerpwl.

Wedi cael gair efo'r person, gyrrodd Meira ei char yn araf o amgylch y llyn. Roedd gwres yr haul yn danbaid, a phenderfynodd blygu to y BMW i lawr iddi gael mwynhau'r olygfa a'r awel gynnes. Sylwodd ar enwau rhai o'r ffermydd.: Tŷ Ucha, Llechwedd Du, Allt Forgan, ac yn'r arwyddbost yn dangos lle y bu'r hen Lan. Llywiodd y car i'r man parcio ac eisteddodd yn ôl.

Tybed ble roedd Fishing Street? Dyna lle, yn ôl yr hanes, roedd teulu hen daid a nain Wil wedi byw. Rŵan, roedd yr hen bentref o dan saith deg troedfedd o ddŵr.

Eisteddodd Meira yn hir yn syllu i ddyfnderoedd y llyn. Roedd yna rywbeth hudolus iawn am y lle. Atgoffwyd hi am yr hyn roedd Wil wedi ei ddweud wrthi am hanes yr hen Lan ac fel y boddwyd yr holl ddyffryn er mwyn sicrhau digon o ddŵr glân i Lerpwl. Y tai wedi'u dymchwel, adfeilion wedi'u rhoi ar dân, yna ffrwydro popeth i ebargofiant gyda dynameit.

Tybed sut roedd y pentrefwyr yn teimlo? Colli pentref, cartref, eglwys, capel, tafarndai a ffermydd. Oedden nhw wedi protestio fel yng Nghapel Celyn flynyddoedd yn ddiweddarach? Os nad oeddent, pam tybed? Oedd pobl Cymru yn gwybod beth oedd yn digwydd ar y pryd? Oedd hi'n oes hollol wahanol, a'r werin o dan orthrwm y meistr tir?

Dyna oedd y meddyliau a lifai drwy feddwl Meira wrth iddi syllu'n hir ar y dŵr llonydd tawel. Y rhyfeddod oedd fod rhai yn derbyn bod sicrhau dŵr glân i Lerpwl yn hollbwysig. Ond yn sicr, roedd yna rai ymysg y pentrefwyr wedi bod yn hollol anhapus am yr hyn a digwyddodd.

Ac eto, pam yn y byd nad oedd helynt fel a gafwyd yng Nghapel Celyn?

Syllodd Meira tuag at y fan lle bu Plas Eunant. Cofiodd sut roedd Wil wedi egluro'r sefyllfa iddi sawl blwyddyn yn ôl.

'Ti'n gweld, Meira, roedd pobl ers talwm yn plygu i'r drefn – yn derbyn bod angen dŵr ar bobl Lerpwl, ac yn barod hefyd i dderbyn y byddent yn cael pentref newydd, tai, ysgol, eglwys, capel. Dyna'r 'drefn', fel y clywais Nain yn dweud.'

Yna roedd wedi ychwanegu, 'Pe bai o wedi digwydd heddiw, mi fydden ni ar flaen y gad yn protestio. Peth annheg iawn oedd dwyn cynefin a bro'r bobl. Eto, rydan ni wedi dibynnu ar y dŵr glân yma ers pan ydan ni'n byw yn Lerpwl. Mi allwn ni gael teimladau cryf am yr hyn a ddigwyddodd, ond rydan ni'n dau yn ddyledus i ddŵr glân Efyrnwy.'

Dyna'n union fel y teimlai Meira. Yng ngoleuni heddiw roedd yna annhegwch a chreulondeb wedi digwydd – tramgwydd mawr gan ddinas Lerpwl yn y cyfnod rhwng 1880 a 1891. Ac eto, fel Wil, roedd rhaid cydnabod bod angen mawr am ddŵr glan ar Lerpwl yn y gorffennol fel yr oedd heddiw. Ond pam dewis Llanwddyn o bobman?

Roedd ei meddyliau'n dryblith. Wrth syllu ar yr haul yn machlud dros Fwlch y Groes, teimlai ei hun yn suddo i lawr i ddyfnderoedd y llyn. Boddi mewn galar am Wil, ac mewn cydymdeimlad â'i hen gyndadau.

Pennod 6

'Ble ti'n mynd i weithio heddiw? Wyt ti isio brechdan yn dy dun bwyd ar gyfer canol dydd?' gofynnodd Ann Elis i'w gŵr, Twm.

Oedodd Twm, ac yntau ar fin mynd i'r cwt yn y cefn i nôl basgedaid o goed tân ar gyfer tanio'r boiler yn y tŷ golchi. Roedd yna olchi dillad bron bob dydd yng nghartref Ann a Twm, ond bore Llun fyddai'r diwrnod pan fyddai Twm yn llenwi'r boilar efo dŵr ac yna'n goleuo'r tân yn barod i Ann roi'r dillad gwyn i'w berwi.

'Wel, mi gymra' i gog o fara ffres, tamaid o gaws a photeled o de efo digon o siwgr ynddo,' atebodd Twm.

Trodd ar ei union i gyfeiriad y cwt. Beth oedden nhw'n mynd i'w wneud? Chwech o gegau ifanc i'w bwydo'n barod, a rŵan roedd yna un arall ar y ffordd. Nid oedd yr un o'r chwech yn ddigon hen i adael yr ysgol a mynd allan i ennill ei damaid.

Dyna Joseff, neu 'Jo' fel roedd pawb yn ei alw, a oedd yn un ar ddeg oed. Bachgen tal ac eiddil yr olwg, ond hwyrach, ymhen rhyw flwyddyn, y gallai ddysgu bod yn saer maen fel Twm ei hun. Eto, mi fyddai'n rhaid iddo fagu dipyn o floneg i allu codi'r cerrig a'r meini trymion. Roedd Tomos bach, a oedd yn naw oed, wedi dechrau dangos diddordeb mewn bod yn saer coed fel ei ewyrth Ned. Roedd hwnnw wedi addo ei hyfforddi pan fyddai'r bachgen yn ddigon hen. Wyth oed oedd Bob, ac mae'n debyg mai mynd i weithio yn was ar stad

Plas Eunant fyddai ei ran o pan ddôi'n amser i adael yr ysgol.

Ond wedyn, roedd yna dair o enethod. Y pethau bach deliaf a welsoch chi erioed, Olwen, a oedd yn saith, ac yna'r efeilliaid, Meri a Jini, a oedd yn bedair a hanner. Morynion fydden nhw ymhen amser, ond roedd yna sawl blwyddyn cyn y byddai hynny'n digwydd.

Whiw! Doedd fiw iddo edrych ar Ann ei wraig. Dyna beth oedd pawb yn ei ddweud! Roedd hi'n beichiogi bron bob tro roedden nhw'n cael cyfathrach rywiol. Ond dyna fo, dyna'r natur ddynol. Beth arall oedd yna i'w wneud yn ystod nosweithiau hir ac oer y gaeaf yn Llanwddyn ond caru yn y gwely?

Un da am garu fu Ann, ei wraig, erioed. Roedd hi'n ferch arbennig o ddel pan wnaethon nhw gyfarfod ddeuddeng mlynedd ynghynt. Ffrydiodd yr atgofion am y tro cyntaf iddynt gwrdd yn ôl i'w feddwl wrth iddo lenwi'r fasged efo cogiau mawr ar gyfer y tân. Roedd chwech ohonynt, llanciau Llanwddyn, wedi mynd ar gefn tair merlen dros y mynydd i ffair y Bala. Druan o'r merlod yn ceisio pigo eu ffordd ar hyd y llwybr caregog ac anwastad wrth gario dau lanc yr un i lawr trwy Gwm Hirnant, heibio i Rosygwaliau ac i'r Bala.

Ar y ffordd 'nôl, roedd y merlod yn bustachu mynd ar hyd y cwm unig, ac i wneud pethau'n waeth, roedd y rhai a oedd yn eu marchogaeth wedi cael llond bol o gwrw ac yn dibynnu ar y merlod i'w cario adref yn ddiogel.

Roeddwn i reit gall, meddyliodd Twm. Doedd o ddim wedi llymeitian gormod o gwrw, a hynny am iddo dreulio'r rhan fwyaf o'r noson yn caru efo'r ferch dlysaf a welodd o erioed. Y ddau yn llechu o dan goeden ar lan Llyn Tegid. Roedd hi'n noson oer, felly teimlai Twm ei fod yn gwneud cymwynas â hi yn ei gwasgu, ei chofleidio a'i chusanu er mwyn ei chadw'n gynnes, wrth gwrs.

'Ann Jones ydw i a dwi'n byw yn Llety'r Cripil, Llanuwchllyn. Dwi'n forwyn ym Mhlas Hirnant. Mi fyddi di'n mynd heibio Plas Hirnant ar dy ffordd yn ôl i Lanwddyn. Fyddet ti'n hoffi fy hebrwng i yno?'

Wel, am eneth bowld, meddyliodd Twm. Ond roedd o wrth ei fodd yn cael y fath wahoddiad. Ac felly y bu. Wedi iddynt gyrraedd llidiart y Plas, gofynnodd Twm a fyddai hi'n caniatáu iddo ddod i gnocio rhyw noson.

'Wrth gwrs, yng nghefn y tŷ mae fy stafell fach i. Felly, bydd raid i ni fod yn dawel rhag deffro'r teulu,' oedd ei hateb parod.

Yn ystod gaeaf 1867 fe fu Twm yn cnocio'n aml gan daflu cerrig mân at ffenest Ann Jones sawl gwaith. Ar y gwely haearn cul yn llofft y forwyn roedd y caru'n boeth a thanbaid.

Tua chanol mis Mawrth 1868, wedi iddo gael mynediad yn hwyr un min nos arbennig o oer, eisteddodd Ann ar erchwyn ei gwely, ei bysedd main yn plethu ochr ei ffedog ddu.

'Be sy' arnat ti? Wyt ti'n sâl? holodd Twm, braidd yn ddiamynedd.

'Gwaeth na sâl, llawer gwaeth na sâl,' oedd ateb swta Ann.

Beth oedd ar y ferch? Fel arfer roedd hi'n lled orwedd ar y gwely gyda gwên ogleisiol awgrymog yn chwarae ar ei gwefusau. Ond dechreuodd Ann grio, a chrio'n hidl hefyd.

Tosturiodd Twm ac aeth ar ei liniau o'i blaen gan afael yn ei dwylo'n dyner a syllu'n gariadus i'w llygaid glas.

'Wyt ti'n fy ngharu i Twm?' oedd cwestiwn syfrdanol Ann.

'Dy garu di ? Be ydi cwestiwn fel yna? Dwi erioed wedi meddwl o ddifri am garu. Ond dwi'n gwybod un peth, dwi'n caru be' dan ni'n wneud ar y gwely yma,' atebodd Twm gan roi clamp o winc iddi.

Doedd yr ateb yna ddim yn plesio Ann o gwbl. Beichiodd grio, gan dynnu ei dwylo o afael Twm.

'Ann, wnei di ddweud yn iawn be' sydd arnat ti? Dwi wir ddim yn dy ddeall di yn dechrau holi am garu,' plediodd Twm.

'Mi ddyweda wrthot am be' sy'n bod. Bydd yn barod am fraw go iawn. Dwi'n mynd i gael babi. Dy fabi di. Ein babi ni! Rwyt ti'n mynd i fod yn dad!'

'Brensiach, wyt ti'n siŵr?'

Dyna'r unig beth roedd Twm yn gallu ei ddweud. Neidiodd ar ei draed a chychwyn cerdded yn ôl ac ymlaen i fyny ac i lawr yr ystafell fach gul. Crafodd ei ben. Eisteddodd ar y gwely am eiliad neu ddwy. Yna, cododd gan syllu drwy'r ffenest fach ar ddim byd yn arbennig ond y tywyllwch a'r awyr ddi-sêr. Roedd hi'n dywyllwch ar Twm hefyd. Beth oedd o am ei wneud? Dwy ar hugain oed oedd o, a deunaw oedd Ann.

Yna, daeth ato'i hun a cheisio wynebu realiti. Eisteddodd wrth ymyl Ann ar erchwyn y gwely gan roi ei fraich yn dyner dros ei hysgwyddau eiddil.

Roedd hi'n andros o ddel. Gwallt cyrliog du. Llygaid glas treiddgar. Gwasg fain, yr oedd o wrth ei fodd yn ei gwasgu. Roedd llanciau ifanc Llanwddyn wedi dotio arni ac wedi dweud wrtho sawl gwaith ei fod yn andros o lwcus yn cael mynd i gnocio at ferch mor dlws.

Tynnodd hi ato gan ei anwesu a sibrwd yn ei chlust, 'Be wyt ti am i ni ei wneud, Ann?'

'Wn i ddim,' oedd ei hateb tawel.

Sythodd Twm. Cliriodd ei wddw ac meddai mewn llais cadarn a phendant, 'Ann Jones, dwi'n gwybod fy mod yn dy garu di ddigon i ofyn i ti fy mhriodi i mor fuan ag sy' bosib?'

Daeth gwên fach slei ar wyneb Ann, ac atebodd yn dawel, 'Gwnaf, wrth gwrs fe wnaf dy briodi di.'

Priodwyd y ddau gyda thrwydded arbennig fis Ebrill 1868, ac fe gafodd Joseff, eu babi cyntaf, ei eni fis Tachwedd yr un flwyddyn.

Profodd Ann i fod yn wraig dda, er braidd yn flêr o gwmpas y tŷ ar adegau. Roedd hi wedi cadw ei hoed yn dda ac roedd ei phrydferthwch wedi parhau dros y blynyddoedd.

Roedd hi hefyd yn fam annwyl a chariadus ac yn ymhyfrydu yn ei theulu o dri mab a thair merch fach. Ond o weld llestri heb eu golchi, dillad yn sypiau yma ac acw yn disgwyl am gael eu smwddio, roedd Twm o'r farn nad oedd ychwanegiad at y teulu yn syniad arbennig o dda. Ond roedd yn rhaid iddo gyfaddef nad oedd o byth yn ystyried y canlyniadau wrth garu'n frwd efo Ann wrth noswylio yn eu hystafell fach gul yn eu cartref clyd.

'Dwi wedi gofyn unwaith, wyt ti angen mynd â brechdanau efo ti i Eunant heddiw?'

Torrodd llais Ann ar draws synfyfyrion Twm.

'Ydw, ydw, fel dudes i, mi wnaiff clwff o fara, cog o gaws a photel o de efo digon o siwgr yn iawn i mi. Diolch, cariad,' atebodd Twm gan roi pinsiad chwareus ar ei phen ôl.

Wnaiff o byth dyfu i fyny, na gadael llonydd i mi, meddyliodd Ann. Beichiog fydda' i, mae'n debyg, o flwyddyn i flwyddyn. Dyna fo, rydw i cyn waethed â fo bob blewyn, wrth fy modd yn cofleidio a charu, ac mae un peth yn arwain i'r llall. Mae'n arwydd ei fod o'n dal i fy ffansio i.'

Tynnodd swp o ddillad isaf oddi ar y ffon felen uwchben y tân. Tŷ bach ar rent yn Fishing Street, Llanwddyn oedd cartre Twm ac Ann Elis a'u teulu. Roedd yn fwthyn digon cyfforddus, ond fel roedd y teulu'n tyfu ymddangosai'n llai ac yn llai. Cegin, parlwr bach, dwy lofft, un fawr uwchben y gegin ac un llai uwchben y parlwr, a hefyd siambr. Nid oedd gan Twm ac Ann ddimai goch rhyngddynt i dalu rhent am dŷ, nac i ddodrefnu eu cartref, pan fu iddynt orfod priodi mor sydyn. Oherwydd yr amgylchiadau, daeth Mam weddw Twm, a'i frawd Ned, i'r adwy i gynnig help llaw.

Saer coed oedd Ned, un da iawn hefyd. Ar wahân i weithio ar stad yr Arglwydd Powis yn adeiladu cloddiau pren, llidiardau a thrawstiau ar gyfer adeiladau'r stad, fo oedd ymgymerwr y pentref hefyd. Yn ei amser sbâr byddai'n gwneud dodrefn.

Hen lanc oedd Ned ac roedd o ddwy flynedd yn hŷn na Twm. Roedd o a'i fam hefyd yn byw yn Fishing Street. Gŵr tal golygus oedd Ned, llygaid tywyll treiddgar, a gwên gellweirus yn chwarae ar ei wefusau. Roedd y ddau frawd yn debyg iawn o ran pryd a gwedd, cymaint felly, nes bod rhai wedi cymryd eu bod yn efeilliaid. Ond roedd gwallt

Twm yn felynach na Ned, ac yn yr haf byddai ganddo lyfiad llo golau yn ymestyn o'i dalcen i ganol ei gorun. Roedd gwallt Ned o liw brown tywyll, ac roedd o fodfedd neu ddwy'n dalach na Twm.

Roedden nhw'n mwynhau treulio ambell i brynhawn Sadwrn yn casglu coed o'r goedwig yn ymyl y pentref. Yna, treulio awr neu ddwy yn llifio'r coed yn gogiau ar gyfer yr wythnos oedd i ddod. Hefyd, roeddent wrth eu bodd yn treulio ambell i fin nos yng nghwmni ei gilydd yn sgwrsio a chellwair.

Methai Ann yn glir â deall pam nad oedd gan Ned gariad. Roedd hi'n ymwybodol o'r ffaith fod merched ifanc y pentref yn ei edmygu.

'Wnest ti fynd â rhywun arbennig am dro heddiw Ned?' fyddai hi yn ei holi ambell i nos Sul.

Fel arfer fe fyddai'n dweud, 'Na, dim amser. Gwneud dipyn o arddio' neu 'Mae yna sawl marwolaeth wedi bod yn y pentref, felly dwi wrthi'n brysur iawn yn gwneud eirch.'

Dim ond weithiau y byddai'n cyfaddef iddo fynd â Miriam, un o forynion Plas Eunant, am dro ambell i brynhawn Sul.

'Wyt ti'n hoffi cwmni merched felly?' fyddai sylw Ann.

'Ydw, debyg iawn, ond dwi ddim wedi cyfarfod yr un iawn eto,' fyddai ateb Ned gan roi winc slei iddi.

Ar adegau fel yna byddai Ann yn cochi at ei chlustiau ac yn troi i roi proc i'r tân neu ruthro allan i'r gegin gan esgus prysuro.

Oherwydd diffyg arian a diffyg dodrefn bu'r ddau yn byw gyda Ned a'i fam am bron i flwyddyn. Yno'r oeddynt pan anwyd Joseff. Wrth gwrs, roedd yna siarad mawr yn y pentref am fod Twm Elis wedi gorfod priodi morwyn Plas Hirnant. Pawb o'r clepwyr yn cyfri'r misoedd.

'Roedd hi'n siŵr o fod yn disgwyl pan ddaru nhw briodi. Priodi trwy drwydded arbennig, yn y swyddfa yn Llanfyllin, ac nid yn y capel! Deunaw oed ydi hi. Mae'n rhaid ei fod o wedi colli ei ben yn lân arni', meddai un, wrth ddisgwyl i'r bara grasu yn y popty mawr.

'Dwi wedi clywed ei fod o wedi bod yn mynd i gnocio byth a beunydd i Blas Hirnant a bod y perchennog wedi'u dal wrthi un noson yn y gwely a hithau'n hwyr iawn,' meddai un arall.

Dyna oedd y sgwrs beunydd yn ystod haf 1868 pan sylwodd rhai o wragedd y pentref fod gwasg Ann yn ymledu.

'Ann fach, peidiwch â chymryd sylw ohonynt. Bu'n rhaid i'r rhan fwyaf o'r clepwyr yna briodi yn sydyn. Mae 'ogla blodau' ar y rhan fwyaf o blant yr ardal yma,' cysurodd Sinah Elis, mam yng nghyfraith Ann

'Ogla blodau? Be dach chi'n ei feddwl, Sinah Elis?' holodd Ann gan bwffian chwerthin.

'Dyna be' mae rhai yn ei ddweud pan fydd plentyn wedi ei genhedlu yn nhin y gwrych neu yn y das wair,' oedd ateb parod Sinah gan chwerthin yn uchel.

Ddechrau mis Rhagfyr y flwyddyn honno sicrhaodd Twm dŷ bach ar rent iddo ef a'i deulu yn Fishing Street, felly, dyma Ned yn ymroi ati o ddifri i ddodrefnu'r tŷ. Roedd Twm yn fwy na pharod i helpu ei frawd gan fesur, plaenio a staenio pob dodrefnyn. Fel arfer byddent yn gweithio'n ddiwyd fin nos wedi iddynt gael swper a hefyd ar brynhawn Sadwrn. Canlyniad yr holl weithgarwch oedd cadair ddwyfraich, setl, bwrdd mawr cadarn wedi ei wneud o dderw Llanwddyn gyda chwe chadair gref i'w gosod o amgylch y bwrdd, a hefyd cwpwrdd llestri a chwpwrdd cornel. I'r ystafell wely gwnaed cwpwrdd mawr i ddal dillad, ffrâm bren i'r gwely a chrud ar gyfer y newydd-ddyfodiad. Yn fuan wedi hynny, bu'n ofynnol i Ned wneud tri gwely pren ychwanegol ar gyfer y teulu a oedd yn cynyddu bob blwyddyn.

Ni fu Ann yn segur chwaith. Gwnaeth dri mat racs, un i'w osod o flaen y tân, a dau lai ei faint i'w osod bob ochr i'r gwely. Bu'n gwnïo llenni hefyd ar gyfer y parlwr bach a'r ystafell wely.

Un garedig iawn oedd Sinah Elis. Roedd hi wrth ei bodd efo'i merch yng nghyfraith annwyl. Cyn i Twm ac Ann symud i'w bwthyn bach, gwnaeth Sinah'n sicr bod gwely plu wedi ei baratoi ar eu cyfer yn anrheg priodas. Yn ogystal â'r gwely plu, aeth Sinah i'w chist bren lle'r oedd hi'n cadw cynfasau ac wedi chwilio'n ddwfn i berfeddion y gist dyma hi'n rhoi dau wrthban tew a dau gwilt patrymog i Ann.

'Mae'r rhain wedi dod trwy law fy mam ac wedi'u gwneud yn Ffestiniog o'r gwlân Cymreig gorau. Fyddwch chi byth yn oer yn yn gaeaf efo'r rhain ar y gwely.'

Wrth hel atgofion plygodd Ann y dillad yn ofalus gan eu rhoi ar fwrdd y gegin. Roedd 1868 yn teimlo'n bell iawn i ffwrdd. Hithau erbyn hyn yn fam i chwech o blant ac wrth iddi ymestyn at y ffon felen uwchben y grât, atgoffwyd hi fod yna un arall ar y ffordd wrth iddi deimlo'r plentyn bach yn aflonyddu y tu mewn iddi. Roedd y dodrefn roedd

Ned wedi'u gwneud iddynt yn dal i edrych yn rhyfeddol o dda o ystyried yr holl firi a oedd yn mynd ymlaen yn y tŷ o bryd i'w gilydd. Roedd yna ambell i grafiad go ddwfn ar fwrdd y gegin, a'r unig ffordd y gallai Ann ei guddio oedd rhoi digon o wêr gwenyn arno. Anfynych y byddai'n gwneud hynny oherwydd yr holl brysurdeb gyda'r teulu, ond meddyliodd, hyd yn oed os oedd y tŷ yn tueddu mynd â'i ben iddo ar adegau, roedd y plant bob amser yn lân ac roeddynt yn cael digon yn eu boliau. Dyna, wedi'r cyfan, oedd yn bwysig.

Bob bore Sadwrn byddai'n rhoi'r merched ar waith i dacluso'r ystafell wely fawr. Roedd yna dipyn o waith tacluso hefyd: cadw dillad isaf yn y droriau a chadw esgidiau o dan y gwely, tynnu'r llwch o dan y gwelyau gydag adenydd yr ŵydd a oedd wedi'u cadw ers y Nadolig, tynnu'r llwch a oedd wedi casglu ar y dodrefn hefyd a brwsio i lawr y grisiau yn ofalus.

Olwen oedd yr hynaf o'r genethod ac roedd hi'n barod iawn i ddangos i'w chwiorydd sut i lanhau yn iawn.

'Mi rwyt ti'n un dda am lanhau ac mi wnei di wraig dda i rywun, rhywbryd,' meddai Twm wrth gael ei wahodd i weld ffrwyth ei llafur wedi iddo ddod o'r gwaith un prynhawn Sadwrn.

Roedd hi wedi rhwbio gwêr gwenyn ar y gist ddillad yn yr ystafell wely fawr a hefyd wedi sgleinio bwrdd y gegin.

'Wn i ddim be' fyddwn i yn ei wneud heb dy help di, Olwen fach, rwyt ti'n werth y byd,' ategodd Ann gan ei chofleidio.

Doedd Ann ddim yn hoffi cysgu yn y stafell wely fach, yn enwedig pan oedd hi'n feichiog. Oherwydd maint yr ystafell doedd y gwely yn ddim ond pedair troedfedd o led. Yn ystod beichiogrwydd doedd dim posib bod yn gyfforddus mewn lle mor gyfyng. Ond doedd dim dewis. Roedd Twm a hi yn hoffi preifatrwydd ac roedd yna ddigon o le i'r plant yn y stafell wely arall. A dweud y gwir, roedd digon o le i un gwely bach ychwanegol, meddyliodd. Byddai'n rhaid gofyn i Ned wneud gwely arall ar gyfer y teulu.

'Oes rhaid i mi wneud ffrâm gwely arall? Pryd ydych chi yn mynd i roi diwedd ar y planta yma?' holodd Ned yn gellweirus wrth iddo fynd am beint efo'i frawd wedi swper un min nos.

'Fedri di ddim gadael llonydd iddi, yn na fedri?' ychwanegodd gyda winc.

'Fyddet ti'n gadael llonydd iddi pe bai hi'n wraig i ti?' holodd Twm yr un mor gellweirus.

Nid atebodd Ned, dim ond troi at Jo Boncyn Celyn ac esgus codi sgwrs efo fo. Yna, trodd yn ôl at ei frawd gan gytuno gwneud un gwely arall, ond gan awgrymu hefyd y byddai'n rhaid i rai o'r plant gysgu ar ben ac ar draed y gwelyâu os byddai'r teulu yn mynd yn fwy eto.

'Does dim lle i fwy na phedwar o welyâu bach yn yr ystafell yna. Dyna ydi'r arferiad mewn sawl cartref yn y pentref yma,' ychwanegodd.

*

Un bore hydref, edrychodd Ann allan drwy ffenest y gegin. Roedd hi'n ddiwrnod od o ran tywydd, diwrnod digon i godi'r felan ar unrhyw un. Byddai ei mam bob amser yn disgrifio diwrnod tebyg fel 'diwrnod cau tu ôl'– rhyw ddiwrnod pan nad oedd hi'n dyddio'n iawn. Cymylau trwm, glaw mân a tharth yn gorchuddio'r dyffryn a phen y bryniau. Nid oedd Ann erioed wedi clywed neb arall yn defnyddio'r fath ymadrodd ond roedd o'n ddisgrifiad da. Roedd hi'n deall yn union beth oedd ei mam yn ei olygu.

Wedi bod yn ceisio tacluso ychydig yr oedd hi yn ystod y dydd, ond doedd fawr o siâp arni. Roedd hi'n gwneud ei gorau i gael trefn ar y tŷ oherwydd roedd hi'n gwybod bod Twm yn hoffi trefn, er nad oedd o byth yn cwyno. Ond roedd ganddo ffordd ryfedd o edrych o'i amgylch a chodi ei drwyn pan fyddai'r lle â'i ben iddo.

Eisteddodd Ann yn swp yn y gadair siglo. Beichiogrwydd annifyr oedd y beichiogrwydd hwn. Tybed a oedd yna rywbeth yn bod ar y plentyn? Eto, roedd o neu hi yn ddigon bywus. Rhaid oedd cyfaddef ei bod hi wedi blino byth a beunydd, ac roedd ganddi boen yn ei chefn yn barhaus.

Wedi hanner awr o orffwys a synfyfyrio, aeth ati i geisio paratoi swper i'r teulu. Roedd Ned wedi taro i mewn y noson gynt gyda chwningen fawr dew, wedi ei dal mewn magl yng ngwaelod ei ardd. Aeth Twm ati i'w blingo a'i glanhau, yna ei hongian yn y tŷ golchi.

'Mae yna un amod, mi gei di'r wningen yma os ga i ddod i swper nos yfory, a chofia roi crystyn iawn ar ben y cig. Un da wyt ti am wneud pastai gwningen, Ann,' meddai Ned.

Cochodd Ann at ei chlustiau. Roedd yna rywbeth o gwmpas Ned oedd yn ddeniadol iawn, meddyliodd.

Daeth atgofion yn ôl iddi am yr hyn yr oedd Ned

wedi ei ddweud, wrth iddi dorri'r cig yn ddarnau mân. Ychwanegodd winiwns, darnau o feipen a thatws, a phupur a halen i flasu. Yna, i mewn i'r popty am oddeutu dwy awr. Prysurodd i baratoi'r crwst. Un dda oedd hi am wneud crwst. Roedd yna ganmol mawr bob amser. Wedi i'r cig a'r llysiau goginio'n iawn a chael cyfle i oeri, dyma daro'r crwst ar ben y cyfan, a'i roi'n ôl yn y popty nes y byddai wedi crasu a melynu.

'Mam, dwi bron â llwgu.'

Dyna lais Joseff, newydd gyrraedd adref o'r ysgol. Wrth ei sodlau daeth gweddill y plant, pob un bron â llwgu. Torrodd Ann glyffiau mawr o fara ffres, bara newydd ei grasu ym mhopty mawr y pentref y bore hwnnw. Taenodd ychydig o fenyn ar bob un. Roedd menyn yn brin yn ystod y gaeaf.

'Mam, dwi isio mwy o fenyn ar fy mara,' cwynodd Olwen.

'Wel, dyma be' sy' ar gael yr adeg yma o'r flwyddyn. Mae yna gaws a digon o'r jam cyrents duon wnes i yn ystod yr haf,' atebodd Ann.

Yna ychwanegodd, 'Pawb i lenwi ei fol efo bara, jam a chaws, a chymrwch gwpaned o laeth enwyn i olchi'r cwbl i lawr.'

'Mae yna rywbeth da yn y ffwrn ac mae'n ogleuo dros y tŷ. Fedra i ddim aros tan amser swper,' meddai Tomos bach gan rwbio ei fol.

Edrychodd Ann gyda balchder ar ei theulu yn eistedd yn hapus o amgylch y bwrdd. Roedd golwg iach arnynt, pob un yn sglaffio'r bara ffres ac yn llowcio'r llaeth enwyn.

'Tamaid i aros pryd ydi hwn,' meddai gyda gwên.

Yna, wedi i bawb orffen bwyta, dechreuodd eu rhoi ar waith: Jo i nôl pedwar bwcedaid o ddŵr o'r pwmp dŵr yng nghanol y pentref, Tomos bach i gario llond bwced o datws o'r cwt yn y cefn ar gyfer swper y diwrnod dilynol, Bob i lenwi'r fasged gyda phriciau ar gyfer cychwyn y tân y bore drannoeth, Olwen i smwddio crys gorau Twm a chrysau bob un o'r bechgyn ar gyfer y Sul, Jini a Meri i lanhau'r canhwyllau pres a hefyd y ffender o flaen y tân.

'Iawn, Mam,' meddai pawb yn un côr ac i ffwrdd â nhw at eu gwaith fel mellt er mwyn cael eu cwblhau mor fuan ag oedd modd. Roedd y bechgyn yn awyddus iawn i ymuno â'u ffrindiau a oedd wedi trefnu i gyfarfod yn y cae bach tu ôl i'r ysgol i chwarae pêl droed.

'Mam, mae gan Wil Bryn-du bledren mochyn newydd. Fe ddaru nhw ladd mochyn yno ddoe. Felly, rhaid i ni fynd i gael gêm cyn i'r bledren hollti,' eglurodd Jo.

'Dwi'n amau'n fawr y gwelwch chi'r bledren, mae hi bron yn dywyll,' atebodd Ann.

Ond roedd y tri wedi diflannu cyn iddi orffen siarad. Araf iawn oedd Olwen efo'r smwddio.

'Rhaid i mi ddangos i ti sut i baratoi'r haearn ar gyfer smwddio,' esboniodd Ann. 'Wyt ti'n gweld, mae'n rhaid i'r tân gochi'n iawn cyn rhoi'r haearn arno i boethi. Wedyn rhaid tynnu'r haearn i ffwrdd, poeri arno ac os ydi'r poer yn neidio oddi ar yr haearn yn syth bin mae hynny'n arwydd fod yr haearn wedi poethi'n iawn ac yn barod i'w ddefnyddio.'

Wrth ddangos i Olwen sut i baratoi'r haearn, pwysleisiodd Ann fod gofal yn bwysig iawn ac estynnodd glwtyn trwchus iddi ddefnyddio wrth afael yn yr haearn.

'Rŵan Olwen, mi wna i ddangos i ti sut i smwddio crys. Mae o'n ddilledyn anodd iawn i'w smwddio. Maen nhw'n dweud os medri di smwddio crys fe elli di smwddio unrhyw ddilledyn,' oedd y cyngor.

Ond er y cyngor, dipyn o ymdrech oedd hi i Olwen i smwddio crys ei thad.

Roedd dwylo'r efeilliaid, Jini a Meri, yn ddu wedi iddynt orffen glanhau'r brasys a'r ffendar. Roedd yna farciau du ar eu hwynebau hefyd, ond er iddynt edrych yn ddoniol iawn roedd rhaid i Ann eu canmol am eu hymdrech.

'Pam ydach chi wedi rhoi'r stwff glanhau ar eich dwylo a'ch wynebau a'ch bratiau?' holodd dan chwerthin.

Y pethau bach, dysgu roedden nhw, wedi'r cwbl, meddyliodd.

Tua chwech yr hwyr dychwelodd Twm o'r gwaith. Roedd ei ddillad yn wlyb diferol. Roedd wedi bod wrthi yn codi wal gerrig i greu corlan ar gyfer ŵyn y gwanwyn ar stad Eunant. Sylwodd Ann ei fod yn dawedog iawn wrth iddo ymolchi a newid o'i ddillad gwlyb. Oherwydd ei bod wedi tywyllu roedd y gêm gyda'r bledren mochyn wedi dod i ben. Daeth y bechgyn yn ôl i'r tŷ yn chwys ac yn fwd i gyd.

'Ewch ar unwaith i olchi eich dwylo budr,' gorchmynnodd Ann.

Ymhen rhyw chwarter awr daeth cnoc ar y drws ac i mewn â Ned, yntau hefyd â golwg bryderus ar ei wyneb.

'Swper yn barod ! Pawb at y bwrdd,' cyhoeddodd Ann.

Rhuthrodd y chwe phlentyn i lawr o'r llofft uwchben,

eu traed fel taranau ar y grisiau pren. Roedd pawb yn awchus am eu swper ac yn gwthio yn erbyn ei gilydd er mwyn cael at y bwrdd. Llyncwyd y bastai gwningen mewn distawrwydd. Crafai pawb eu platiau.

Am hanner awr wedi saith, dyma Twm yn cyhoeddi ei bod yn amser iddynt fynd i glwydo. Anfodlon iawn oedd y bechgyn i fynd am y gwely. Ond doedd dim dadlau i fod. Rhaid oedd golchi dwylo, wyneb, gwddw ac ambell i ben-glin. Hefyd, roedd yn ofynnol rhwbio dannedd efo ychydig o halen a rinsio'r geg efo dŵr glân, a brwsio gwallt cyn gwisgo dillad nos. Atgoffwyd Bob mai fo oedd i lanhau esgidiau pawb erbyn y bore.

'Rwyt ti'n awdurdodol iawn efo'r hen blant, Ann,' meddai Ned gan chwerthin.

'Awdurdodol fyddet ti hefyd efo'r fath griw,' oedd ei hateb parod.

Wedi i'r dyletswyddau gael eu cwblhau ac i bawb ddiflannu i fyny'r grisiau, dyma do'r gegin yn dechrau crynu yn union fel daeargryn. Roedd yna chwerthin a neidio mawr yn mynd ymlaen i fyny yn y llofft.

' Mae nhw'n ymladd efo'r clustogau plu yna, Twm. Dos i fyny i ddweud y drefn,' plediodd Ann.

'Mae golwg lwyd arnat ti, Ann. Wyt ti wedi blino?' holodd Ned yn bryderus. Cyfaddefodd Ann nad oedd hi erioed wedi bod mor flinedig yn ystod beichiogrwydd a'i bod yn poeni am y plentyn.

Daeth tawelwch rhyfedd dros y tŷ wedi i Twm fod yn rhoi'r ddeddf i lawr. Cymerodd Twm ei le o flaen y tân efo'i frawd a'i wraig. Wrth eistedd ochneidiodd yn uchel ac meddai wrth Ned, 'Wyt ti wedi clywed y sibrydion?'

'Do,' atebodd Ned, 'Maen nhw'n mynd trwy'r fro fel tân gwyllt. Dwi'n siŵr mai celwydd ydi'r cyfan. Does dim synnwyr o gwbl yn y stori. Mae yna rai yn dweud y dylem ni wneud petisiwn a'i gyflwyno i'r Arglwydd Powis.

'Be' yn y byd mawr ydach chi'n sôn amdano? Pa sibrydion? Be' sy ddim yn gwneud synnwyr?' holodd Ann wedi cynhyrfu.

'Dwed ti,' meddai Ned.

'Na, dwed ti. Rwyt ti'n amlwg wedi clywed mwy na fi,' atebodd Twm. Aeth Ned yn ei flaen i adrodd yr hyn oedd o wedi ei glywed gan ffermwyr a thyddynwyr y fro.

'Maen nhw'n deud fod poblogaeth dinas Lerpwl wedi cynyddu ac mae angen gwell system ddŵr er mwyn gwella iechyd y bobl. Y si ydi, fod cynlluniau ar y gweill i adeiladu argae fawr ar draws un o ddyffrynnoedd gogledd Cymru a sianelu'r dŵr o afonydd lleol i greu anferth o lyn a gyrru'r dŵr trwy bibellau mawr yr holl ffordd i Lerpwl.

Ochneidiodd Twm. Aeth Ned yn ei flaen, 'Mae yna ryw bobl bwysig wedi bod yn sbecian o gwmpas ein dyffryn ni oherwydd, medden nhw, fod yna olion rhewlyn o Oes yr Iâ i'w weld yn y gors – pryd bynnag fu Oes yr Iâ. Mae afonydd Cowny a'r Machnant yn llifo i Afon Efyrnwy, felly mae yna ddigon o ddŵr ar gael. Ac mae pawb yn dweud rŵan y byddan nhw'n boddi'r dyffryn yma er mwyn cael digon o ddŵr ar gyfer pobl Lerpwl. Maen nhw hefyd wedi bod yn siarad efo'r Arglwydd Powis.

Torrodd Twm ar ei draws, 'Oes yna sôn eu bod nhw wedi sbecian yn rhywle arall?'

'Oes, lle o'r enw Haweswater, yng ngogledd Lloegr,

lle bynnag mae hwnnw, a hefyd o gwmpas Llyn Tegid,' atebodd Ned.

'Paid, paid â dweud dim mwy; be ydw i eisiau'i wybod ydi, ble mae Lerpwl, a pha mor bell o'r fan yma ydi o?' holodd Ann gyda dychryn mawr ar ei hwyneb.

'Wel, maen nhw'n dweud ei fod o i'r gogledd o'r fan yma. Yn Lloegr wrth gwrs. Wyt ti'n gwybod ble mae o Twm?' gofynnodd Ned.

'Na, dwi ddim yn sicr ble mae o, rhywle tu draw i Suswallt mi dybiwn i,' oedd ateb Twm.

Roedd Ann wedi mynd yn hollol welw a bron iddi lewygu pan aeth Ned yn ei flaen, 'Y si ydi eu bod nhw am foddi pentref Llanwddyn a symud pawb allan i bentref newydd fydd yn ymyl yr argae ymhen y dyffryn. Wedyn llenwi'r dyffryn efo dŵr o afonydd Efyrnwy, Cowny a Machnant, a chreu anferth o lyn, un o'r rhai mwyaf yng Nghymru.'

'Dwi ddim yn credu gair o hyn. Na, na, fedra nhw ddim boddi ein pentref bach ni. Mae yna ormod ohonom ni'n byw yma.'

Cododd Ann ei ffedog ddu dros ei hwyneb a dechreuodd grio.

'Wel, Ann fach, dyna ydi'r stori ac mae pawb yn dweud yr un peth. Soniodd William Jones amdano fore Sul wedi'r oedfa. Hefyd, mi wnes i gyfarfod Rich Glyndu ar y ffordd adref o fy ngwaith heno, ac roedd o'n sôn am yr un peth. Allwn i ddim dweud dim wrthyt ti. Meddwl y byddet ti'n cynhyrfu'n lân a thi yn dy gyflwr presennol,' cysurodd Twm hi, gan roi ei fraich yn annwyl am Ann.

Peidiodd y glaw y diwrnod canlynol a daeth ambell

lewyrch o haul gwan hydrefol dros ddyffryn Efyrnwy a phentref Llanwddyn. Ar ôl y sgwrs y noson gynt efo Ned, troi a throsi fu hanes Twm ac Ann y rhan fwyaf o'r nos yn eu gwely bach cul. Oherwydd beichiogrwydd Ann, anodd iawn oedd gorffwys yn esmwyth.

'Rwyt ti'n anesmwyth iawn heno, Ann. Wyt ti'n teimlo'n sâl?' holodd Twm gan droi i'w hwynebu a thaflu ei fraich yn ysgafn amdani.

'Ydw, mae'r babi yma'n anniddig hefyd, yn union fel pe bai o neu hi yn ymwybodol o'r sibrydion am y pentref a'r dyffryn yma. Oes bosib i ni sefyll yn gadarn a gwneud stŵr? Gwrthod symud oddi yma ?' gofynnodd Ann mewn llais tawel pryderus.

'Wel, dwi ddim yn siŵr. Y drwg ydi mai tenantiaid ydan ni. Yr Arglwydd Powis sy'n berchen ar y rhan fwyaf o'r dyffryn. Fo fydd â'r gair olaf.'

*

Dydd Mawrth oedd diwrnod pobi bara i Ann. Roedd merched y pentref yn defnyddio'r popty mawr yn eu tro. Alys Huws, Poli Williams ac Ann a oedd fel arfer yn defnyddio'r ffwrn fawr ar ddydd Mawrth. Roedd pobi digon ar gyfer teulu o chwech o blant a thri oedolyn (yn cynnwys Ned), am gyfnod o wythnos, yn cymryd amser. Fel arfer roedd Ann yn paratoi chwe thorth a dwy ar gyfer ei brawd yng nghyfraith. Ar brynhawn Llun byddai hi'n paratoi'r toes ac yn ei adael i weithio mewn padell anferth wedi ei gorchuddio â lliain gwyn glân dros nos. Bore Mawrth roedd rhaid tylino'r toes, ei rannu'n ofalus a'i roi yn y tuniau pwys ar gyfer mynd draw i'r tŷ popty a oedd y drws nesaf i efail y pentref. Roedd y dynion hefyd yn chwarae eu rhan yn y broses, pob un yn cymryd tro i gynnau'r tân i gynhesu'r popty. Roedd yn ofynnol cael y tymheredd yn iawn er mwyn i'r torthau godi a hel crystyn blasus. Felly, roedd rhaid cynnau'r tân am hanner awr wedi chwech y bore.

Cyrhaeddodd y tair gyda'i gilydd i'r tŷ popty. Wedi iddynt roi'r torthau i'w pobi, dyma Alys yn troi at Ann ac yn dweud, 'Rwyt ti'n edrych yn drist heddiw, Ann. Popeth yn iawn efo'r babi? Faint sy' gen ti i fynd eto?'

'Mae gen i ryw saith wythnos i fynd. Mae o'n fabi aflonydd iawn. Pan dwi yn y gwely mae o'n cicio'n ofnadwy. Dwi'n hollol anesmwyth. Ond nid dyna sy'n fy mhoeni i. Ydach chi wedi clywed y si sy'n mynd o gwmpas am foddi'r pentref yma?'

Pan adroddodd Ann y stori am gynlluniau Lerpwl i greu llyn enfawr yn y dyffryn ac am symud pawb i bentref newydd, am unwaith roedd Alys a Poli yn fud gan syndod.

Poli ddaeth at ei hun gyntaf, ac meddai gyda'i llygaid yn fflachio, 'Dydi hyn ddim yn bosib. Maen nhw'n dweud fod yna tua phum cant ohonon ni'n byw yn yr ardal. A be am Blas Eunant? Fedran nhw ddim symud pawb.'

'Yn hollol,' cytunoddd Poli.

'Beth am y tafarndai, y capeli, yr eglwys a'r ysgol? Dim ond wyth mlynedd sy' ers pan adeiladwyd capel newydd Bethel ac fe gostiodd hwnna £900.'

Ochneidiodd Poli ac meddai, 'Wn i ddim be fyddai pobl fel Ann Griffiths a'i ffrindiau yn ei ddweud pe baen nhw'n fyw heddiw. Ydw i'n iawn yn dweud ei bod hi arfer â galw yma yn Llanwddyn wrth gerdded i'r Bala?'

'Mae hynny'n hollol wir. Fe ddwedodd fy nhaid un tro iddo fod yn un o'r tafarndai dwi ddim yn cofio pa un – pan alwodd Ann a'i ffrindiau i mewn am damaid o fwyd. Tra roedden nhw yno dyma nhw'n dechrau canu a gorfoleddu, ac fe anfonodd y dafarnwraig nhw allan am eu bod nhw'n cadw cymaint o sŵn. Roedd Taid yn dweud fod pawb wedi mwynhau'r canu, ond fod y dafarnwraig mewn hwyliau drwg y noson honno,' ategodd Alys gyda gwên.

'Wel,' atebodd Ann, '*Mae* yna sôn bod y dyffryn yma wedi bod yn lle crefyddol iawn ar un adeg.'

'Wel, gobeithio y bydd rhai o ysbrydion y lle yma'n codi dychryn ar y diawled yna o Lerpwl. Mi fyddai'n braf pe bai ysbryd yr hen gawr Wddyn yn creu storm o fellt a tharanau bob tro y bydd unrhyw un ohonyn nhw yn dod yn agos i'r dyffryn. Neu beth am ysbryd Cynon? Hwyrach mai o fyddai'n llwyddo i'w dychryn a'u hel yn ôl i Lerpwl,' ychwanegodd Alys.

Chwerthin a wnaeth y tair yn uchel, ond yn fuan trodd y chwerthin yn dristwch wrth iddynt ystyried o ddifrif beth oedd ar fin digwydd i'w paradwys fach.

*

Deffrowyd trigolion y bwthyn bach yn Fishing Street gan grio a gruddfan ganol nos.

'Mam, Mam, mae gen i ddannodd dychrynllyd.'

Bob oedd yn cwyno. Cododd Ann yn araf gan ymlwybro i stafell wely'r plant. 'Agor dy geg i mi gael gweld.'

Cododd y gannwyll i edrych i mewn i geg Bob. Yn bendant roedd twll yn un o'i ddannedd blaen.

'Yfory, mi fydd rhaid i ti fynd i weld Huw Dannedd. Mae o yng nghertws capel Bethel am un o'r gloch'.

'O na, dwi ddim am fynd,' swniodd Bob.

Roedd pawb yn ofni Huw oherwydd mi fyddai'n tynnu dannedd heb ddim i leddfu poen, a gwaed y dioddefwyr yn ffrydio o'u cegau ar ei ffedog fras. Ond felly y bu. Aeth Ann â Bob at Huw y diwrnod canlynol. Roedd rhes o bobl a phlant yn y certws yn disgwyl am driniaeth. Pan ddaeth tro Bob dyma orchymyn iddo agor ei geg yn fawr.

'Reit allan a fo.'

Cydiodd Huw mewn pinsier fawr, ei gloi ar y dant a thynnu. Sgrechiodd Bob gan boen, a phan welodd y gwaed fe sgrechiodd fwy byth.

'Be' sy' arnat ti rhen gog? Mae o allan rŵan, chei ddim chwaneg o helynt efo hwnna,' meddai Huw gan chwerthin yn uchel.

Bore drannoeth, fodd bynnag, roedd Bob mewn mwy o boen. Ei wyneb wedi chwyddo a'i foch yn goch.

'Does dim amdani ond mynd â ti i weld Hen Wraig Eifionydd. Un dda ydi hi am wneud ffisig i leddfu poen,' awgrymodd Twm.

Roedd hi'n fore rhewllyd ym mis Rhagfyr. Rhoddodd Ann fyfflar trwchus ar geg Bob wrth iddynt fynd tuag at gartref yr Hen Wraig a oedd yn byw rhyw ganllath tu allan i'r pentref yng nghesail un o fryniau uchaf y dyffryn. Cafwyd potel o ffisig drwg iawn yr olwg ganddi, gyda'r gorchymyn fod rhaid i Bob gymryd llond llwy bwdin bedair gwaith y dydd. Pan roddodd Ann y llwyaid gyntaf iddo, dyma fo'n pesychu a phoeri'r cyfan allan.

Gwylltiodd Ann, gafaelodd yn ei drwyn a stwffiodd lwyiad arall i lawr ei gorn gwddw.

'Mae hwn yn ffisig arbennig, dwi wedi talu amdano. Mae'r Hen Wraig wedi ei wneud o risêt a gafodd gan ei mam. Felly, mae'n rhaid i ti ei gymryd, drwg neu beidio. Mi gei di ddiod o ddŵr a lwmp o daffi os wnei di ei gymryd yn dawel.'

Ac felly y bu. Cymerodd Bob y ffisig drwg yn dawel wedi hynny, ar yr amod fod y dŵr a'r taffi gerllaw.

Tua chwech bob nos roedd hi'n ofynnol i Jo, y bachgen hynaf, fynd i fuarth y cefn i fwydo'r mochyn a'r ieir ac i gasglu wyau. Roedd y rhan fwyaf o drigolion y pentref yn cadw mochyn a rhyw hanner dwsin o ieir.

Cadwai'r mwyafrif o ffermwyr a thyddynwyr foch, ieir, gwartheg a defaid, yn ogystal â thyfu ychydig o wenith. Roedd diwrnod lladd mochyn yn ddiwrnod mawr, a byddai'n ofynnol gwneud yn siŵr fod Ted o Ben y Bont ar gael i ymarfer ei sgiliau o ladd a thorri'r mochyn yn ddarnau. Ac yna byddai'r merched yn brysur yn halltu ar gyfer yr hamiau i'w rhoi mewn mwslin a'u hongian am fisoedd o nenfwd y gegin. Roedd rhaid dal gwaed y mochyn hefyd, ei gymysgu gyda pherlysiau, a'i goginio yn ofalus yn y popty mawr i wneud y pwdin gwaed gorau yn y byd.

'Maen nhw'n ymladd ceiliogod ar fuarth y Pant brynhawn Sadwrn. Plis mam ga' i fynd i wylio?' plediodd Jo, a oedd erbyn hyn yn meddwl ei hun yn dipyn o lanc.

'Na, yn bendant, na,' oedd ateb Ann.

Ond cael ei ddenu gan y bechgyn hŷn a wnaeth Jo. Wedi iddynt gyrraedd y Pant cawsant fraw mawr. Roedd y buarth yn llawn o ddynion o bob oed wedi ymgasglu mewn cylch. Un dyn yn y gornel, ei het yn llawn o arian a phawb arall yn gweiddi'n groch ar y ddau geiliog yn y canol a oedd yn pigo ei gilydd i farwolaeth. Gwthiodd Jo i flaen y cylch i gael gwell golwg fel roedd y ceiliog mwyaf yn rhoi'r pigiad marwol olaf i'r llall. Gorweddodd y lleiaf yn gelain ar y buarth a'i draed i fyny. Daeth bonllefau mawr gan y dynion a churo dwylo.

Wrth weld y gwaed a'r plu ym mhobman teimlodd Jo fel cyfogi. Trodd ar ei sawdl a gwthiodd yn ôl trwy'r dyrfa. Rhedodd a'i wynt yn ei ddwrn am y pentref gyda'r bechgyn eraill yn gweiddi ar ei ôl, 'Dwyt ti ddim mor ddewr ag roeddet ti'n ei feddwl, Jo Elis.'

Baglodd dros y rhiniog wrth iddo agor drws y cefn a'i wyneb yn goch.

'Ble yn y byd wyt ti wedi bod?' holodd Ann yn flin.

'I'r Pant!' atebodd Jo gan deimlo cywilydd.

'I'r Pant! Mi ddeudes i wrthat ti am beidio â mynd yn agos i'r lle. Dwi'n meddwl y dylet ti fynd i fyny i'r llofft i weddïo a gofyn i Dduw faddau i ti am fod mor anufudd,' gwaeddodd Ann.

*

Erbyn Nadolig 1879 roedd pawb yn y pentref wedi cynhyrfu'n lân. Roedd pob math o storïau ar led, ac er syndod roedd gwahaniaeth barn ar gael yn y dyffryn.

'Wyt ti am ddod am ddiod fach i'r Crossguns?' gofynnodd Ned i Twm ddeuddydd cyn y Nadolig.

Roedd yna dri thafarn yn y pentre, Y Crossguns, Y

Red Lion a'r Powis Arms. Fel arfer i'r Crossguns y byddai Twm a Ned yn mynd am beint. Cyn ateb edrychodd Twm i gyfeiriad Ann am ganiatâd.

Roedd hi wrthi yn y gegin yn glanhau yr ŵydd. Wil Bryngwyn oedd wedi galw'r noson gynt gyda chlamp o ŵydd dew ar gyfer cinio Nadolig y teulu. Un doniol a chlên oedd Wil. Bob tro yn galw'n hwyr ar fin nos. Cnoc ar y drws, a dyna lle'r oedd o. Hen het bowler a oedd ar fin troi'n wyrdd gan henaint, ar ei ben, trowsus ffustion budr a sach dros ei ysgwyddau. Byddai'n agor y drws ac yn gweiddi, 'Oes yna bobl yma?'

'Oes,' fyddai'r ateb pendant.

Yna, wrth weld y teulu'n eistedd o gwmpas tanllwyth o dân, byddai'n llusgo'r stôl fach daircoes at y tân, a heb dynnu ei het na sychu ei glocsiau mawr, yno y byddai'n sgwrsio efo Twm ac Ann hyd at berfeddion nos.

Adeg Nadolig 1879 roedd hwyliau gwael iawn ar Wil Bryngwyn. Roedd o mewn tymer ddrwg oherwydd y sibrydion am foddi'r dyffryn.

'Dyma chdi, Ann, mae hon yn ŵydd go dew. Dwi'n gwybod bod angen ei phluo hi a'i glanhau, ond fyddi di ddim yn hir yn gwneud hynny. Mae yna gig da arni ac fe fydd y saim yn ardderchog tuag at yr annwyd yn ystod y gaeaf yma.'

Roedd Ann yn hynod o ddiolchgar, ond cyn iddi gael amser i ddiolch, dyma Wil yn dechrau taranu o ddifrif yn erbyn pobl Lerpwl, yr Arglwydd Powis a phob Sais arall yn y byd.

'Be dan ni'n mynd i wneud? Oes yna ddigon o asgwrn cefn ynom ni i sefyll yn erbyn y cythreuliaid yna o Lerpwl?

A beth am yr Arglwydd Powis yna, yn barod i werthu ei enedigaeth fraint? Mi glywais i faledwr yn sôn am foddi'r hen ddyffryn yma pan es i am dro i ffair Llanfyllin y dydd o'r blaen. Twll din i bob Sais ddyweda' i. Petisiwn amdani. Rhaid gwrthwynebu. Rhaid gwneud rhywbeth.'

Roedd y plant yn eistedd erbyn hyn ar y grisiau pren yn eu dillad nos ac yn clustfeinio. Pan glywsant Wil yn dweud, 'Twll din i bob Sais,' dyma nhw'n dechrau pwffian chwerthin.

Edrychodd Twm i fyny'n sydyn. Cododd ar ei draed gan ddweud yn awdurdodol, 'I'r gwely â chi ar unwaith. Dim mwy o wrando ar y grisiau.'

Doedd dim angen dweud yr ail waith. Neidiodd Jo i fyny gan ddweud wrth y lleill, 'Fi fydd y cyntaf i'r gwely.'

Roedd sŵn chwe phâr o draed ar y llawr pren uwchben y gegin yn ddychrynllyd.

'Brensiach! Be' sy'n bod? Ydi Wddyn y Cawr wedi deffro ac wrthi'n creu un o'i stormydd i ddial ar y diawled yna o Lerpwl?' holodd Wil.

Yna edrychodd i fyw llygaid Twm gan ddweud, 'O ddifri rŵan, fedrwn ni ddim gadael i hyn ddigwydd. Dwi'n mynd i sôn wrth bawb yn y Crossguns cyn y Nadolig yma i weld os oes yna barodrwydd gan rai i godi twrw,'

Pan alwodd Ned i wahodd Twm i'r Crossguns edrychodd Ann i fyny gan wgu ar Ned. 'Oes wir raid i chi fynd i lymeitian heno? Mae gen i gant a mil o bethau i'w gwneud.'

'Fyddwn i ddim yn hir, dwi'n addo. Dim ond peint bach cyn y Nadolig. Mi wnaiff y plant yma dynnu eu pwysau, dwi'n siŵr. Jo, Bob, Twm ac Olwen, rhowch help llaw i'ch mam. Bydd Ned a fi yn ôl ymhen llai nag awr,'addawodd Twm gan roi clep ar y drws.

Wrth iddynt gerdded tuag at y Crossguns, meddai Ned, 'Dim lleuad heno ac mae yna leithder yn codi o'r gors yna.'

'Dwi'n teimlo rhyw oerni rhyfedd wedi dod dros y dyffryn. Teimlad o dristwch llwm ers i'r sibrydion ddechrau lledu,' atebodd Twm gan rwymo'i fyfflar yn dynnach am ei wddw a chodi coler ei gôt.

Roedd golau ffenestri bach y Crossguns yn taro llwybr gwyn ar draws y ffordd ac roedd sŵn dadlau'r yfwyr yn codi'n gryfach wrth iddynt nesáu.

'Mae yna lond tŷ yna heno. Digon o ddadlau hefyd,' meddai Ned.

Agorodd Twm ddrws y dafarn ac i mewn â nhw. Roedd y lle yn orlawn o ddynion yn dadlau a chwerthin yng nghanol mwg baco o'u catiau clai, a'r mwg o'r tân mawn a oedd yn fudr losgi. Fel yr oeddynt yn gwthio at y bar i brynu bob un ei beint, dyma lais cyfarwydd yn gweiddi'n uchel, 'Ga' i eich sylw chi am funud. Be' dan ni am ei wneud yn wyneb y bygythiad ofnadwy sy'n dod ar ein gwarthe? Boddi'n dyffryn a'n pentre annwyl gan y Saeson yma o Lerpwl. Sut dan ni yn mynd i ddweud 'Na'?'

Llais yr hen Wil oedd i'w glywed yn uwch na neb. Aeth pawb yn dawel. Yn sydyn, roedd hi'n bosib clywed pin yn disgyn.Yna, dyma lais Ifan y crydd, 'Dwi efo Wil, rhaid i ni wneud rhywbeth i wrthwynebu hyn. Taflu nhw allan, y diawled. Codi gwarchae efo troliau a'u rhwystro nhw i wneud eu gwaith. Dewch, rhaid i ni sefyll fel un gŵr.'

Cafodd Ifan gymeradwyaeth gan nifer fawr o'r dynion. Ond fel yr oedd y gymeradwyaeth yn tawelu dyma Ben

Tŷ'n Shetin yn gweiddi, 'Rŵan, rŵan, rhaid i ni beidio â bod yn fyrbwyll. Mae'r pethau Lerpwl yna'n addo gwelliannau. Maen nhw'n addo tai, ysgol, capel ac eglwys newydd, a hynny am ddim!'

'Am ddim! Paid â bod yn wirion fachgen. Bydd Lerpwl yn gwneud i ni dalu'n ddrud am y rhain i gyd. Dymchwel ein cartrefi, yr ysgol, ein capeli, yr eglwys, ein tafarndai, a gorlifo'r dyffryn hardd,' atebodd Ifan y crydd ar dop ei lais.

Eto, daeth cymeradwyaeth gan nifer o'r dynion gan ddyrnu'r byrddau. Ond ymysg y rhai ieuengaf codwyd lleisiau bod angen edrych i'r dyfodol, camu ymlaen, derbyn a mwynhau cynigion Corfforaeth Lerpwl.

Doedd Ifan y crydd ddim yn barod i ildio. Safodd ar un o'r byrddau a dadlau'n uchel, 'Pam yn y byd na fydden nhw'n defnyddio Llyn Tegid? Mae yna ddigonedd o ddŵr yno.'

'Clywch, clywch, dyna oedd y syniad gwreiddiol, medden nhw,' oedd ymateb Jo Tŷ Ucha.

'Gwell i ni ei hel hi tuag adre, mae pethau'n dechrau poethi yma,' awgrymodd Twm gan edrych ar ei frawd.

Yna ychwanegodd gan edrych ar y cloc mawr yng nghornel bella'r dafarn, 'Bobl Annwyl! Mae'n ddeg munud i ddeg, bydd Ann o'i cho.'

Sleifiodd y ddau allan o sŵn y dadlau, ond wrth iddynt gyrraedd y drws galwodd un neu ddau ar eu holau gan hawlio eu bod yn gachgwn, heb fod yn barod i leisio barn. Wrth gwrs, doedd hynny ddim yn wir. Roedd y ddau frawd yn sicr yn erbyn boddi'r dyffryn ac roeddynt yn sylweddoli'r effaith y byddai hynny'n ei gael ar eu cymdogaeth.

'Ble yn y byd ydach chi wedi bod?'

Roedd Ann yn flin ac yn flinedig. Roedd hi'n amharod iawn i wrando ar unrhyw eglurhad gan Twm na Ned. Wrth ddringo'r grisiau pren i'r ystafell wely fach gobeithiodd Twm y byddai gwell hwyliau arni fore Nadolig.

Fe aeth Nadolig 1879 heibio yn union fel pob Nadolig o'i flaen. Roedd yr ŵydd yn flasus iawn a phwdin Ann yn arbennig. Oren, afal, cnau a phecyn bach o gyflath gafodd y plant yn eu sanau, ac fe ddiflannodd y rheiny cyn diwedd y dydd. Fel arfer, roedd pawb yn gwisgo'u dillad dydd Sul ar ddydd Nadolig. Syniad Ann oedd hynny, oherwydd yn ei thyb hi roedd yn ofynnol i bawb fod ar ei orau ar benblwydd Iesu Grist.

'Mae dydd Sul a dydd Nadolig yn ddyddiau sanctaidd. Dyddiau i'r teulu, dyddiau i ddangos parch,' meddai.

Aeth Twm, Ned a'r bechgyn hynaf i'r gwasanaeth ym Methel erbyn naw o'r gloch y bore. Cafwyd cynulleidfa dda, y rhan fwyaf yn ddynion a bechgyn. Roedd y gwragedd a'r genethod fel arfer yn paratoi cinio.

Wrth iddynt gerdded tua'r capel y bore Nadolig rhewllyd hwn, roedd cloch fach yr eglwys i'w chlywed yn canu dros y dyffryn.

'Fydd y gloch fach yna ddim yna i'w chlywed dros yr hen ddyffryn ma llawer rhagor os caiff pobl Lerpwl eu ffordd. Mae'n debyg y bydd yr hen Lan fel y bedd,' sibrydodd Ned wrth ei frawd.

Yn wir roedd yna ryw deimlad o ddigalondid dros y gynulleidfa ym Methel hefyd. Ond wedi'r gwasanaeth torrodd dadl boeth allan wrth lidiart y capel. Ifan y crydd oedd wrthi yn anghytuno'n llwyr â Ted, fferm Allt Forgan.

Y tro hwn methodd Ned â chadw allan o'r ddadl. Brasgamodd at y llencyn nad oedd ond rhyw bymtheg oed a gofynnodd yn chwyrn, 'Wyt ti'n hapus i weld y pentref, y dyffryn, y capel yma a'n cartrefi yn diflannu o dan lyn mawr o ddŵr? Os felly, bradwr wyt ti.'

Casglodd tua dwsin o ddynion o amgylch y ddau. Roedd rhai yn cytuno â Ted ifanc Allt Forgan, tra bod eraill ymysg y capelwyr yn cefnogi Ned. Aeth yn ffrae ymhlith y dynion a'r lleisiau'n codi'n uwch ac yn uwch.

Daeth y Gweinidog allan trwy ddrws y festri pan glywodd y dadlau ffyrnig ac apeliodd am dawelwch.

'Ble mae ysbryd heddychlon y Nadolig wedi mynd? Ewch gartre at eich teuluoedd da chi i fwynhau'r hyn sy' wedi cael ei baratoi ar eich cyfer,' cynghorodd mewn llais awdurdodol.

*

Trodd Ann at ei merch hynaf, Olwen, un bore Sadwrn oer ym mis Ionawr 1880. 'Tyrd efo mi i'r siop i helpu cario'r neges. Dwi'n ei ffendio hi'n anodd i gario basged lawn ar hyn o bryd.'

Roedd hi wedi bwrw eira yn ystod y nos, ac wrth edrych allan ar ddyffryn Efyrnwy gwelai luwchfeydd ar y caeau cyfagos. Cawsant sawl noson o eira ers y Nadolig a nosweithiau o rew hefyd cyn hynny. Roedd yr awyr yn drwm i gyfeiriad Bwlch y Groes. Lle garw am eira oedd Llanwddyn ac yng nghanol gaeaf byddai sôn fod sawl fferm wedi colli defaid o dan flanced o eira. Roedd hyd yn oed y gors yn rhewi. Yn ystod cyfnodau fel hyn roedd y dyffryn fel petai yng nghrafangau oer ysbryd dialgar.

Mentrodd y ddwy allan. Roedd Ann yn gwisgo het, sgarff ddu, menyg gwlân du a siôl amryliw dros ei hysgwyddau. Am ei thraed gwisgai sanau o wlân du trwchus a phâr o glocsiau cryfion. Roedd gan Olwen fonet am ei phen, sgarff a menyg o wlân coch, siôl dros ei hysgwyddau main ac am ei thraed sanau trwchus du a chlocsiau cryf.

Un dda am wau oedd Ann a phob min nos yn y gaeaf byddai hi a'r merched yn brysur yn gwau sanau, sgarffiau a menyg neu myffatîs i'r holl deulu.

'Mam, oes raid i ni ddysgu gwau sanau, mae'n andros o anodd,' meddai Jini fach mewn llais cwynfanllyd un min nos.

'Wel oes, dyma ti'r ffordd i wneud hynny. Pedair o weill, yna, efo un wellen sbâr rwyt ti'n gwau mewn cylch, er mwyn gwneud yn siŵr nad oes sêm galed ag anghyfforddus yn yr hosan.'

'Bore da Ann Elis. Mae'n arbennig o aeafol heddiw. Be ga'i ei estyn i chi?' holodd Gwen y siop.

Gofynnodd Ann am hanner pwys o de, pwys o siwgr gwyn a bloc o halen. Estynnodd Gwen am y neges ac fel roedd Ann yn llenwi ei basged, pwy ddaeth i mewn i'r siop ond dwy o gymeriadau mwyaf cegog y pentref. Roedd y ddwy yn edrych yn ffyrnig ar ei gilydd ac yn amlwg yng nghanol dadl boeth. Sali Coed Duon oedd un – dynes ganol oed fochgoch lond ei chroen gyda gwallt cyrliog cochlyd yn dangos o dan ei bonet. Miriam Llechwedd oedd y llall. Roedd Sali yn uchel ei chloch ac wrth ddod i mewn i'r siop dyma hi'n troi at Miriam ac yn dechrau bygwth pethau mawr.

'Dwi wedi dweud wrth bawb, a dwi'n dweud wrthyt ti yn dy wyneb, fydda' i ddim yn symud o'r tŷ acw. Mi gawn nhw fy moddi i yn fy nhŷ. Dwi ddim am gael fy symud i unrhyw bentref newydd. Yma ges i fy ngeni. Yma dwi'n mynd i farw. Dwi'n barod am y diawled yna o Lerpwl. Ble mae Lerpwl, dwed?'

'Paid â bod mor wirion Sali. Bydd pawb ar eu hennill o gael tai newydd, ysgol newydd i'r plant, eglwys, tafarn a chapel. Mae'r tai yn y pentref yma'n llaith ac yn afiach i fyw ynddyn nhw,' atebodd Miriam, yn amlwg wedi cynhyrfu.

Merch ifanc ddeniadol oedd Miriam. Roedd hi newydd briodi Wmffra ac yn disgwyl eu babi cyntaf. Trodd Sali arni fel teigres, 'Tafarn ddeudest ti? Mae ganddo ni dri yma ond mi glywais i nad oedden nhw ddim am adeiladu tafarn newydd ond 'hotel' crand i'r byddigions gyda 'tap room' bach yn y cefn i ni y werin fynd i gael llymaid! Be mae dy Wmffra di yn ei feddwl o hynny, tybed? Mae o'n leicio ei beint, fel rydw i yn hoffi glasied o stowt bob dydd. Fydd 'na ddim lle i'n siort ni !'

Yna, yn ei thymer ddrwg, gwthiodd Miriam yn erbyn cownter y siop. Sgrechiodd honno dros y lle, ac wrth iddi faglu syrthiodd yn erbyn Olwen. Syrthiodd honno fel doli glwt ar lawr y siop.

Roedd hi erbyn hyn yn dal basged siopa Ann ac ynddo roedd hanner pwys o de. Holltodd y pecyn te a chwalodd i bob man ar hyd llawr y siop.

'Allan, allan, ar unwaith! Drychwch be' dach chi wedi'i wneud, Sali. Peidiwch byth â dod yma eto,' bloeddiodd Gwen.

Erbyn hyn roedd Olwen yn eistedd ar lawr y siop yn beichio crio. Roedd Ann wedi cynhyrfu cymaint nes iddi orfod eistedd ar yr unig gadair oedd ar gael yn y siop a bu'n rhaid i Gwen ruthro i'r gegin gefn i nôl cwpanaid o ddŵr iddi a chlwtyn gwlyb oherwydd fod talcen Olwen yn pistyllio gwaedu.

'Dyna ti, fy ngeneth i. Mi fyddi di a Mam yn iawn. Hen dacle drwg ydi'r ddwy yna, yn enwedig y Sali yna. Hen geg fawr ydi hi,' cysurodd Gwen.

Teimlodd Ann ei bod ar fin llewygu a bu rhaid i Gwen ruthro yn ôl i'r gegin i chwilio am *sal volatile* i'w hadfywio. Roedd popeth o chwith yn y siop pan ddaeth Elin Bwlch Sych i mewn.

'Bobl y Bala! Be' sy' wedi digwydd?' gofynnodd gyda syndod wrth weld y llanast.

Adroddodd Gwen yr hanes iddi a melltithiwyd Sali gan y ddwy.

'Ann Elis, dach chi mewn sioc. Mi wna i'ch hebrwng chi adre,' meddai Elin yn garedig.

Cafodd Olwen becyn arall o de i roi yn ei basged gyda'r siwgr a'r blocyn halen. I ffwrdd â'r tair braich yn fraich yn araf iawn i gyfeiriad Fishing Street.

'Fe all y sioc fod yn ddigon i chi gychwyn ar y geni, Ann Elis,' mentrodd Elin wrth iddynt fynd dow-dow drwy'r eira.

Roedd Twm yn gynddeiriog ac yn barod i siarad yn blaen efo Sali.

'Na, na, hen un am dynnu helynt ydi hi. Gwneud pethau'n waeth wnei di. Paid â mentro mynd yn agos ati,' siarsiodd Ann ef.

Wrth iddi orffwys yn y gadair siglo o flaen y tân y prynhawn Sadwrn hwnnw, dyma Ann yn troi at Twm ac yn dweud, 'Blwyddyn Newydd Dda yn wir! Dynion yn dadlau yn y dafarn a thu allan i'r Capel cyn y Nadolig. Merched yn ffraeo ac ymladd yn y siop ar droad y flwyddyn. Wn i ddim be' sy'n digwydd i'r lle yma. Sut flwyddyn newydd fydd hi, tybed?'

Pennod 7

Eisteddodd Mr Hamilton yn ei swyddfa ym mhencadlys Cyngor Dinas Lerpwl. Fel peiriannydd Pwyllgor Dŵr y ddinas, roedd o wedi bod wrthi'n ceisio datrys y broblem o gael cyflenwad ychwanegol o ddŵr am fod poblogaeth y ddinas yn cynyddu o flwyddyn i flwyddyn. Roedd hynny wedi digwydd oherwydd datblygiad diwydiant a hefyd prysurdeb cynyddol y porthladd. Credai Mr Hamilton nad oedd neb yn barod i wrando ar ei argymhellion, heb sôn am eu gweithredu, ac roedd dod o hyd i gyflenwad ychwanegol erbyn hyn yn wirioneddol angenrheidiol.

Roedd hi bron yn ddeuddeng mlynedd ers iddo gymeradwyo Llyn Tegid fel ffynhonnell, ond dadlau yn ei erbyn a wnaeth y mwyafrif o'r Pwyllgor Dŵr. Pam oedd rhaid mynd i sir Feirionnydd i chwilio am ddŵr? Roedd yna fwy na digon yn ardal y Llynnoedd yng ngogledd Lloegr. Roedd y maer yn ffafrio cynllun Haweswater ac roedd sôn hefyd am gynllun Bleasdale a Wyredale a fyddai'n cael ei leoli rhwng Preston a Lancaster ac o fudd i Lerpwl a Manceinion fel ei gilydd.

'Are you going to the meeting, Mr Hamilton?'

Mary Jones, yr ysgrifenyddes, oedd yno. Roedd Mary yn ferch ifanc ddel iawn ac fel un o Gymry'r ddinas roedd hi'n gallu siarad Cymraeg. Roedd ganddi ddiddordeb mawr yn y syniad o fynd i Feirionnydd er sicrhau cyflenwad o ddŵr i'r ddinas.

'Are you still recommending Bala Lake as a source?

My mother's family is from Bala. I don't know if the locals would welcome anyone working near the lake. Would this mean a lot of drilling and digging? It's such a beautiful area,' meddai Mary'n bryderus.

'Well Mary, I still believe that would be the best plan,' atebodd Hamilton, gan godi a cherdded tuag at ddrws ei swyddfa. Roedd aelodau'r Pwyllgor Dŵr i gyd yn bresennol o amgylch y bwrdd mawr derw, pob un ohonynt a golwg ddigon sarrug ar ei wyneb.

'Gentlemen, you all know that I recommended Bala Lake as a source for our new water scheme back in 1866 and that remains my opinion,' meddai Mr Hamilton.

Fel o'r blaen, dyma'r aelodau yn dechrau dadlau ymysg ei gilydd. Curodd y maer y bwrdd a gofynnodd am dawelwch. Yna dywedodd, 'Now, am I right in saying that in 1866, the engineer recommended Bala Lake as a possible source, but many were against this recommendation.'

Rhoddwyd syniadau eraill o flaen y pwyllgor, megis cynllun Bleasedale a Wyredale, yn ogystal â chynllun Haweswater ac Efyrnwy. Roedd sawl un yn anhapus, ac wedi hir drafod penderfynwyd y dylid ystyried cynllun Haweswater ac Efyrnwy yn unig.

Er ei fod yn dal i gefnogi'r syniad o ddefnyddio Llyn Tegid, roedd Hamilton yn ystyried y byddai cynllun Efyrnwy yn bosibl. Ym mis Tachwedd 1877, cyflwynodd adroddiad arall i'r Cyngor ar gynllun Efyrnwy. Roedd o'n teimlo ei bod yn hen bryd bellach i'r pwyllgor ddod i benderfyniad, ond anghytundeb a gafwyd eto gyda rhai yn dadlau y byddai'r dŵr o ddyffryn Efyrnwy yn iachus, ac eraill o'r farn y byddai'r dŵr yn fawnog ac yn wenwynig.

Roedd Hamilton yn colli amynedd a gwnaeth ei orau i'w darbwyllo ei bod yn unfed awr ar ddeg arnynt. Cododd un o'r enw William Baines ar ei draed gan weiddi'n uchel a dyrnu'r bwrdd mawr derw, 'This is rubbish, we can't go to Wales for our water, it's too far and I'm sure too costly. How much will it cost to build this dam and pipe the water all the way to Liverpool ?'

Chwiliodd Hamilton yn wyllt ymysg ei bapurau. O'r diwedd, daeth o hyd i'r wybodaeth. Safodd ar ei draed, cliriodd ei wddw a chyda golwg letchwith ar ei wyneb a chan chwifio'r papur yn ei law dde, dyma adrodd yr wybodaeth angenrheidiol am hyd a lled y llyn, maint yr argae a chostau'r cynllun.

'Gentlemen, the original proposal is to build a 75 foot high earthen dam. The lake, when the whole valley is flooded, will contain about 10,000 million gallons of water. There will be an eleven mile road built around the lake, and of course, we will have to re-house the inhabitants of the present village. As far as we can estimate, the approximate cost is £1,559,996.'

Aeth pawb yn fud; doedd ganddyn nhw ddim syniad o'r gost. Roedd sôn am filiwn a hanner o bunnoedd wedi dychryn y pwyllgor ac yn ymddangos yn frawychus o uchel.

Yna, cododd un o'r enw Jim Parry ar ei draed. Doedd dim angen holi o ble roedd o'n hanu, oherwydd ei acen Gymraeg gref, 'Gentlemen, gentlemen, has anyone thought about the impact this will have on the locals? There are nearly four hundred people living in the valley, housed in ten farms and thirty seven dwelling houses. Futhermore,

I have heard that they are organising a petition, and that well over 300 are willing to add their names to it. I have also learnt that some landowners object to the scheme, as it could affect the flow of the Vyrnwy and Severn rivers.'

O glywed hyn, dyma chwerthin mawr a churo byrddau yn torri allan drwy'r siambr gyda rhai yn gweiddi'n uchel, 'Sit down Taffy, we don't need to listen to them!'

Wedi'r tawelwch, dyma rai o'r pwyllgor yn atgyfodi'r syniad o fynd i Ardal y Llynnoedd. Fyddai hi'n rhatach defnyddio dŵr Ullswater neu Windermere. Ond yn ôl y peiriannydd, roedd yna lawer o garthffosiaeth yn llifo i Windermere ac fe fyddai'n costio ffortiwn i buro dŵr y llyn.

Penderfynwyd mai cyfarfod eto yr wythnos ganlynol fyddai orau, am nad oedd neb yn barod i wneud penderfyniad yn y fan a'r lle. Fodd bynnag, wythnos yn ddiweddarach doedd y Pwyllgor Dŵr fawr nes i'r lan. Pawb yn ofni cymryd cam ymlaen. Oherwydd yr oedi, cododd Hamilton ar ei draed, ac meddai, 'Gentlemen, may I suggest that representatives of this committee visit the Vyrnwy valley during the next few weeks. This is an urgent matter and decisions have to be taken. I have been there, and am certain that a visit to examine the feasibility of the project would help things along considerably.'

Cytunwyd ar hyn a dewiswyd nifer o'r pwyllgor, ynghyd â'r maer a Hamilton ei hun, i deithio i ddyffryn Efyrnwy'r wythnos ddilynol.Teithiwyd ar y trên i Lanfyllin ac fe dreuliwyd dwy noson yn The Old New Inn, Llanfyllin.

'Gentlemen, as we have travelled so far, I think we should enjoy ourselves. I've ordered six bottles of champagne for us to consume before dinner tonight, and six for tomorrow night,' cyhoeddodd y maer, wedi iddynt ymgynnull yn y bar am hanner awr wedi saith y noson honno.

Bu gwledda ac yfed mawr tan hanner nos, ac erbyn hynny roedd sawl aelod o'r Pwyllgor Dŵr a'i ben yn troi a'i fol yn llawn o gig oen a tharten afalau orau'r wlad.

'By Jove, they know how to feed visitors in this part of the country. O dear, my head is spinning,' meddai un o'r cynghorwyr parchus wrth ymbalfalu am y grisiau i fynd tua'r gwely.

Ond doedd gan Hamilton fawr o amynedd gyda gweddill y criw, ac ar ôl bwyta ei swper aeth yn syth am y gwely i ddarllen y papurau unwaith eto, er mwyn gwneud yn sicr fod y ffeithiau ar flaenau ei fysedd

Am naw y bore wedyn dyma gychwyn i ddyffryn Efyrnwy. Roedd hi'n ddiwrnod glawog, gyda niwlen ysgafn wedi ymledu dros y tir. Erbyn cyrraedd y dyffryn tua hanner awr wedi deg, roedd yr aelodau oedd yn cael eu cario mewn tri thrap a merlen, yn oer a gwlyb.

'Do you usually get such terrible weather in this valley?' holodd Mr Brown a oedd yn eistedd agosaf at y gyrrwr yn yr ail drap.

Cymerodd yn ganiataol nad oedd y gyrrwr, Wil Trap, yn ei glywed oherwydd sŵn carnau'r ceffyl. Ceisiodd eto dynnu sgwrs efo Wil, ond i ddim pwrpas.

'Is he deaf or daft?' gofynnodd, gan droi at Parry, y Cymro.

'No, he doesn't understand you. He can't speak English,' eglurodd hwnnw, gan geisio cyfieithu i Wil beth oedd cwestiwn Brown.

'Can't speak English! I thought everybody spoke English,' atebodd hwnnw.

Ar draws ebychiadau Brown, dyma Wil yn troi at Parry ac yn gofyn,'Be mae'r cythraul yna'n trio'i ddeud?'

Tywalltodd y glaw yn ddi-baid y diwrnod hwnnw wrth i'r criw gerdded trwy'r pentref at y gors ac at Blas Eunant. Doedd dim posib gweld Bwlch y Groes gan y niwl. Roedd dau neu dri o'r pentrefwyr wedi ymgasglu wrth yr efail, gan rythu ar y cynghorwyr.

'Good morning to all of you,' cyfarchodd Brown nhw, gyda gwên ffug ar ei wyneb mwstashlyd.

Mewn ymateb i'r cyfarchiad, trodd pob un o'r pentrefwyr eu cefnau yn fwriadol ar yr ymwelwyr.

'Well I never, what a rude lot! I thought that the people of Montgomeryshire were well-known for their hospitality. I was only trying to be friendly,' grwgnachodd Brown.

Eglurodd Hamilton i'r cynghorwyr fod syrfewyr y Gorfforaeth wedi darganfod olion rhewlyn ar safle'r gors. Y syniad oedd gorchuddio'r pentref gan ddŵr wedi ei grynhoi o afonydd Cowny a Machnant a oedd yn llifo i mewn i afon Efyrnwy. Yna, codi argae o bridd ar ben y dyffryn.

Yn sicr byddai'r pentrefwyr yn manteisio o gael tai, ysgol, capel, eglwys a gwesty hardd, yn lle'r pentref llaith roeddent wedi byw ynddo ers blynyddoedd.

Erbyn cyrraedd pen draw'r dyffryn, roedd gŵr bonheddig yr olwg yn eu disgwyl.

'We are very pleased to meet you, Lord Powis,' cyfarchodd y maer ef, gan estyn ei law tuag ato.

Cyflwynodd y maer Hamilton i'r Iarll, gan ddweud, 'This is the person who knows all about the plan.'

Cafodd Hamilton hi'n anodd ysgwyd llaw gyda'r Iarll, oherwydd ei fod ef ei hun yn hanu o gefndir gwledig yng ngogledd swydd Efrog, lle roedd y meistr tir yn gorlywodraethu. Fodd bynnag, dan yr amgylchiadau ceisiodd ei berswadio ei hun mai gwas cyflogedig Corfforaeth Lerpwl oedd o, ac roedd yn ofynnol iddo wneud ei waith.

'We are certain that the Vyrnwy project will be an ideal source of water for Liverpool,' meddai'r maer, a gwên ffals ar ei wyneb.

'Yes, I'm certain everyone will benefit from this proposed scheme: both you in Liverpool and the villagers. The valley is a no-good place and the village is damp. The houses and all the buildings are old, and many in a ruined state,' atebodd yr Iarll.

Ni ddywedodd mai ef ei hun fyddai'n elwa fwyaf o'r cynllun.

Y noson honno yn yr Old New Inn bu dathlu mawr. Roedd pob un o gynrychiolwyr y Pwyllgor Dŵr yn cytuno na fyddai colled i neb o greu llyn mawr yn nyffryn Efyrnwy, ond y byddai, yn eu barn hwy, o fantais enfawr i bawb.

'The water will be pure and safe to drink. I shall be recommending

that we go ahead with the project. I wasn't sure at first, but this visit has clarified the situation for me,' cyhoeddodd y maer.

'Let's have some more champagne and drink to the new venture,' awgrymodd y Cynghorydd Baines a oedd bob amser yn barod am unrhyw gyfle i lymeitian.

Ni sylwodd neb ar Hamilton yn sleifio allan o'r ystafell

heb godi gwydr. Roedd ei feddwl yn fwrlwm o amheuon, ac ni allai ddathlu gyda phawb arall.

Fodd bynnag, aeth gweddill y criw yn ôl i Lerpwl yn argyhoeddedig eu bod wedi gwneud y penderfyniad iawn, ac nad oedd dim yn mynd i rwystro'r ddinas fawr rhag gwireddu ei chynlluniau. Doedd dim angen ystyried pentrefwyr Llanwddyn. Dŵr i ddinasyddion Lerpwl oedd yn bwysig.

*

Roedd hi'n ddiwedd Ionawr 1878, ac erbyn hynny roedd yr eira'n dal yn drwchus ym mhobman yn nyffryn Efyrnwy. Roedd pentrefwyr Llanwddyn wedi cynhyrfu'n lân oherwydd y sôn a'r siarad am foddi'r dyffryn. Roedd pethau'n mynd o ddrwg i waeth oherwydd bod rhai wedi gweld y criw Saeson o Lerpwl yn sbecian o gwmpas y pentref a'r dyffryn.

'Roeddwn i wrth yr efail ddiwedd Hydref pan glywais i'r iaith ddieithr yna,' meddai Bob y Dafarn. 'Rhyw chwech neu saith ohonom ni'n cael sgwrs ddifyr, a dyma ni'n troi, yn methu deall pwy oedd yno. Mi fuaswn i'n dweud bod yna o leiaf ddwsin ohonyn nhw yn prowla a sbecian o gwmpas y lle. Roedd yna un yn uchel iawn ei gloch, a dyma fo a'r mwstash mawr yn deud rhywbeth yn yr iaith fain. Roedd ryw hen olwg slei arno.'

'Troi cefnau arnyn nhw oedd cyngor Zeb i ni. Dyna'n union be wnaethom ni, bob un wan Jac,' ategodd Ifan Tŷ Ucha gan chwerthin. 'Ddown nhw byth ar gyfyl y lle eto gewch chi weld. Dwi'n credu eu bod nhw wedi cael y neges.'

Chwerthin a wnaeth pawb wrth yfed eu peint yn y Powis Arms y noson honno gan feddwl eu bod wedi rhoi tro yng nghynffonnau'r Saeson.

'Mae hi'n dywydd garw. Mi ges i helynt mawr ddoe wrth geisio dod o hyd i'r defaid o dan yr holl eira. Dwi'n credu mod i wedi colli tair o famogiaid. Colled fawr,' meddai Zebedeus Jones.

Prynhawn Llun oedd hi a doedd hi ddim yn dywydd mynd allan i weithio. Felly, roedd y criw arferol yn y Powis Arms yn gynnar yn y prynhawn yn sgwrsio, cyn ceisio ymladd eu ffordd adref drwy'r eira.

'Oes yna rywun wedi gweld Twm ni o gwbl?' holodd Ned Elis.

Edrychodd pawb yn syn, doedd neb wedi ei weld.

'Mi welais i Ann yn cerdded draw at y siop ryw hanner awr yn ôl ac roedd hi'n holi amdano,' atebodd Ifan Llwyd.

Roedd Ned yn dechrau mynd yn anesmwyth. Roedd hi bron yn dri o'r gloch ac yn dechrau tywyllu. Camodd allan i storm o eira. Cododd goler ei gôt, a rhwymodd ei sgarff yn dynnach am ei wddw. Doedd dim rheswm i neb fod allan yn y fath dywydd.

Cyrhaeddodd y tŷ yn Fishing Street a sylwodd wrth fynd at garreg y drws nad oedd yna olion traed diweddar arni. Doedd neb felly wedi cyrraedd adref yn ystod y chwarter awr ddiwetha. Roedd yr eira yn chwipio'n lluwchfeydd dan wynt y dwyrain.

Cododd y glicied heb guro, ac i mewn â fo. Roedd Ann yn eistedd wrth y tân yn crio, ac Olwen a Jo yn gwneud eu gorau i'w chysuro.

'Dewyrth Ned, dan ni'n meddwl fod Dad ar goll,'

meddai Jo yn bryderus. 'Mae o wedi mynd i Blas Eunant i drwsio wal un o'r corlannau a dydi o ddim wedi dod yn ôl, ac mae o wedi mynd ers y bore!'

'Pa gorlan?' gofynnodd Ned.

'Yr un wrth y cae agosaf at y plas,' atebodd Ann trwy ei dagrau.

'Peidiwch â phoeni, mi wna' i ofyn i griw o ddynion ddod efo fi i chwilio amdano, ond rwy'n sicr y bydd o wedi mynd i gysgodi yn rhywle,' meddai Ned yn fwy ansicr nag oedd o'n ymddangos.

Aeth yn ôl i'r dafarn, a chafwyd chwech neu saith o ddynion yn barod i helpu yn ddiymdroi. Roedd pob un â'i lantern, sach am ei ysgwydd, het galed am ei ben, clocsiau am ei draed ac roedd ambell un yn cario rhaw hefyd.

Roedd hi'n anodd iawn cerdded yn y storm. Syrthiodd Ifan i fyny at ei ganol i luwchfa ddofn. Wrth gwrs, roedd y lluwchfeydd yn waeth wrth fôn y clawdd. Rhannodd y criw, rhai yn mynd i un cyfeiriad a'u lanternau yn chwifio yn y gwynt.

'Twm, Twm, ble rwyt ti?' gwaeddodd Ned.

'Dacw'r gorlan. Ym mhen pella'r cae. Wyt ti'n clywed y defaid yn anadlu'n drwm o dan yr eira?' holodd Wil, un o gyfeillion Ned.

I mewn â nhw drwy'r agoriad. Ceisiodd rhai o'r praidd symud. Roeddynt o dan drwch o eira a'u llygaid yn disgleirio yng ngolau'r lanternau.

'Dyna fo, dyna lle bu i'r wal ddymchwel dan bwysau'r eira. Ond drycha, mae'r cerrig yn eu lle,' gwaeddodd Ned.

Fel yr oedd o'n dweud hyn, baglodd dros rywbeth caled, a syrthiodd i ganol yr eira.

'Na! Na!' gwaeddodd Ned.

Yno, o dan yr eira trwchus, roedd corff Twm, ac ar ei frest roedd un o gerrig trymha'r wal.

'O'r Arglwydd Mawr, mae hon wedi syrthio ar ei frest o. Dydi o ddim wedi gallu codi, ac mae o wedi rhewi i farwolaeth,' criodd.

Penliniodd wrth ochr corff ei frawd, a cheisio glanhau'r eira o'i ffroenau a'i geg. Cododd Wil ac yntau'r maen oddi ar frest Twm, a gwelsant staen mawr coch wedi ymledu trwy ei ddillad. Roedd ei gorff yn stiff a'i wallt wedi rhewi.

Wrth glywed y dolefain, rhedodd y dynion eraill orau y gallent drwy'r eira. Gwelsant olygfa na fyddai'r un ohonynt yn ei hanghofio. Roedd Ned Elis ar ei liniau yn yr eira yn dal corff marw ei frawd, ac yn beichio crio.

Rhedodd dau ohonynt i'r Plas a daethant yn ôl â hen ddrws mawr llydan. Yn araf a gofalus, dyma bump o'r ffrindiau yn codi corff Twm ar y drws ac yn ei orchuddio â dwy sach fawr.

Cerddodd Ned a Wil tu ôl i'r dynion yn araf, bob un yn ymladd yn erbyn yr elfennau.

*

Roedd y newydd wedi cyrraedd y pentref ac yn barod roedd amryw yn sefyll yn y storm a'u pennau i lawr mewn parch tuag at Twm. Roedd Ned mewn cyflwr drylliog. Pryderai am Ann a'r plant.

'Ewch â'r corff i fy nhŷ i, mae yno ddigon o le rŵan, wedi i Mam druan ein gadael ni,' meddai.

Agorodd y drws a rhoddwyd Twm i orwedd ar y bwrdd

mawr yn y parlwr. Roedd y drws ar agor yng nghartref Ann a golau'r gannwyll yn taflu llwybr gwyn ar yr eira. Wrth i Ned nesu at y tŷ, clywodd Ann a'r plantos bach yn beichio crio. Aeth i mewn i'r gegin fach, a dyna lle'r oedden nhw.

'Wyt ti wedi clywed y gwaethaf?' meddai Ned.

Ddywedodd hi ddim ond ei thaflu ei hun i'w freichiau. Rhedodd y plant ato, ac yno y buont yn glynu'n hir wrth ei gilydd.

*

Er bod Ned wedi hen arfer â gwneud eirch, crio'n hidl a wnaeth o wrth weithio ar arch ei frawd. Gwnaeth yn sicr ei fod yn dewis y derw gorau, derw a oedd wedi tyfu yn Llanwddyn. Daeth Nanw Rhiwargor i ddiwarthu'r corff. Am ryw reswm, hi yn unig oedd bob amser yn ymgymryd â'r gwaith hwnnw yn y pentref, ac roedd sôn amdani fel un ofalus a sensitif.

Y noson cyn yr angladd, neu'r 'gligeth' fel roedd pobl yr ardal yn ei ddweud, cynhaliwyd gwylnos gyda'r Parch D. R. Jones, gweinidog Capel Bethel, yn cymryd yr awenau. Goleuwyd dwy gannwyll frwyn wrth ymyl yr arch ac roedd y goleuni yn taflu cysgodion ar gorff Twm. Roedd yn ymddangos yn hollol dawel, a'i ddwylo wedi plethu a'i lygaid ynghau.

Safodd Ann wrth droed yr arch a breichiau Ned wedi'u lapio amdani. Roedd ei llygaid mawr hardd yn syllu ar y corff. Allai hi ddim crio rhagor, roedd y crio wedi para am dri diwrnod a thair noson. Ochneidio roedd hi bellach, ac roedd golwg arni fel pe bai wedi ei llethu'n llwyr. Eisteddai'r chwe phlentyn ar y grisiau gan edrych ar yr olygfa drwy'r rheiliau. Roedd pob un ohonynt yn wyn fel y galchen. Roedd y crio wedi peidio am ychydig, a'u cegau'n sych.

'Ble mae Dad yn mynd pan fyddwn ni wedi ei roi yn y twll mawr?' holodd Jini.

'At Iesu Grist yn y nefoedd,' atebodd y gweinidog.

'Ond pam nad ydi o ddim yn dweud tata wrthym ni, a pham mae o mor llonydd?' holodd Meri, ei gefeilles.

Anodd iawn oedd ateb eu cwestiynau, ond roedd rhaid ceisio gwneud synnwyr o'r sefyllfa.

'Cyn mynd at Iesu Grist, mae'n rhaid iddo fo gysgu. Cysgu mae o rŵan, a phan fydd o'n deffro mi fydd o efo Iesu Grist yn y nefoedd,' eglurodd Ned yn chwys oer gan emosiwn.

Daeth diwrnod yr angladd, ac roedd holl bentrefwyr Llanwddyn yn bresennol yng nghapel Bethel y Sadwrn oer hwnnw. Roedd rhai o'r ffermwyr wedi cerdded dwy neu dair milltir drwy'r eira. Fel rheol, byddent wedi cyrraedd mewn trap a merlen. Ond doedd dim posib defnyddio trap oherwydd yr eira mawr.

'Be wnawn ni, mentro cerdded i gligeth Twm Elis? Mae hi'n dywydd mawr,' meddai Wmffra Rhiwargor.

'Ie, dyna'r ffordd orau, dwi ddim yn credu y gallai Dol y ferlen fynd mwy na llathen o'r tŷ oherwydd y lluwchfeydd ym mhobman,' atebodd Nanw ei wraig.

Roedd y canu yn y capel yn ardderchog, ac wrth lan y bedd fe ganwyd 'Wele'n sefyll rhwng y myrtwydd', un o emynau Ann o Ddolwar Fach. Bu Twm yn hoff iawn o emynau Ann ac roedd o bob amser yn brolio ei fod yn perthyn iddi o bell ar ochr ei dad.

Aeth y dyrfa o'r fynwent i festri fach Bethel am gwpaned o de, bara brith a sgonsen, wedi'u paratoi gan ferched y capel. Roedd Ann yn hynod o ddiolchgar iddynt am fynd i'r fath drafferth. O ganlyniad, roedd pawb yn awyddus i gydymdeimlo â hi ac i ysgwyd ei llaw, ond wedi rhyw awr o sgwrsio efo hwn a'r llall, dechreuodd Ann deimlo'n benysgafn.

'Rhaid imi ei throi hi am adref, dwi'n teimlo braidd yn sigledig,' sibrydodd wrth Ned.

Hebryngwyd hi adref trwy'r eira gan Sera Jane, ffrind da i'r teulu, ac fe arhosodd Ned a'r plant yn y festri. Cerdded yn araf iawn a wnaeth y ddwy drwy'r eira, ond fel roedd Ann yn camu dros riniog ei chartref yn Fishing Street dyma hi'n plygu ymlaen ac yn gweiddi, 'O Sera, Sera, be alla' i wneud, mae'r dŵr wedi torri. Mae o'n rhy fuan. Mae gen i bum wythnos i fynd eto!'

Ymbalfalodd Ann i fyny'r grisiau gyda'r poenau esgor yn gwaethygu. Rhedodd Sera Jane nerth ei thraed drwy'r eira yn ôl i'r festri. Edrychodd yn wyllt o'i chwmpas. Roedd hi'n anodd gweld yn eglur iawn oherwydd roedd hi'n dechrau tywyllu. Ble yn y byd oedd Ned? O'r diwedd, gwelodd o'n sgwrsio yng nghornel bella'r ystafell efo criw o'i ffrindiau. Amneidiodd arno gan redeg i'w gyfarfod.

'Brysia Ned, mae yna helynt yn y tŷ. Tyrd ar frys, mae'r babi ar y ffordd.'

Aeth Ned yn wyn. Rhedodd Olwen ato, gan afael yn ei law.

'Be sy', Dewyrth Ned, ydi Mam yn iawn?' holodd gyda golwg bryderus ar ei hwyneb ifanc.

'Ydi, mi fydd hi'n iawn, ond rhaid i ni fynd yn ôl ati reit sydyn, mae'r babi bach ar ei ffordd ac mae'n ofynnol i bawb helpu. Gofyn i Jo ddod adref efo ni. Mi wna' i drefnu bod y pedwar arall yn mynd i aros efo Dodo Lisi, chwaer dy fam,' atebodd Sera Jane.

'Rŵan Jo, rhaid iti fynd draw i nôl Hen Wraig Eifionydd. Hi sy'n helpu bob tro pan mae babi'n cael ei eni. Mae hi'n gwybod yn union beth i'w wneud. Dwed wrthi fod y babi ar y ffordd a bod Mam angen help ar unwaith,' meddai Ned yn awdurdodol.

Rhedodd Jo ar hyd y llwybr a oedd yn arwain at Eifionydd, gan syrthio ambell waith i fyny at ei ysgwyddau mewn lluwch o eira. Curodd yn drwm ar ddrws Eifionydd. Agorwyd y drws gan yr hen wraig a oedd yn dal i wisgo'i chôt a'i het ddu wedi iddi fod yn yr angladd.

'N'eno'r tad, be sy' arnat ti, fachgen? Dydy'r byd ddim ar ben gobeithio,' meddai gan edrych yn flin ar Jo.

'Plis, plis, brysiwch i'n tŷ ni. Mae Mam yn sâl. Mae'r babi ar ei ffordd. Mae o'n dod yn rhy fuan,' meddai Jo wedi colli ei wynt yn lân.

'Wyt ti'n siŵr? Roeddwn ni'n credu fod ganddi bum wythnos arall i fynd,' atebodd yr hen wraig.

'Ydw, mae Dewyrth Ned a Sera Jane wedi fy anfon i yma. Peidiwch ag oedi,' oedd ateb diamynedd Jo gan afael yn llaw'r hen wraig.

'Ara deg, yr hen gog. Rhaid i mi hel fy mhethau.'

Aeth i mewn i'w chegin a dychwelodd gyda'i basged fach yn llawn o eli cyfriniol a ffisig na wyddai neb beth oedd ynddo, ac i ffwrdd â'r ddau i gyfeiriad Fishing Street.

'Tyrd yma, wnei di afael yn fy llaw i, neu mi fydda i ar fy hyd ar lawr? Mae'n ofnadwy o lithrig,' meddai Leusa Lewis.

Wedi cyrraedd y tŷ, i mewn â nhw yn ddiymdroi. Aeth Leusa Lewis yn syth am y grisiau, heibio i Ned a oedd yn cerdded i fyny ac i lawr y landin rhwng y ddwy ystafell wely fel dyn o'i go, ac yn amlwg ddim yn gwybod ble i droi. Roedd Sera Jane, ar y llaw arall, yn ceisio tawelu Ann yn yr ystafell wely, ond i ddim pwrpas.

'Ned Elis, brawd yng nghyfraith wyt ti. Dwi'n gwybod nad ti ydi tad y peth bach yma sy'n ceisio cyrraedd ar yr un diwrnod ag y mae ei dad wedi mynd i'r byd arall o flaen ei amser, ond oherwydd dy fod ti yma, waeth i mi dy roi di ar waith,' meddai Leusa yn ddiamynedd. 'Mae angen tywelion glân a digon o ddŵr poeth. Dos i'w nôl nhw'r funud yma.'

Erbyn hyn, roedd Ann yn gweiddi dros y tŷ.

'Dwi isio gwthio. O be wna' i? Fedra' i ddim dal y boen yma fawr mwy. Dwi isio Twm. Ble rwyt ti, Twm?'

'Rŵan, rŵan, Ann paid â gwthio, dydi hi ddim yn amser eto. Anadl fawr. Mi ro' i ychydig o eli dros dy fol, mi fydd yn siŵr o esmwytháu'r boen,' cynghorodd Leusa, gan dynnu potel fach o olew ewcalyptws allan.

Taenodd yr olew'n dyner dros fol chwyddedig Ann, a honno'n dal i riddfan a gwingo nes bod y tŷ yn atseinio. Roedd Ned, Jo ac Olwen yn swatio wrth y tân fel llygod bach ac yn brathu eu hewinedd mewn ofn a phryder.

Aeth pump, chwech a saith awr heibio, ac fel roedd y

gwewyr yn parhau roedd Ann yn gwanychu. Roedd ei gwallt hardd yn chwyslyd a blêr ar draws y gobennydd, a'i gallu i wthio yn gwanhau. Tuag un ar ddeg y noson honno teimlodd Ned nad oedd o'n gallu cadw i ffwrdd ddim mwy, a mentrodd i fyny'r grisiau cul i'r stafell wely. Fel gŵr di-briod, doedd o erioed yn ei fywyd wedi gweld y fath olygfa. Roedd Ann yn edrych fel drychiolaeth ac yn amlwg yn gwanio. Meddyliodd am funud ei bod ar fin marw.

'Rhaid iti wthio rŵan, un ymdrech fawr. Mae pen y babi yn y golwg. Tyrd, anadl fawr. Allan â fo,' meddai Leusa Lewis yn gefnogol.

Fel yr oedd hi'n dweud y geiriau trodd Leusa a chafodd gip ar Ned yn sefyll wrth ddrws y stafell a gwaeddodd yn uchel, 'Dos o' 'ma, does gen ti ddim hawl i fod yma o gwbl. Nid dy wraig di ydi hi. Rhag dy gywilydd di'n sefyll yna, a dy geg ar agor.'

Llwyddodd Ann i wneud un ymdrech fawr arall a ganwyd y babi. Anwybyddodd Ned Leusa, a chamodd ar draws y stafell gan benlinio wrth ochr Ann. Cydiodd yn ei llaw a sychodd ei thalcen gyda'i gadach poced.

'Dyna ti, Ann fach, mae o drosodd rŵan. Mae'r babi wedi'i eni. Tyrd i mi gael sychu'r dagrau efo fy hanshar boced,' sibrydodd yn ei chlust.

Bu distawrwydd mawr drwy'r tŷ ac aeth sawl eiliad heibio cyn iddynt glywed crio gwan y bychan.

'Bachgen bach sy' gen ti Ann, ond mae o'n fychan ac eiddil iawn. Oes yna ddrôr hanner maint yma? Rhaid iddo fod mewn lle bach iddo gael teimlo'n ddiogel. Mi wna' i'n siŵr ei fod yn gorwedd ar glustog feddal, feddal.'

Roedd Leusa Lewis yn goblyn o dda pan oedd genedigaeth yn drafferthus, meddyliodd Sera Jane.

'Wyt ti isio gafael yn y babi? Mi fydd o angen y fron gennyt ti ymhen ychydig,' holodd Leusa.

Cafwyd ymateb pendant a diymdroi gan Ann, 'Na, na, dos â fo o fy ngolwg i. Fedra i ddim edrych arno fo. Mae o wedi achosi llawer o boen a phryder i mi ers pan wnes i feichiogi. Dwi wedi colli fy nghariad. Does dim dyfodol i'r babi yma,' meddai gan droi ei hwyneb tua'r wal a dechrau crio.

Edrychodd Ned, Sera Jane a Leusa ar ei gilydd mewn braw.

'Mi wnaiff o farw os na chaiff o lefrith,' oedd yr unig beth a allai Sera Jane ei ddweud.

'Dydi hyn ddim yn normal siŵr,' oedd ateb Ned.

'O mi ddaw, gewch chi weld,' meddai Leusa yn rhyw hanner gobeithiol.

Tynnodd Ned un o ddroriau bach y gist ddillad a oedd yn y llofft. Gwagiodd y cynnwys ar y gadair o dan y ffenest. Wedi iddynt roi clustog feddal a lliain gwyn drosto, rhwymwyd y bychan yn dynn mewn sawl tywel cynnes a'i roi i orwedd yn y drôr. Ar ôl estyn a gwagio'r drôr dychwelodd Ned at erchwyn y gwely a gafaelodd Ann yn dynn, dynn yn ei law. Sylwodd Leusa Lewis ar hyn ac aeth rhai amheuon drwy ei meddwl. Edrychodd ar Sera Jane a oedd hefyd wedi sylwi, a rhoddodd Leusa winc fach slei iddi heb yn wybod i'r ddau arall. Yna trodd Leusa at Sera Jane ac awgrymodd gyda thristwch yn ei llais, 'Os na fydd hi'n barod i roi'r fron iddo fo cyn bo hir bydd rhaid iti fynd gynted ag y medri di efo Jo i chwilio am laeth y fuwch frech. Y peth bach! Mae gen i biti drosto fo. Mae o mor fach ac eiddil, a'i fam yn ei wrthod o. Druan ohono!' oedd ymateb Leusa.

Bu Lusa, gyda help Sera Jane, yn brysur yn glanhau Ann wedi'r geni. Ei hymolchi, cribo'i gwallt, rhoi dillad glân ar y gwely a choban lân amdani. Tra roedd hyn yn mynd ymlaen arhosodd Ned wrth ochr y gwely gan ddal i afael yn ei llaw.

'Pam wyt ti'n dal yma, Ned Elis ?' holodd Leusa'n bigog.

'Mae hi angen rhywun yn gefn iddi,' oedd ei ateb diflewyn ar dafod.

*

Roedd hi'n argyfwng mawr yn y cartref bach yn Fishing Street. Gwael iawn oedd Ann o hyd, a byddai'n troi ei hwyneb tua'r wal bob tro y ceisiai Sera Jane roi'r un bach yn ei breichiau er mwyn cael ei fwydo.

'Na, alla'i ddim i fwydo fo. Dwi ddim isio ei weld o. Dwi isio llonydd,' byddai'n crefu'n barhaus.

Penderfynwyd bod rhaid bwydo'r bychan o'r botel ac roedd rhaid benthyg potel lân gan Elin drws nesaf. Yn y gorffennol, roedd Ann wedi bwydo ei babis yn llwyddiannus iawn o'r fron, ond nid y tro hwn. Daeth Ned hefyd i gysgu gyda'r teulu er mwyn cadw llygad ar y plant. Bob nos, byddai'n ceisio cysgu ar y setl yng nghornel y gegin. Arferai huddo'r tân gyda mawn er mwyn iddo fudlosgi drwy'r nos a chadw'r ystafell yn gynnes. Yna byddai'n estyn dwy glustog gyfforddus i'w rhoi o dan ei ben, a dau gwilt trwchus patrymog. Ond nid setl oedd y lle mwyaf cyfforddus i dreulio noson.

Tasg Sera Jane oedd ceisio codi Ann o'r felan, bwydo'r babi a gofalu am swper maethlon i'r teulu. Gwanychu yr oedd y babi o ddydd i ddydd, ac roedd hyn yn peri gofid mawr i Sera Jane ac i Leusa Lewis.

'Rŵan, Ann, rhaid iti drio gwasgu ychydig o laeth o dy fronnau neu mi fyddi mewn helynt mawr ac mi fydd na gasgl yn hel,' cynghorodd Lusa wrth roi eli comffri i daenu ar ei bronnau i geisio lliniaru'r tynerwch.

Llwyddodd Ann, o dan gyfarwyddyd Leusa, i wasgu peth llaeth o'i bronnau ar y trydydd diwrnod wedi'r geni poenus, ond dim hanner digon i fodloni'r bychan.

'Rhaid inni eu rhwymo nhw'n dynn, dyna'r unig ateb,' oedd cyngor Leusa.

'Petai hi ddim ond yn bwydo'r babi yma fel y dylai hi, mi fyddai popeth yn iawn,' oedd sylw Sera Jane.

'Rhaid i ni beidio â'i ymolchi o, dim ond taenu olew yn dyner dros ei gorff bach, a hynny bob dydd,' cynghorodd Leusa.

Ac felly y bu. Tasg gyntaf Sera Jane oedd ymgeleddu'r bychan a dangos hefyd i Olwen sut i drin ei brawd bach.

'Dwi ofn gafael ynddo fo. Tua faint mae o'n bwyso?' holodd Olwen.

Pan oedd o'n bedwar diwrnod oed dyma benderfynu pwyso'r un bach gan ddefnyddio clorian y gegin. Roedd rhaid i un ohonynt afael ynddo wrth ei roi ar y glorian, ac roedd yn ofynnol cymryd hynny i ystyriaeth. Ond roedd Sera Jane yn credu mai tua tri phwys oedd ei bwysau. Fel roedd y dyddiau'n mynd ymlaen, roedd hi'n amlwg i bawb ei fod yn colli pwysau. Roedd o'n edrych fel hen ddyn bach, ei groen wedi crebachu a'i grio'n mynd yn wannach bob dydd.

Penderfynwyd fod Ned i geisio perswadio Ann i roi'r fron i'r bychan. Fodd bynnag, ateb siarp a gafodd yntau hefyd.

'Dos â fo o fy ngolwg i. Fedra' i ddim edrych arno. Fedra' i mo'i garu fo,' atebodd yn chwyrn.

Erbyn y chweched diwrnod roedd y bychan yn edrych mor wael nes i Sera Jane a Ned benderfynu galw ar Jones, y gweinidog, i'r tŷ i'w fedyddio.

'Be wyt ti isio ei alw fo?' holodd Ned gan obeithio cael rhyw ymateb gan Ann.

'Does dim ots gen i. Elis oedd enw fy nhad,' meddai'n ddi-hid.

Ac felly y bu. Bedyddiwyd seithfed plentyn Ann yn Elis. Roedd gweddill y teulu i gyd yn bresennol yn y parlwr bach ar gyfer y seremoni. Hynny yw, pawb ond ei fam. Roedd hi'n rhy wan i godi.

Gwanychu fu hanes Elis hefyd. Roedd bellach mor wan nes y penderfynwyd peidio â'i godi i freichiau'r gweinidog ar gyfer ei fedyddio, ond yn hytrach ei adael yn y drôr bach a gwneud arwydd y groes ar ei dalcen efo diferyn o ddŵr.

Dridiau'n ddiweddarach collodd Elis y dydd. Doedd neb yn sicr pryd yn union y bu farw, ond bore dydd Iau oedd hi pan sleifiodd Ned i fyny i'r llofft bach i gael gair efo Ann. Gwelodd ei bod hi'n cysgu'n drwm a thaflodd Ned olwg sydyn yng ngolau'r gannwyll frwyn ar y drôr bach wrth ochr y gwely. Penliniodd, cododd y gannwyll yn uwch i weld y bychan. Roedd ei lygaid ynghau. Fel arfer, roedd o ar wastad ei gefn. Rhoddodd Ned ei law yn dyner ar y corff bach henaidd yr olwg ac fe'i glywodd o'n oer, yn andros o oer. Teimlodd i weld a oedd curiad calon. Na, roedd honno wedi peidio. Roedd yr olwg gystuddiol wedi diflannu o wyneb Elis bach.

Diolch am hynny, meddyliodd Ned.

Cododd, safodd yn syth, ond plygodd ei ben wrth wneud hynny. Sylwodd fod Ann wedi deffro.

'Mae o wedi mynd,' sibrydodd Ned.

'Mi roeddwn i'n amau,' atebodd hithau heb golli deigryn.

*

Roedd dagrau yn llygaid y plant a'r oedolion. Ned oedd yn edrych waethaf, ac fe dorrodd ei galon wrth weithio'r arch fach. Claddwyd Elis yn yr un bedd â'i Dad, bythefnos union wedi angladd Twm. Roedd Bethel yn llawn i'r ymylon eto, gyda llawer yn y gynulleidfa o dan deimlad wrth iddynt ganu yr emyn 'Bugail Israel sydd ofalus'.

Arhosodd Sera Jane efo Ann yn hytrach na mynd i'r angladd.

Eisteddodd Ann i fyny'n syth yn ei chadair heb ddweud gair wrth neb na holi ble roedd Ned a'r plant wedi mynd rhwng dau a thri y prynhawn hwnnw. Pan ddychwelodd y teulu o'r angladd, rhedodd y plant i'r parlwr ati a'i chofleidio.

'Mam, mae Elis wedi mynd at Iesu Grist heddiw,' meddai Jini gan gofleidio ei mam a'i chusanu'n gynnes.

'Dwi'n gwybod, cariad. Mi fydd o'n saff yno efo Dad,' oedd ei hunig ymateb.

Y noson honno wedi i Sera Jane fynd adref, a phob un o'r plant wedi mynd i glwydo, aeth Ned i fyny i'r llofft fach i weld Ann.

Roedd hi'n eistedd i fyny yn y gwely a'i llygaid hardd yn edrych yn rhyfeddol o fawr. Eisteddodd Ned ar erchwyn y gwely ac estynnodd Ann ei llaw tuag ato ac meddai:

'Ned, dwi isio diolch iti am fod yma imi ac am aros i warchod y plant. Mi roeddwn i'n gwybod o'r dechrau fo rhywbeth o'i le ar Elis bach. Hen feichiogrwydd gwahanol i bob un arall ges i, ac roedd yr enedigaeth yn ofnadwy o boenus. Dwi ddim yn gwybod sut i fagu'r plant yma heb Twm, ond bydd raid imi wneud fy ngorau a thorchi fy llewys rŵan.'

Edrychodd Ned arni gan wenu'n dyner, 'Ann fach, mi fydda' i yma wrth law o hyd i dy helpu. Dyna fyddai Twm yn ei ddymuno. Mi gysga' i ar y setl bob nos nes y byddi o gwmpas dy bethau. Wedyn mi fydda' i'n mynd adref. Dim ond rhyw lathen neu ddwy ar draws y ffordd fydda' i wedyn, ac fe elli alw arna'i unrhyw bryd.'

Gwenodd Ann am y tro cyntaf ers marwolaeth Twm ac Elis.

Pennod 8

Syllodd Meira'n hir i gyfeiriad yr hen Lanwddyn. Roedd yna oleuni rhyfedd i'w weld ar Lyn Efyrnwy, bron na ellid dweud ei bod yn bosib gweld drwy'r dyfnderoedd i lawr i'r hen Lan. Golchodd ton sydyn o hiraeth dros Meira. Yn amlwg roedd hi'n hiraethu am Wil annwyl, ond ar ben hynny, teimlai ryw gysylltiad hynod ddwys â'r byd bach hwnnw a ddiflannodd o dan y dŵr.

Safodd ar ei thraed gan ymestyn yn ddioglyd. Roedd hi wedi bod yn eistedd yno'n hir a'i chorff wedi cyffio. Ysgwydodd laswellt oddi ar ei throwsus lliw hufen a cherddodd at y car. Roedd un peth yn bendant, er mwyn Wil a'i deulu annwyl, roedd hi am ddychwelyd i Lerpwl i chwilio o ddifrif i hanes boddi dyffryn Efyrnwy.

Dychwelodd i'r gwesty ac wedi cael cawod a newid i ddillad mwy ffurfiol, aeth i lawr i'r bar am ddiod o sudd oren, cyn mynd ymlaen i'r ystafell fwyta am ei phryd nos. Eisteddodd mewn cadair ddwyfraich ledr yn sipian ei diod ac yn astudio'r fwydlen.

'Oes yna rywun am ymuno â chi?' clywodd lais gwrywaidd dwfn yn ei chyfarch.

Edrychodd Meira i fyny. Gwelodd o'i blaen ŵr tua deugain oed a gwên ar ei wyneb. Sylwodd ar unwaith ei fod wedi gwisgo'n daclus ond yn anffurfiol. Trowsus brown golau, crys gwyn gyda streipiau lliw eirin coch, a siwmper yr un lliw wedi ei daflu dros ei ysgwydd. Roedd yna rywbeth eithaf deniadol o'i gwmpas. Llygaid glas treiddgar (fel oedd gan Wil, meddyliodd), a gwallt golau cyrliog. Roedd o tua chwe throedfedd o daldra a'i osgo'n gwneud iddo ymddangos yn hunanhyderus.

Oherwydd nad oedd Meira wedi ymateb i'w gwestiwn, gofynnodd eto,'Esgusodwch fi, ond ydach chi'n fodlon i mi ymuno â chi?'

'Na, dwi ddim yn disgwyl neb arall. Steddwch,' atebodd Meira, heb ddangos ei bod wedi codi ei phen i edrych arno.

Bu tawelwch rhyngddynt am ryw funud neu ddau. Roedd Meira'n dal i astudio'r fwydlen a'r un oedd wedi ymuno â hi yn eistedd yn ôl yn hamddenol yn y gadair ddwyfraich gyferbyn yn sipian peint o gwrw.

'Dwi ddim wedi eich gweld chi yma o'r blaen.'

Cododd Meira ei phen. Pwy oedd hwn oedd yn trio codi sgwrs efo hi? meddyliodd.

'Dwi wedi bod yma sawl gwaith o'r blaen efo fy ngŵr. Roedd o'n dod o Lanwddyn ac wrth ei fodd yn treulio penwythnos yma yn hel atgofion,' atebodd Meira gyda chysgod o wên.

Yna aeth ymlaen i egluro fod Wil wedi'i ladd fel canlyniad i ddamwain car yn Lerpwl ac mai yno roedd hi'n byw ac yn gweithio.

'Dafydd ap Huw ydw i ac rydw i'n byw yng Nghaerdydd. Dwi'n ymchwilydd, yn gweithio i'r brifysgol ar brosiect sy'n edrych i mewn i hanes boddi dyffryn Efyrnwy gan ddinas Lerpwl rhyw gant ac ugain o flynyddoedd yn ôl. Os oedd eich gŵr wedi'i eni a'i fagu yn Llanwddyn, mae'n debyg eich bod yn gwybod rhywfaint o hanes y boddi,' atebodd Dafydd, gan estyn ei law i Meira.

'Meira Owen ydw i. Na, dwi ddim yn gwybod rhyw

lawer o fanylion am foddi'r dyffryn, ond mi ges i brofiad dwys heddiw wrth eistedd yn ymyl y llyn yn myfyrio ar y golled ofnadwy.'

'Yn ôl pob sôn, roedd yno tua 400 o drigolion yn y dyffryn, 37 o dai a 10 o ffermydd yn ogystal ag ysgol, tri chapel a thair tafarn. Llawer mwy na Chapel Celyn cyn ffurfio Llyn Tryweryn,' meddai Dafydd.

'Mae gen i rhyw deimlad fod yr achos wedi rhannu'r pentref. Yn naturiol, fyddai'r rhai ifanc isio edrych ymlaen i'r dyfodol. Gwell tai, ysgol newydd, capel ac eglwys newydd yn ogystal â'r gwesty yma. Ar y llaw arall, fyddai'n ddim syndod i mi petai'r hŷn a'r canol oed yn wrthwynebus iawn i'r syniad ac yn ofni'r dyfodol.'

Torrwyd ar y sgwrs pan ddaeth y weinyddes i ofyn i Meira a oedd hi'n barod i archebu ei bwyd.

'Ydach chi'n meddwl y byddai'n bosib i ni rannu bwrdd? Mae'r sgwrs yma mor ddiddorol,' gofynnodd Dafydd.

Nid yn aml yr oedd o'n dod ar draws dynes mor dlws a hunanhyderus yr olwg. Roedd hi hefyd yn amlwg yn ddynes alluog, ac i Dafydd roedd ei Chymraeg yn raenus ac yn naturiol. Ers llawer dydd bellach, roedd Dafydd wedi addo iddo'i hun, os oedd o am syrthio mewn cariad am yr ail dro, byddai'n rhaid iddo syrthio mewn cariad â meddwl y person. Tybed ai hon fyddai'r un?

Petrusodd Meira am eiliad yn sgil ei gwestiwn gan deimlo ei fod o'n mynd braidd yn bowld. Eto, roedd hi'n braf cael sgwrsio gydag un a oedd â diddordeb yn y boddi. Felly, gyda hanner gwên, cytunodd i rannu bwrdd gyda Dafydd. Wedi i'r ddau archebu eu pryd, aethant i eistedd wrth fwrdd bach yng nghornel bella'r ystafell fwyta. Aeth y drafodaeth am yr hen Lanwddyn ymlaen ac ymlaen ac yn ddwysach bob munud, gyda Dafydd yn holi Meira am gyndeidiau Wil a fu'n byw yn y Llan cyn y boddi.

'Wnewch chi rannu potel o win efo fi?' holodd Dafydd.

'Na, dim diolch, dwi ddim yn yfed gwin,' atebodd Meira gan gochi at ei chlustiau. Doedd hi ddim yn barod i gyfaddef wrth unrhyw ŵr dieithr ei bod yn feichiog.

Erbyn iddyn nhw orffen mwynhau'r bwyd a chael cwpanaid o goffi, sylwodd Meira ei bod yn hanner awr wedi deg.

'Gwell i mi fynd i fyd y breuddwydion,' meddai gan ei hesgusodi ei hun.

'Ga' i eich gweld chi fory?' holodd Dafydd. 'Dwi yma am dri diwrnod yn gwneud fy ngwaith ymchwil ar gyfer y prosiect.'

Eglurodd Meira ei bod yn troi am Lerpwl y diwrnod canlynol.

'Wel, mae gen i ychydig o wybodaeth fydd yn ffurfio rhan gyntaf yr adroddiad. Y syndod ydi bod yr hyn yr ydach chi wedi'i ddisgrifio am agwedd y pentrefwyr yn cyd-fynd yn hollol â'r wybodaeth rydw i wedi'i gasglu hyd yn hyn. Fe wna' i gopi i chi erbyn bore fory. Mae'n sgwrs wedi bod yn hynod o ddifyr ac fe fyddwn yn hoffi cael eich barn ar yr hyn dwi wedi'i gasglu cyn belled. Mi rof fy nghyfeiriad e-bost i chi hefyd,' meddai Dafydd.

Roedd Meira yn falch o dderbyn ei gynnig ac aeth i'r gwely i freuddwydio am yr hen Lanwddyn.

Cododd yn weddol fuan drannoeth gyda chalon drom. Roedd hi wedi bod wrth ei bodd yn Llanwddyn. O feddwl am y storïau a adroddai Wil yn ystod sawl ymweliad yn y gorffennol roedd hi wedi teimlo'n agos iawn ato. I Meira roedd Llanwddyn yn fan cysegredig, a'r teimladau dwys a gawsai wrth y llyn a'r sgwrs gyda Dafydd wedi ysgogi ei diddordeb yn hanes y boddi.

Hanner awr wedi saith oedd hi'r bore hwnnw pan gerddodd i mewn i'r ystafell fwyta am ei brecwest. Gwelodd fod Dafydd yn eistedd wrth y bwrdd bach a oedd wedi'i osod ar gyfer dau ym mhen pella'r ystafell. Amneidiodd arni ac wedi iddi eistedd gwthiodd ddogfen drwchus tuag ati. Sylwodd mai'r teitl oedd 'Boddi Dyffryn Tlawd'.

'Dwi wedi gwneud copi o hwn ichi. Mae yna ail ran i'r adroddiad, wrth gwrs. Mi fydda' i yma eto ymhen rhyw bum wythnos i sawru'r awyrgylch yn fwy na chasglu gwybodaeth. Rhaid bod yma i gael teimlad y lle yn iawn,' ychwanegodd.

'Diolch yn fawr. Dwi'n credu mai tua'r un amser yr ydw i wedi trefnu efo'r offeiriad lleol i chwalu llwch Wil ar lan y llyn gyferbyn â'r hen Lan. Ond rhaid i mi gadarnhau hyn yn y dyddiadur, cyn bod yn hollol sicr,' atebodd Meira.

'Iawn, os digwydd i chi fod yma, fe gawn i sgwrs y pryd hwnnw.'

Cododd Dafydd gan ddymuno siwrnai ddiogel iddi a chan ddweud ei fod yn edrych ymlaen yn fawr at ei chyfarfod eto.

*

Parciodd Meira ei char yn y dreif o flaen ei thŷ. Roedd hi wedi cyrraedd adref. Ar hyd y daith, roedd y profiadau rhyfeddol o gydymdeimlad roedd hi wedi'u cael yn Llanwddyn yn fyw yn ei meddwl.

Gwnaeth gwpanaid o goffi iddi ei hun … Wrth eistedd yn hoff gadair Wil yn y lolfa, daeth pwl o hiraeth drosti a threiglodd sawl deigryn i lawr ei hwyneb. Pam oedd hi'n eistedd yng nghadair Wil, tybed? Roedd yn gorfod cyfaddef nad oedd hi'n gallu dioddef eistedd yn ei chadair arferol a gweld cadair Wil yn wag.

Aeth y ffôn. Margied oedd yno yn holi am ei hymweliad â Llanwddyn. Disgrifiodd Meira'r gwesty, y bwyd, harddwch yr ardal a soniodd hefyd ei bod am ddychwelyd yno i chwalu llwch Wil. Wedi iddi orffen sgwrsio efo Margied, sylweddolodd nad oedd hi wedi sôn am ei phrofiad angerddol wrth y llyn, nac ychwaith am Dafydd. Pam tybed, nad oedd hi ddim wedi mentro sôn wrth ei chwaer am Dafydd? Mae'n debyg fod y babi hwn yn dwysáu ei phrofiadau a'i theimladau.

Neidiodd wrth glywed cloch y drws y ffrynt. Catrin, oedd yno.

'Sut hwyl? Gest ti amser braf? Oedd y tywydd yn garedig? Fuost ti yn y sba?'

Cwestiynau, cwestiynau, meddyliodd Meira.

Wedi i Catrin adael, sylweddolodd unwaith eto nad oedd hi wedi sôn am ei phrofiadau nac am Dafydd. Pam tybed? gofynnodd iddi ei hun. Oedd hi'n swil o gyfaddef ei bod wedi mwynhau sgwrsio efo dyn arall mor fuan wedi marwolaeth Wil?

Am hanner awr wedi naw cymerodd fath cynnes. Roedd hi wedi bod yn dadbacio a theimlai'n flinedig. Pan agorodd y cês gwelodd adroddiad Dafydd ar ben y dillad, 'Boddi Dyffryn Tlawd'. Trawodd y ffeil ar y bwrdd bach wrth ochr y gwely. Byddai'n cael cipolwg arno yn nes ymlaen.

Braf oedd cael mwydo yn y dŵr cynnes gyda'r swigod i fyny at ei hysgwyddau. Roedd o'n help iddi ymlacio.

Fe'i trawodd na fyddai ystafell ymolchi na bath i'w cael gan gyndeidiau Wil. Dim cysur i esmwytháu bywyd. Dim preifatrwydd na llonydd.

Wrth orwedd yn ei gwely y noson honno teimlai Meira ei bod yn adnabod a deall teulu Wil, er nad oedd wedi'u cyfarfod erioed. Roedd yna empathi pendant rhyngddynt. Trodd at y bwrdd bach wrth ochr y gwely. Estynnodd am adroddiad Dafydd. Roedd yr hanes yno i gyd. Yr Arglwydd Powis yn rhoi'r tir i Lerpwl ac yna anniddigrwydd y pentrefwyr. Ofn, braw, dychryn. A dyna fo: yr '1880 Liverpool Corporation Waterworks Act,' yn sicrhau hawl i ddinas Lerpwl foddi'r dyffryn tlawd.

Doedd dim posib rhoi'r adroddiad i lawr. Edrychodd Meira ar y cloc larwm. Roedd hi'n hanner nos. Ymlaen ac ymlaen â hi, darllen a darllen. Troi tudalen ar ôl tudalen. Doedd hi ddim yn teimlo'n flinedig o gwbl, er iddi, cyn mynd i'r gwely a chyn cael bath, deimlo'i bod yn flinedig ac y byddai ei llygaid yn cau yn syth bin. Roedd yr hanes yn rhyfeddol ac roedd anghrediniaeth ar wyneb Meira wrth iddi fynd yn ôl i'r 1880au trwy gyfrwng yr adroddiad.

Allai Meira ddim anwybyddu'r ffaith fod anghenion dinas Lerpwl am ffynhonnell ychwanegol o ddŵr wedi cyrraedd pwynt argyfyngus tua diwedd y bedwaredd ganrif ar bymtheg. Wrth loetran mewn rhai o amgueddfeydd y ddinas, roedd hi wedi darllen llawer am y cyfnod o gynnydd mawr fu yn y boblogaeth. Wrth iddi ddarllen yr adroddiad am foddi dyffryn Efyrnwy yn awchus, atgoffwyd hi eto am y sefyllfa.

Ond beth yn union oedd Deddf 1880 yn ei dweud? Oedd yna wybodaeth fanwl yn adroddiad Dafydd am y Ddeddf? Y Ddeddf honno a roddodd hawl i ddinas Lerpwl foddi dyffryn a difetha hen gymuned.Byseddodd y ddogfen yn gyflym ac yno, ar dudalen 10, o dan y teitl '1880 Liverpool Corporation Waterworks Act', daeth o hyd i'r wybodaeth roedd hi'n chwilio amdano.

Daeth y dyffryn i feddiant Lerpwl drwy bryniant gorfodol. Y syniad cyntaf a aeth o flaen y llywodraeth oedd adeiladu clawdd o bridd a cherrig ar draws y dyffryn i gronni dŵr afonydd Efyrnwy, Machnant a Chowny. Amcangyfrifwyd mai'r gost fyddai tua miliwn a hanner o bunnoedd. Cyfeiriwyd hefyd at y ffaith fod angen adeiladu eglwys ac ysgol newydd. Roedd trigolion y pentref, y cyfeiriwyd atynt fel 'the labouring classes,' i gael gwybodaeth o fewn wyth wythnos fod eu tai i'w dymchwel a'i bod yn ofynnol i'r Gorfforaeth ofalu am 'sufficient accommodation' ar eu cyfer. Doedd dim cyfeiriad at y capeli.

'Labouring classes', yn wir! Teimlai Meira ei gwaed yn berwi. Am ryfygus! Sôn yr oedden nhw am bobl gyffredin, pobl a deimlai'n real iawn i Meira erbyn hyn.

Dechreuodd grio wrth iddi ddarllen am yr orfodaeth i godi'r meirw a'u hailgladdu mewn mynwent newydd. Beth fyddai wedi mynd drwy feddwl gweddw ifanc fel hithau? Am greulondeb!

Atgoffwyd hi am yr hyn a ddywedodd Wil wrthi am ailgladdu'r meirw. Yr adeg honno credai rhai y byddai cyrff y meirw yn debygol o lygru'r dŵr. Nonsens llwyr oedd hynny wrth gwrs, ond roedd syniadau pobl yn wahanol iawn yn yr oes honno.

Pennod 9

'It's been given the Royal Assent. The 1880 Liverpool Corporation Waterworks Act is now law. We can now make a start.'

Eisteddodd Hamilton y syrfeiwr yn ei swyddfa ym mhencadlys Cyngor Dinas Lerpwl. Cadeirydd y Pwyllgor Dŵr oedd wrth ddrws y swyddfa yn wên o glust i glust ac yn gorfoleddu.

'I'm pleased,' oedd unig ymateb Hamilton.

'Pleased! Pleased! Is that all you can say after the hard work over the last few years. You should be overjoyed, man! Anyhow, here's a copy of the Act for you to read.'

A chan daflu'r ddogfen ar ddesg Hamilton aeth cadeirydd y Pwyllgor Dŵr allan gan gau drws y swyddfa gydag anferth o glec.

Cododd Hamilton a cherddodd at y ffenest. O'i flaen roedd dinas fawr Lerpwl. Y strydoedd culion, y tai teras, y ffatrïoedd, ac yn y pellter, yr afon Merswy fudr. Sylwodd fod muriau rhai o adeiladau pwysicaf y ddinas yn ddu gan fwg diwydiant. Wrth edrych i gyfeiriad yr afon, er mai canol mis Awst oedd hi, roedd gwres y dydd wedi creu gwrthban fudr, afiach dros y Merswy. Rhaid cyfaddef, roedd angen ffynhonnell ychwanegol o ddŵr ar gyfer dinas mor fawr â hon gan ei bod yn cynyddu o ran poblogaeth, nid yn unig o flwyddyn i flwyddyn, ond o fis i fis. Roedd pobl yn llifo i mewn o Iwerddon, gogledd Cymru a gogledd Lloegr, ac roedd y diwydiant adeiladu yn brysur yn codi tai i'r gweithwyr. Tai teras oedd y rhan fwyaf ohonynt ac roedd y rhain yn gartrefi i deuluoedd mawr y ddinas.

Anniddig iawn oedd ysbryd Hamilton. Roedd o'n cydnabod bod angen ffynhonnell ychwanegol o ddŵr ar gyfer pobl Lerpwl, ond roedd o wedi bod yng ngogledd Cymru. Roedd o wedi ymweld â Llanwddyn a dyffryn hyfryd Efyrnwy. Roedd harddwch a thawelwch y lle yn gyfareddol. Pam na fydden nhw wedi mynd ymlaen efo prosiect Llyn Tegid? Yno roedd digonedd o ddŵr ar gael heb foddi unrhyw gwm na dyffryn.

Rai blynyddoedd ynghynt roedd o wedi cymeradwyo cynllun Llyn y Bala. Ond dyna fo, doedd neb yn barod i wrando, ac roedd yn rhaid iddo gofio mai gwas y cyngor oedd o wedi'r cwbl.

*

'Mae'n ddiwrnod mawr heddiw, medden nhw.'

Safodd Ann wrth ddrws y siop, gan glustfeinio ar ddwy o glepwyr y pentref yn trafod y digwyddiadau diweddaraf ynglŷn â boddi dyffryn Efyrnwy. Roedd hi'n ddiwrnod hynod o braf ym mis Gorffennaf 1881. A dweud y gwir, roedd hi'n boeth, yn rhyfeddol felly, o ystyried ei bod wedi glawio'n drwm y diwrnod cynt.

'Be wyt ti'n feddwl ei bod yn ddiwrnod mawr?' holodd Ann yn awyddus i roi ei phig i mewn.

'Wyt ti ddim wedi clywed? Mae Lerpwl am fynd ymlaen i foddi'r dyffryn yma. All neb eu rhwystro nhw rŵan. Mae Llundain wedi rhoi sêl bendith ar y fenter. Mae'r Arglwydd Powis, yr hen genau, yn gosod rhyw garreg fawr ym mhen pella'r dyffryn yma i gofnodi eu bod nhw'n dechrau ar y gwaith cyn bo hir,' eglurodd Sara Jane, yn ymfalchïo yn y ffaith ei bod hi'n ymwybodol o'r hyn oedd yn digwydd.

'Roedd Sam ni'n mynd heibio tua awr yn ôl ar y ferlen ac roedd o'n dweud bod pawb pwysig yno. Yr Arglwydd Powis a'i wraig, a phobl fawr dinas Lerpwl,' ategodd Elin Allt Forgan.

Teimlai Ann y gwrid yn codi yn ei hwyneb. Roedd hi'n gandryll. Sut allai hyn fod? Sut oedd hi'n bosib i ddinas fel Lerpwl gymryd dyffryn bach yng Nghymru yn eiddo iddi hi ei hun a'i foddi heb ganiatâd y bobl a oedd yn byw yno? Ei lordio hi dros bobl gyffredin oedd hynny.

'Dydi hyn ddim yn iawn nac yn deg, rhag eu cywilydd nhw,' oedd yr unig beth a allai Ann ei ddweud wrth y ddwy arall oedd wedi dechrau clebran am ffasiynau merched Lerpwl.

Roedd basged siopa Ann yn teimlo'n drymach nag arfer wrth iddi wneud ei ffordd tua Fishing Street. Byddai'n gorfod prynu halen, te, siwgr a blawd. Wedi cyrraedd y tŷ, trawodd ei basged drom ar fwrdd y gegin. Edrychodd allan i'r ardd trwy'r ffenest, a dyna lle roedd Ned yn brysur yn codi tatws cynnar.

Ers i Twm farw roedd Ned wedi bod yn hynod o glên wrthi hi a'r plant. Yn ystod y gaeaf roedd o wedi gofalu fod ganddi ddigon o goed tân a mawn i gynhesu'r tŷ. Yn ystod y gwanwyn a'r haf, gyda help Jo a Bob, roedd o wedi gofalu am ei ardd ei hun yn ogystal â gardd Ann. Palu, a hau tatws, pys, moron a ffa. Roedd y gerddi yn werth eu gweld. Yn ogystal â'r llysiau, roedd dwy goeden afal, llwyn o gyrens duon ac eirin mair yng ngardd Ann. Dyna pam roedd rhaid cael blawd a siwgr i wneud ambell i deisen efo'r ffrwythau.

O weld Ann yn cyrraedd yn ôl o'r siop, daeth Ned i mewn i'r gegin gan sychu ei dalcen chwyslyd gyda hanshar boced fudr.

'Ann fach, oes gen ti lymed o ddiod dail? Dwi'n sychedig ofnadwy ac mae'n boeth yn yr ardd yna.'

Estynnodd Ann am botelaid o ddiod dail a oedd yn cadw'n oer ar lechen las yng nghornel bella'r gegin a thywalltodd lasied i Ned.

'Diolch iti am fod mor brysur yn yr ardd. Mae'r tatws a'r pys yn flasus dros ben. Dwi wir yn gwerthfawrogi dy help di. Fyddwn i byth wedi dod i ben heb dy gefnogaeth,' meddai gan wenu ar Ned.

Edrychodd Ned arni gan syllu yn syth i'w llygaid. Cymerodd y gwydraid o ddiod dail yn ei law dde ac efo'i law chwith estynnodd ar draws y bwrdd, gan gyffwrdd yn ysgafn â bysedd Ann.

'Rwyt ti'n gwybod y gwnawn i unrhyw beth i ti a'r plant. Mae'n bleser mawr i mi. Dyna fyddai Twm yn ei ddisgwyl ohona' i.'

A chan syllu'n ddwfn i'w llygaid, winciodd yn slei arni. Cochodd Ann at ei chlustiau a throdd at y ffenest. Roedd Ned wedi ymateb sawl gwaith yn y modd hwn, a chyfaddefodd wrthi ei hun ei bod yn mwynhau'r sylw yn fawr iawn.

Er mwyn newid y pwnc holodd a oedd o wedi clywed am yr hyn oedd yn digwydd ym mhen pella'r dyffryn y diwrnod hwnnw.

'Ann fach, be' all pobl gyffredin fel ni ei wneud i

wrthwynebu Lerpwl, heb sôn am y llywodraeth yn Llundain? Dwi wedi clywed am seremoni gosod y garreg heddiw. Mae gen i ofn bod ein dwylo ni wedi'u rhwymo.'

Wrth iddo sefyll yn ei hymyl roedd Ann yn ymwybodol o'i agosrwydd, ac wrth iddo fynd heibio iddi yn ôl am yr ardd teimlodd ei anadl ar gefn ei gwddf. Braf oedd cael dyn o gwmpas y tŷ ac yn enwedig un mor ddeniadol, meddyliodd.

*

Roedden nhw i gyd yn bwysigion Lerpwl. Y dynion yn chwysu bob un yn ei ffroc-côt a'i het silc uchel. Roedd yr Arglwydd Powis yno gyda'i wraig. Roedd hi'n gwisgo het fawr, flodeuog, las golau, gwisg silc o'r un lliw a oedd, wrth gwrs, yn y ffasiwn ddiweddaraf. Yn ogystal, roedd yr Arglwydd Faer a'i faeres, aelodau'r Pwyllgor Dŵr a dau o'r peirianwyr fyddai'n gysylltiedig â'r gwaith yno. Yn bresennol hefyd roedd Hamilton, y syrfeiwr, o dan orfodaeth ac nid o ddewis.

'This is a wonderful day for Liverpool and a wonderful day for the Vyrnwy Valley,' meddai'r Arglwydd Faer yn ei araith. 'Liverpool, in future, will enjoy clean water, which we all need badly. The villagers of the valley (roedd o'n methu ynganu Llanwddyn) will have alternative housing, a new school and a new church. Everyone will gain from this venture.'

'No! It's not true. All lies. You are going to drown our village. We don't want your new houses or your new church and school. We are quite happy with the ones we've got.'

Clywodd pawb y llais bachgennaidd yn dod o gyfeiriad y goeden dderw agosaf.

'Who's that? Bring him here at once PC Jones,' gwaeddodd yr Arglwydd Powis.

Neidiodd Jo i lawr o'r gangen.

'My name is Jo Elis, I hate all of you and I hate what you are going to do to my valley.'

Cyn iddo ddweud dim mwy, gafaelwyd yng ngholer Jo gan law fawr PC Jones ac meddai hwnnw'n uchel, 'Dyna ddigon Jo Elis, rhaid iti ymddiheuro i'r bobl bwysig yma.'

'Na, dwi ddim am ymddiheuro. Mae'n gas gen i bob un ohonyn nhw ac mae'n gas gen i be maen nhw am wneud i'r dyffryn yma,' atebodd Jo gan ei ryddhau ei hun o afael y plismon a'i heglu hi oddi yno.

'Tyrd yma'r cnaf bach. Mi wna' i iti ymddiheuro,' gwaeddodd PC Jones.

Ond roedd coesau ifanc Jo yn llawer cyflymach na rhai'r heddwas boliog ac i ffwrdd â fo fel milgi i gyfeiriad yr hen Lan.

'Don't worry PC Jones, he's a young scoundrel. We don't take any notice of scoundrels. He can't do anything,' meddai'r Maer gan ffugio gwenu.

Gwenu hefyd a wnaeth Hamilton. Roedd o'n sefyll y tu ôl i'r Maer yn ystod y seremoni ac yn dyst i'r hyn a oedd wedi digwydd. Ond gwenu o edmygedd tawel a wnaeth o. Roedd digon o gwmpas y bachgen, chwarae teg iddo, meddyliodd. Roedd o'n ddewrach na rhai o oedolion yr ardal, er mae'n debyg mai lleisio barn y pentrefwyr yr oedd o yn y bôn.

Rhedodd Jo a'i wynt yn ei ddwrn bob cam adref. Doedd

dim posib i'r PC ei ddal. I mewn â fo i'r gegin gan faglu dros y mat sychu traed.

'Be ar wyneb y ddaear sy'n bod arnat ti?' holodd Ann mewn syndod.

Doedd o ddim yn gallu dweud dim am rai munudau, a chan eistedd wrth ymyl bwrdd y gegin gwnaeth arwydd ei fod angen diod. Llyncodd lasied o ddiod dail bron heb gymryd anadl a sychodd ei dalcen a oedd yn wlyb o chwys.

'Ned, Ned, tyrd i mewn mae yna rywbeth wedi digwydd,' gwaeddodd Ann o stepen y drws.

Erbyn i Ned ymlwybro am yr ail waith o'r ardd y bore hwnnw, roedd Jo wedi llwyddo i ymdawelu a chael ei wynt ato.

'Rŵan, roeddet ti'n ymddangos i mi fel pe bai rhywun yn rhedeg ar dy ôl di – dengid oeddet ti, dwi'n meddwl,' meddai Ann gan edrych yn bryderus.

Daeth y stori allan yn bendramwnwgl. Roedd o, Jo, yn teimlo nad oedd pobl y pentref wedi lleisio'u barn. Roedd pawb yn dweud y drefn ac yn ddigon dewr yn y dafarn, y siop a'r tŷ popty, ond pwy fyddai'n ddigon parod i ddweud wrth y 'pethau Lerpwl' yna sut oedd pawb yn teimlo.

'Felly, dwi wedi dweud wrth bob un be' rydw i'n feddwl o'u cynllun nhw a hefyd nad ydan ni ddim isio'u tai newydd nhw na'u heglwys, na'u hysgol newydd chwaith. Dwi'n hapus fy mod i wedi dweud yn iawn wrth y crachach yna', eglurodd Jo.

Roedd Ann wedi ei syfrdanu. Roedd hi'n edmygu dewrder Jo, ei mab, ond eto, ofni roedd hi y byddai'r plismon yn curo ar y drws ymhen yr awr.

'O diar be' wnawn i? Dan ni mewn helynt, a dan ni

erioed wedi bod mewn helynt efo'r awdurdodau o'r blaen. Mi fydd yna siarad mawr o gwmpas y lle yma. Pam wnest ti'r fath beth?'

'Roedd rhaid dweud y gwir wrth y diawled,' atebodd Jo.

'Tendia dy iaith,' torrodd Ann ar ei draws.

Wedi i Jo orffen dweud ei stori, ymateb Ned, gyda gwên lydan ar ei wyneb, oedd:

'Da fachgen, rwyt ti'n hen gog dewr iawn. Oedd, roedd angen dweud wrthyn nhw ac mi fyddai dy dad yn falch iawn ohonot ti.'

Cododd a chan ysgwyd llaw yn gynnes â Jo aeth yn ôl allan i'r ardd. Trodd Ann ei llygaid tua'r nenfwd, cododd ei ysgwyddau a dweud, 'Be yn y byd alla' i wneud efo chi eich dau?'

Pennod 10

Roedd hi bron yn Nadolig, ac roedd Meira wedi dychwelyd i'r ysgol ers dechrau mis Tachwedd. Erbyn hyn roedd hi wedi datgelu i aelodau'r staff ei bod yn feichiog efo babi Wil. Roedd hi hefyd wedi rhoi gwybod i Gadeirydd y Llywodraethwyr y byddai'n cymryd cyfnod mamolaeth estynedig o fis Ebrill ymlaen. Yna, pan fyddai'r cyfnod mamolaeth yn dirwyn i ben, dyna pryd y byddai'n gwneud ei phenderfyniad terfynol, p'run ai dychwelyd i'r ysgol neu fod yn fam sengl yn cadw tŷ a gofalu am ei phlentyn.

Doedd hi ddim yn brin o arian oherwydd roedd ewyllys Wil wedi'i gadael yn ddigon cyfforddus. Er mai gŵr yn ei dridegau oedd Wil, roedd wedi mynnu eu bod yn gwneud ewyllys.

'Rhaid i ni wneud ewyllys bob un,' oedd ei eiriau. 'Mae o'n beth rhesymol i'w wneud, o ystyried fod gennym forgais ar ein tŷ. Mi wna' i'n siŵr fy mod yn gadael popeth i ti: fy yswiriant bywyd, bondiau a phob buddsoddiad sy' gen i. Gwna di'r un modd i mi.'

'Dan ni'n llawer rhy ifanc i feddwl am ewyllys,' protestiodd Meira.

Yn y diwedd, aeth y ddau i weld cyfreithiwr ac fe setlwyd popeth unwaith ac am byth. Roedd y tŷ, wrth gwrs, yn enw'r ddau, ond roedd gwahanol yswiriant a bondiau ar wahân.

'Wyddost ti be? Dwi'n falch ein bod wedi cymryd y cam mawr yna. Does neb yn gwybod be' sy' rownd y gornel,' oedd geiriau Wil, wedi iddynt fod yn swyddfa'r cyfreithiwr.

'Rwyt ti'n hen dderyn drycin; be' wyt ti'n feddwl all ddigwydd?' holodd Meira gan chwerthin.

Ond Wil oedd yn iawn. Tybed a oedd ganddo deimlad anghynnes ym mêr ei esgyrn?

Roedd yna fwrlwm o weithgaredd yn yr ysgol cyn y Nadolig. Ffair yr ysgol er mwyn codi arian ddiwedd mis Tachwedd. Yna sioe Nadolig y plant cyn diwedd y tymor. 'Joseff a'i Gôt Amryliw' oedd y dewis ar gyfer y sioe. Roedd Catrin yn dda iawn am gynhyrchu sioe. Eleanor, athrawes blwyddyn 4, oedd y pianydd a hi hefyd oedd yn dysgu'r côr.

Fel roedd y dyddiau'n byrhau a'r Nadolig yn nesáu, penderfynodd Meira gysylltu â pherson Llanwddyn i drefnu chwalu llwch Wil ar lan Llyn Efyrnwy. Roedden nhw wedi cael sgwrs o'r blaen, wedi anfon sawl e-bost, ac wedi cytuno ei bod yn bwysig cyflawni'r weithred cyn y Nadolig. Wrth gynllunio ei hail ymweliad â Llanwddyn cofiodd Meira ei bod wedi addo gadael i Dafydd wybod am ei chynlluniau.

Ysgrifennodd mewn neges e-bost ato:

Annwyl Dafydd,

Sut hwyl erbyn hyn? Dwi'n mynd draw i Lanwddyn y penwythnos cyntaf yn Rhagfyr ac am aros yn y gwesty. Wedi mwynhau darllen eich adroddiad am y boddi. Methu ei roi i lawr. Angen sgwrs ac atebion i rai cwestiynau.

Cofion, Meira.

Daeth ateb yn ôl bron yn syth.

Annwyl Meira,
Byddaf yn sicr o fod yn y gwesty ar y penwythnos
cyntaf yn Rhagfyr. Edrych ymlaen yn fawr am
sgwrs. Beth am gyfarfod i gael pryd ysgafn am
12.30?
Cofion cynnes, Dafydd.

Hm! Beth oedd ystyr hynny tybed? Roedd rhaid i Meira
gyfaddef bod ei chalon wedi cyflymu rhywfaint o ddarllen
yr e-bost. Roedd hi hefyd yn edrych ymlaen at gael sgwrs
gyda Dafydd.

Wrth i'r amser ymweld â Llanwddyn nesáu, roedd
Meira'n edrych ymlaen fwy a mwy at ei hymweliad. Roedd
hi'n ceisio holi ei hun pam? Ar berwyl trist ac emosiynol
yr oedd hi'n mynd yno, sef chwalu llwch Wil. Eto, roedd
o'n fwy na hynny, roedd hi'n edrych ymlaen at fod yng
nghwmni Dafydd unwaith eto. Dyna oedd y gwir.

Penderfynodd Meira gychwyn yn gynnar ar ei thaith
i Ddyffryn Efyrnwy. Fel y digwyddodd roedd hi'n fore
Rhagfyr rhewllyd braf. Wrth olau'r stryd gwelodd fod
tarth ysgafn ar afon Merswy. Penderfynodd fynd â digon
o ddillad cynnes gyda hi. Roedd hi'n ymwybodol bod ei
chanol yn dechrau ymledu, felly i guddio hynny roedd
rhaid i bob dilledyn fod yn llac.

Gadawodd y tŷ cyn iddi ddyddio, ac felly cafodd gyfle i
fwynhau harddwch y wawr wrth yrru i ganolbarth Cymru.
Yn ddiogel yng nghist y car roedd llwch Wil a'r trefniant
oedd ei bod yn cyfarfod y person am 10.30 tu allan i'r eglwys,
yna mynd gydag ef i chwalu'r llwch yn y fan benodedig.

Wrth yrru heibio i'r Dafarn Newydd a'r siop, i gyfeiriad yr eglwys, agorodd ffenest y car am eiliad neu ddwy. Daeth chwa o wynt oer y gaeaf i mewn a chyda'r oerni daeth sŵn dŵr fel rhaeadr. Oedd, roedd y dŵr yn dod dros wal yr argae. Fe fyddai hynny'n werth ei weld, meddyliodd Meira.

Parciodd y car y tu allan i'r eglwys fach a daeth y Parch William Owen allan i'w chyfarfod. Dyn canol oed, ei wallt yn britho a golwg 'addfwynder Maldwyn' ar ei wyneb bochgoch. Gafaelodd yn llaw Meira yn dynn wrth ei chroesawu.

Estynnodd Meira am y blwch o gist y car, ac i ffwrdd â'r ddau yng nghar y ficer gan ddilyn y ffordd oedd yn arwain i gyfeiriad y Bala.

'Dwi isio chwalu'r llwch ar gyfer lle roedd yr hen Lan. Dwi'n gwneud hyn, nid yn unig er cof am Wil, ond er cof am ei deulu oedd yn byw yn y pentref amser yr helynt mawr.'

'Ga i ddweud gweddi fer a hwyrach gawn ni adrodd Salm gyda'n gilydd ?' awgrymodd William Owen.

'Wel, doedd Wil a fi fawr o gapelwrs, er ein bod wedi ein magu i fynd i'r capel. Ond dwi'n credu y byddai'n hyfryd pe baem ni'n gwneud hynny,' cytunodd Meira.

Roeddynt wedi cyrraedd yr arwyddbost ar gyfer yr hen bentref ac erbyn hynny roedd hi'n ganol bore. Sylwodd Meira fod brigau'r coed yn dal yn wyn gan rew trwm y noson gynt ac roedd y llyn yn dangnefeddus o dawel.

'Dyma ni. Awn ni lawr y geulan at lan y llyn,' meddai William Owen.

Safodd Meira ar fin y llyn, ac wedi ysbaid o ddistawrwydd a chael arwydd gan y person, chwalodd y llwch ar y glaswellt rhewllyd. Cipiwyd peth ohono gan awel ysgafn i mewn i'r llyn. Bendithiodd y person y weithred, a chyda'i gilydd adroddodd y ddau y drydedd salm ar hugain. Llifodd y dagrau i lawr gruddiau Meira. Roedd hi'n foment arbennig o emosiynol.

'Dyna fo, mae o wedi mynd at ei gyndadau,' meddai Meira.

'Ydi, mi gaiff ei enaid heddwch yno,' atebodd William Owen.

Yna trodd y ddau i fyny'r llwybr cul at y car.

*

Roedd Dafydd yn eistedd yn y lolfa yn disgwyl am Meira. Wrth gerdded tuag ato, synnodd Meira at ei hadwaith. Roedd o'n edrych yn ddeniadol iawn yn ei siaced ledr ddu, crys coch, trowsys llwyd, ond heb wisgo tei. Pam, tybed, yr oedd hi'n credu ei fod yn edrych mor ddeniadol?

'Dach chi'n edrych yn drist,' oedd ei sylw wrth godi i'w chyfarch.

'Dwi yn drist, newydd chwalu llwch Wil ar gyfer lle roedd yr hen bentref. Roedd o'n achlysur trist ac emosiynol. Ac am eiliad, tra roeddwn i yno, cefais y teimlad fod ei gyndadau yno i'w groesawu. Ond dwi'n gwybod mai nonsens ydi dychmygion fel 'na, oherwydd rwy'n gwybod yn union beth ddigwyddodd i'r pentref ac i'r pentrefwyr. Mae o i gyd yn eich adroddiad,' meddai Meira.

'Ydi, ydi, ond wrth ymweld â'r ardal mae rhywun yn gallu ymdeimlo â'r hyn a ddigwyddodd,' atebodd Dafydd.

Yna ychwanegodd,'Dwi am beidio dweud 'chi'. 'Ti' fydd hi rhyngom ni o hyn ymlaen.'

Cytunodd Meira i hyn gyda gwên.

Cawsant bryd bach ysgafn ganol dydd a thrwy'r amser roedd y sgwrsio rhyngddynt yn rhwydd ac yn hyfryd.

'Cyn iddi nosi, beth am i ni'n dau fynd am dro bach o amgylch y llyn a chael cyfle i aros yma ac acw i fwynhau'r olygfa ?' awgrymodd Dafydd.

Mercedes coupe glas golau oedd car Dafydd. Suddodd Meira i'r sedd flaen a synnu at y ffaith fod y gwregys yn clicio'n awtomatig amdani unwaith roedd Dafydd yn tanio'r injan.

Gyrrodd Dafydd yn araf i fyny ochr dde'r llyn i gyfeiriad y Bala.

'Aros am funud, mae gen i stori i'w dweud am y tŵr yna,' meddai Meira.

A dyma hi'n adrodd y stori am Wil a'i ffrindiau yn dringo'r gadwyn fawr oedd yn hongian o ben ucha'r tŵr i lawr at y llyn.

'Deuddeg oed oedden nhw'r pryd hynny. Doedd Wil ddim yn gallu nofio ac mi fyddai'i fam wedi cael trawiad pe bai hi'n gwybod. Pam wyt ti'n meddwl eu bod nhw mor ddwl?'

'Am ei fod o yno, mi dybiwn i,' atebodd Dafydd gan aildanio'r injan.

Ymlaen â nhw yn araf gan ryfeddu at harddwch y dyffryn oedd yn dal yn wyn gan rew trwm y noson gynt. Trodd Meira at Dafydd ac meddai, 'Mae o'n lle hyfryd ac mi alla'i ddychmygu pa mor ddig oedd y pentrefwyr pan glywson nhw am gynlluniau mileinig Lerpwl.'

Edrychodd Dafydd arni'n syn,'Wel ie. Ond wnaethon nhw ddim lleisio'u dicter. Ac yn ôl y dystiolaeth sy' gen i fu yna fawr o sôn ym mhapurau newydd y cyfnod, chwaith. Dwi wedi chwilio llawer i weld oedd yna unrhyw un wedi gwneud stŵr. Mi welais un adroddiad yn *Y Faner* a oedd yn adrodd fod hen ŵr o'r Tŷ Ucha yn barod i farw yn hytrach na gadael ei gartref.'

Aethant ymlaen heibio i'r fan lle'r oedd yr hen bentref. Yna, ymlaen at yr ynys fach ymhen uchaf y llyn lle, yn ôl yr hanes, roedd Plas Eunant. Yna heibio i'r rhaeadr – 'rhaeadr y trysor a'r cawg aur'. Wedyn cylchdro cyfan dros yr argae cyn dringo'r dreif hir i fyny at y gwesty eto.

'Wal bridd oedd ar y cynlluniau cyntaf, ac wrth gwrs mi fyddai hynny wedi bod yn llai costus o lawer na'r wal fawr gerrig. Mae honno fel caer fawreddog ac fe fydd hi yma am ganrifoedd,' meddai Dafydd.

Wedi cyrraedd y gwesty roedd Meira'n teimlo'n flinedig. Roedd gwaelod ei chefn yn brifo a'i thraed wedi chwyddo. Teimlodd ei bod yn bryd iddi orffwys am ychydig.

'Dwi am fynd i orwedd am ychydig os nad wyt ti'n meindio,' meddai wrth Dafydd.

Wrth iddi ddweud hyn sylwodd ar y syndod ar wyneb Dafydd. Prin yr oedd o'n ei choelio hi.

'Iawn, mi gawn ni gyfarfod am saith o'r gloch. Mae hi wedi bod yn brynhawn difyr. Dwi wedi mwynhau dy gwmni di,' oedd ei ymateb.

*

Cymerodd Meira ofal arbennig gyda'i cholur wrth baratoi i fynd lawr i gael pryd o fwyd gyda Dafydd. Gwisgodd drowsus du a blows wen oedd yn dod dros y trowsus ac yn llac am ei chanol er mwyn cuddio'i bol. Trawodd gardigan ysgafn ddu dros ei hysgwyddau a gwisgodd gadwyn aur hardd a chlustdlysau Clogau, anrheg ddiwethaf Wil iddi.

Edrychodd ar ei modrwy ddyweddïo a'i diemwntau hardd. Roedd hi bob amser yn falch o'i gwisgo ar ei bys. Ond cyn mynd i gyfarfod â Dafydd, daeth pwl o euogrwydd drosti. Pam roedd hi'n mynd i gymaint o drafferth wrth ymbincio, a hi yn mynd i gyfarfod dyn arall? Roedd hi'n gwisgo anrhegion hardd Wil. Oedd hi'n dechrau ei anghofio yn barod, meddyliodd?

Teimlodd ias oer i lawr ei chefn. Doedd hynny ddim yn bosib, siawns?

'Wyt ti wedi gorffwys? Rwyt ti'n edrych yn arbennig o hardd heno,' meddai Dafydd gan ei chofleidio.

Cochodd Meira at ei chlustiau.

'Ga i brynu G&T iti?' holodd Dafydd.

'Na, ddim i mi diolch. Bydd sudd oren yn iawn,' atebodd Meira, gan wrido am yr ail waith.

'Wyt ti'n erbyn y ddiod gadarn?' holodd Dafydd yn chwareus.

'Fedra i ddim yfed. Dwi'n feichiog ti'n gweld,' meddai Meira yn ei chwithdod, a pharablu yn ei blaen. 'Roeddwn ni newydd fynd ar fabi pan laddwyd Wil. Doedd o ddim yn gwybod ...'

Syllodd Dafydd arni'n syn. Edrychodd i fyw ei llygaid a gafaelodd yn dyner yn ei llaw dde. Teimlodd Meira'n hynod o swil. Doedd hi ddim yn gwybod ble i edrych. Ond roedd yna hyfrydwch yng nghyffyrddiad Dafydd, a doedd hi ddim eisiau i'r foment fynd heibio.

'Dwi'n falch iawn drostat ti Meira. Fe fydd rhan o Wil gennyt ti pan fydd y bychan wedi'i eni. Ond mae'n rhaid i mi gyfaddef ers y tro cyntaf inni gyfarfod fod gen i obeithion amdanom ni'n dau. Gobeithio nad ydi hyn yn mynd i newid y sefyllfa. Ti'n gweld, dwi ar ben fy hun hefyd. Mae fy ngwraig wedi fy ngadael i am un o'i chydweithwyr. Mi gawsom ysgariad ddwy flynedd yn ôl.'

Roedd yna ddicter a thristwch yn amlwg ar ei wyneb. Daeth teimlad cynnes dros Meira, a chan adael i Dafydd ddal i gydio yn ei llaw, atebodd yn emosiynol, 'Wel, does dim o'i le ar inni fod yn ffrindiau, nac oes?'

Dechreuodd Dafydd egluro, 'Mi ddaeth Jill adre o'r gwaith un min nos, a thros swper mi ddywedodd ei bod am fy ngadael. Roedd hi wedi symud i Lundain i bencadlys y BBC i weithio erbyn hynny ac roedd wedi cyfarfod â'r dyn arall yna.'

Bu'n dawel am ychydig.

'Roeddwn i mewn sioc achos roeddwn i'n ei charu hi. Does yna neb arall wedi bod yn bwysig yn fy mywyd i ers hynny.'

Wedi iddo orffen siarad sylweddolodd Meira fod Dafydd yn dal i afael yn dynn yn ei llaw.

'Beth am inni fynd am ein pryd bwyd?'

Cytunodd Dafydd a bu'r ddau yn sgwrsio'n hapus dros y cig oen blasus a'r pwdin paflofa.

'Dwi wedi bod digon ffodus i gael un o'r stafelloedd yn rhan newydd y gwesty. Fyddet ti'n hoffi dod draw i fy stafell am baned o goffi?' cynigiodd Meira.

Wedi iddi awgrymu hyn synnodd, gan feddwl beth oedd arni? Y fath hyfdra, meddyliodd.

Roedd ganddi ystafell braf. Gwely mawr dwbl, dwy gadair esmwyth o ledr brown wrth y ffenest, a bwrdd coffi crwn rhyngddynt. Teledu mawr deugain modfedd ym mhen draw'r ystafell. Roedd yr ystafell ymolchi hefyd yn hynod o foethus, gyda phopeth yno fel hylif cawod, siampŵ a hylif swigod i'r bath. Roedd yno dywelion trwchus gwyn, slipars gwyn, a thu ôl i ddrws yr ystafell ymolchi hongiai gŵn wisgo gwyn.

Pe bai hi wedi bod yn olau dydd byddai golygfa wych o'r llyn i'w mwynhau o'r ystafell. Cyn cau'r llenni brocêd coch trwchus, sylwodd Meira ar oleuni'r lleuad yn creu llwybr arian ar wyneb y llyn. Oedodd, gan fwynhau'r olygfa hyfryd.

'Be wyt ti'n ei weld sy' mor ddiddorol?' holodd Dafydd, gan sefyll yn agos ati, mor agos nes y teimlodd Meira ei anadl ar ei gwar a'i fraich yn cyffwrdd ei hysgwyddau'n ysgafn.

Safodd y ddau gan syllu ar yr olygfa. Roedd hi'n eiliad hudolus.

'Tydi o'n hardd?' mentrodd Meira.

'Ddim mor hardd â thi,' atebodd Dafydd.

Trodd Meira gan edrych arno. Taflodd golau'r lleuad gysgod dros ei wyneb.

'Wyt ti'n sylweddoli be wyt ti newydd ei ddweud, Dafydd? Dwi'n gobeithio nad wyt ti'n trio chwarae ar fy nheimladau, a minnau mewn stad emosiynol fregus iawn ac yn disgwyl plentyn,' holodd Meira gyda hanner gwên.

Gafaelodd Dafydd yn ei dwy law. Roedd y ddau'n wynebu ei gilydd wrth y ffenest.

'Drycha Meira, nid ar chware bach fyddwn ni'n dweud

y fath beth. Rwyt ti'n ferch brydferth. Mae beichiogrwydd yn gweddu iti,' ychwanegodd.

Teimlodd Meira'n anghyffordus. Tynnodd ei dwylo o afael Dafydd. Caeodd y llenni. Goleuodd y lampau bwrdd a oedd wrth y gwely ac ar y bwrdd coffi. Llifodd goleuni i mewn i'r ystafell. Llanwodd Meira'r tegell, a rhoddodd goffi yn y jwg coffi. Eisteddodd Dafydd yn un o'r cadeiriau esmwyth yn ei gwylio gyda diddordeb.

O'r diwedd, roedd y coffi'n barod. Tywalltodd Meira gwpaned yr un iddynt ac yna eisteddodd yn y gadair esmwyth arall yn wynebu Dafydd. Buont yn sgwrsio am eu cyfrifoldebau gwaith yn bennaf. Eglurodd Meira beth oedd ei dyletswyddau yn Bennaeth ysgol gynradd yn Lerpwl ac aeth Dafydd ymlaen i sôn am ei waith ymchwil yng Nghaerdydd.

Roedd hi'n hanner awr wedi deg cyn i'r ddau sylweddoli hynny. Cododd Dafydd ac meddai, 'Gwell iti gael dy orffwys. Diolch am y coffi a diolch am y sgwrs. Ga' i dy weld ti bore fory amser brecwast?'

Cytunodd Meira y byddai hi'n cael brecwast efo Dafydd am hanner awr wedi wyth. Cofleidiodd y ddau'n gynnes a thrawodd Dafydd gusan ysgafn ar ei boch.

'Nos da, mi wela'i di yn y bore.'

Aeth Meira trwy ei defodau arferol cyn gwisgo'i phyjamas: glanhau ei dannedd, golchi ei hwyneb, taenu hylif nos dros ei hwyneb a brwsio ei gwallt. Yna, dringodd i mewn i'r gwely mawr dwbl ar ei phen ei hun. Gorweddodd ar ei chefn heb symud cymal gan syllu i'r tywyllwch. Beth yn y byd oedd yn digwydd iddi?

Roedd hi wedi colli Wil. Roedd hi'n disgwyl ei blentyn.

A dyna hi'n wraig weddw ifanc yn mwynhau cwmni dyn arall ac yn barod i gyfaddef ei fod yn hynod o ddeniadol ymhob ffordd, yn mwynhau ei gwmni ac yn mwynhau sgwrsio efo fo.

Teimlodd y babi'n symud y tu mewn iddi. Dychrynodd. Oedd hi'n amharchus o goffadwriaeth Wil?

*

Nadolig go od a gafodd Meira. Daeth ei chwaer, Margied, ati dros yr ŵyl, ond doedd fawr o hwyl ar yr un o'r ddwy.

'Fedra i ddim anfon cardiau i neb eleni. Sut yn y byd alla' i ddymuno 'Nadolig Llawen' a finnau heb Wil. Dydi hi ddim yn amser llawen arna' i mae hynny'n sicr,' meddai wrth Margied rai wythnosau cyn y Nadolig. Yna, ychwanegodd, 'Mae'r sioe Nadolig yn yr ysgol a'r partïon Nadolig yn mynd ar fy nerfau i hefyd. Ond rhaid imi ddal ymlaen er mwyn y disgyblion.'

Erbyn diwrnod y Nadolig roedd hi wedi ymlâdd, felly trefnodd Margied fod y ddwy yn mynd allan i dŷ bwyta lleol ar gyfer eu cinio Nadolig.

'Rwyt ti'n amlwg yn bwyta i ddau neu ddwy. Rwyt ti wedi claddu pryd da,' meddai Margied gan chwerthin.

Yna holodd,'Wyt ti'n gwybod be wyt ti'n ei gael?'

'Na, dwi ddim isio gwybod, chwaith, dwi'n gobeithio mai hogyn ydi o ac y bydd o'n debyg i Wil,' atebodd Meira.

Bu'r ddwy'n eistedd am amser maith yn sipian eu coffi ac yn sôn am y geni.

'Mi fyddwn i wrth fy modd, er mwyn yr un bach, allu ei eni gartre. Ond dydi hynny ddim yn realistig a finnau'n byw ar fy mhen fy hun.'

'Na, na, paid â meddwl am hynny. Mi fyddwn i yn cael hunllefau wrth feddwl amdanat ti tua thri y bore ac ar ben dy hun bach. Mi gymerith dipyn o amser imi gyrraedd dy dŷ di, hyd yn oed gyda'r traffig yn ysgafn yn oriau'r bore,' plediodd Margied.

Cytunwyd mai Margied fyddai gyda hi yn ystod y geni, ac roedd rhaid iddi addo y byddai'n ffonio'r ambiwlans a Margied wedi iddi deimlo'r poen cyntaf.

Fel yr oeddynt yn sgwrsio, canodd ffôn symudol Meira.

'Jyst eisiau dymuno'r gorau iti heddiw. Dwi ddim am ddweud 'Nadolig Llawen', oherwydd fydd o ddim yn llawen iawn iti.'

Dafydd oedd yno!

'Dwi'n meddwl amdanat o hyd ac am yr amser hyfryd gawson ni yn Llanwddyn. Dwi yn nhŷ fy rhieni dros yr ŵyl, ond mi fyddai'n well gen i fod yn y gwesty yn Llanwddyn efo ti,' heriodd wedyn, gan awgrymu eu bod yn cyfarfod yno Nos Galan.

Gwridodd Meira ac meddai, 'Diolch, Dafydd, mi wna' i dy ffonio di'n ôl wedi Gŵyl San Steffan. Ydi hynny'n iawn?'

Wedi iddi gau'r ffôn, dyma Margied yn holi'n eiddgar, 'Pwy oedd hwnna, dwed? Roeddwn i'n clywed llais dyn. Paid â dweud dy fod ti wedi clicio'n barod? Roedd o'n eitha desperate yn ôl tôn ei lais!'

'Fyddet ti ddim yn ei nabod o! Rhywun wnes i gyfarfod yn Llanwddyn, ac fe gawsom sgwrs dros swper. Ond dydan ni'n bendant ddim wedi 'clicio', fel rwyt ti'n awgrymu,' oedd ateb swta Meira.

Pennod 11

'Mae yna wahoddiad iti i swper efo ni, Ned,' meddai Ann un prynhawn Sadwrn wrth i Ned a'r hogiau lifio coed yn gogiau bach.

'Wn ni ddim. Mi ges i swper gen ti neithiwr. Ond dwi wrth fy modd, rhaid imi gyfaddef. Ydw'n wir,' oedd ateb Ned gan wenu'n slei ar Ann.

Roedd hi'n ddiwedd mis Medi, a bron i naw mis wedi mynd heibio ers y ddamwain a laddodd Twm ei frawd, ac ers y bu farw Elis bach, babi Twm ac Ann. Yn ystod gwanwyn a haf y flwyddyn honno roedd Ann wedi dod yn ddibynnol iawn ar ei brawd yng nghyfraith, ac wrth ei fwydo roedd hi'n teimlo ei bod hi'n talu'n ôl am ei garedigrwydd. Roedd o wedi bod yn brysur yn garddio ac yn dysgu Jo a Bob sut i blannu tatws, a hau pys a ffa, yn ogystal â'u dysgu sut i dorri a llifio coed yn briciau i gychwyn tân erbyn y gaeaf. Roedd yna stoc dda o goed ym muarth Ann wedi'u gosod yn daclus ac o fewn cyrraedd pan fyddai'r eira'n drwchus.

Ambell i ddydd Sadwrn byddai'r tri yn mynd i gyfeiriad Bwlch y Groes i dorri mawn. Roedd yn waith anodd, a gofyn cael celfi arbennig at y gwaith, yn ogystal â benthyg trol a mul Allt Forgan i gludo'r mawn oddi ar y mynydd.

'Cofiwch, 'rhen gogiau, rhaid gadael i'r mawn sychu'n iawn cyn ei roi ar y tân, neu chewch chi ddim ond mwg du,' siarsiodd Ned.

Cyn belled ag oedd bywyd dyddiol y pentrefwyr yn

bod, dim ond un neu ddau ohonynt oedd yn cymryd sylw o'r gwaith oedd yn mynd ymlaen yn y dyffryn. Ysgwyd pen roedd y rhan fwyaf o hen drigolion y pentref, gan deimlo fod pethau allan o'u dwylo nhw a'i bod yn well ganddynt farw na symud o'u cartrefi.

Stori wahanol oedd agwedd yr ifanc. Roedd ambell un i'w glywed yn y Three Pigeons yn canmol y datblygiadau newydd, ond anfodlon iawn oedd Jo. Roedd o'n teimlo bod rhaid iddo gadw llygad ar y sefyllfa, doed a ddelo.

'Roeddwn i'n meddwl mai wal bridd fawr oedd hi am fod. Rŵan, medden nhw, maen nhw'n chwarelu cerrig mawr o'r chwarel.'

Rich Glyndu oedd yn llawn o'r wybodaeth ddiweddaraf un bore wrth gydgerdded i'r gwaith efo Ned. Wedi cyrraedd y gweithdy, cyn mynd draw i osod trawstiau newydd ar un o adeiladau allanol Plas Eunant, meddai Ned, 'Wn ni ddim pam ydan ni wrthi'n atgyweirio'r adeiladau yma. Mi fyddan nhw i gyd o dan ddŵr cyn hir.'

'Na mae hynny'n ddigon gwir,' meddai Rich, 'mae yna bob siort yn gweithio yno mae'n debyg – Gwyddelod, Albanwyr a Saeson, a does dim gair o Gymraeg i'w glywed yn unman. Maen nhw i gyd yn byw mewn cytiau mawr ac mae yna sôn eu bod nhw ar fin codi rhagor o gytiau i roi llety i'w gwragedd a'u plant.'

'Dwi wedi clywed hefyd eu bod nhw am ddod ag arbenigwyr gosod ffrwydron i mewn o rywle,' torrodd Ted y prentis ar draws y sgwrs.

'Bobl y Bala! I be'?' holodd Rich.

'I chwythu tyllau mawr yn y mynyddoedd er mwyn gwneud twneli i gario dŵr i Lerpwl,' atebodd Ted.

'Dwi'n gwybod hyn oherwydd mae nhad wedi cytuno i ddysgu sut i ddefnyddio'r ffrwydron. Mae'r cyflog yn well o lawer na gweithio i bobl y Plas.'

'O ddifri rŵan, dydi o ddim am weithio i'r hen bobl Lerpwl yna, does bosib,' torrodd Ned ar draws Ted.

'Ydi, pam lai? Fe gawn ni gynnig cyntaf am un o'r tai yn y pentref newydd wedyn,' atebodd Ted gyda balchder.

Roedd Jo wedi sleifio i mewn i'r gweithdy ac wedi dychryn o glywed y sgwrs.

'Bradwyr, bradwyr, ydi bob un ohonoch chi. Dwi'n synnu at dy dad, a nhw'n mynd i foddi ein pentref a'n dyffryn ni,' gwaeddodd ar dop ei lais.

'Rŵan fechgyn, ymdawelwch. Mae pawb isio byw,' gosododd Ned ei hun yn strategol rhwng Ted a Jo.

Daeth yr haul allan dros y dyffryn ac aeth pawb ymlaen efo'i waith. Cadwodd Ted a Jo ddigon pell oddi wrth ei gilydd a chadwodd Ned lygaid barcud ar y ddau.

*

'Dyna swper ardderchog. Rwyt ti'n un dda am fwydo dyn,' meddai Ned gan roi winc i Ann pan nad oedd neb arall yn edrych.

Roedd y plant ieuengaf wedi mynd i fyny i'r ystafell wely, ond yn ôl pob sŵn, doedd dim llawer o siâp cysgu ar yr un ohonynt. Doedd dim sôn bod Jo a Bob am fynd i'r gwely, er bod Ann a Ned yn ysu am eu gweld yn mynd i glwydo.

O'r diwedd, awgrymodd Bob ei bod yn mynd yn hwyr, ac y byddai'n rhaid codi i fwydo'r moch a'r ieir cyn ei gwneud hi am y capel y bore trannoeth. Wedi i'r ddau ddringo'r grisiau pren, edrychodd Ann a Ned ar ei gilydd .

'Diolch byth, mae gennym y lle i ni'n hunain rŵan,' ochneidiodd Ned.

Aeth draw i'r gegin at Ann a oedd yn brysur yn sychu'r plât cinio olaf. Trawodd Ned ei fraich yn ysgafn dros ei hysgwydd. Roedd ei gwallt hir du yn un blethen hir y tu ôl i'w phen ac yn disgyn yn daclus i lawr ei chefn.

Plygodd Ned, gan roi cusan ysgafn iddi ar ei gwar. Teimlodd Ann y gusan a synnodd at y teimlad braf aeth i lawr ei hasgwrn cefn. Trodd a gwenodd yn gariadus ar Ned.

'Tyrd, gad i ni fynd at y setl ac eistedd a sibrwd i glustiau'n gilydd!' awgrymodd Ned.

Oedodd Ann gan daflu golwg pryderus i gyfeiriad y grisiau. Gobeithio bod pawb wedi mynd i gysgu'n drwm, meddyliodd. Dyma'r ail waith iddi ymuno â Ned ar y setl. Oedd hynny'n beth drwg? Oedd hi'n anffyddlon i Twm ac i'r plant?

Estynnodd Ned ei law iddi a'i thywys at ddrws y gegin fach.

'Tyrd, mae gen i lawer i'w ddweud wrthyt ti,' meddai, gyda golwg gynnes yn ei lygaid glas.

Roedd hyn yn ormod i Ann ac aeth y ddau i eistedd ar y setl o flaen tanllwyth o dân coed. Er bod y setl yn galed, doedd hyn ddim yn broblem. Closiodd y ddau at ei gilydd a chofleidio a chusanu am rai munudau. Roedd Ned wrth ei fodd efo'r ffordd roedd Ann yn ymateb iddo, a mwyaf tanbaid y bu'r ymateb, hiraf y bu'r caru.

'Ti'n gwybod fy mod i wedi dy garu di erioed, ond y

drwg oedd bod Twm wedi cael gafael arnat ymhell cyn i mi gael cyfle i ennill dy galon,' sibrydodd wrthi.

'Ar hyd y blynyddoedd, fe wnes i synnu pam nad oedd gan ddyn mor olygus â thi gariad. Dwi'n credu bod ambell lodes wedi gobeithio dal dy lygad,' sibrydodd Ann yn ôl, gan chwerthin yn ysgafn fel geneth ifanc.

'Wel, arnat ti roedd y bai. Dwi wedi mwydro efo ti ers pan ddoist ti dros y mynydd ar ôl bod yn gweini ym Mhlas Hirnant. Allwn ni byth garu neb arall.'

Wedi dweud hyn cusanodd y ddau am funudau hyfryd a phleserus. Dau enaid a dau gorff wedi plethu ynghyd ac yn suddo i'w gilydd.

*

Doedd dim posib i neb weld Jo yn eistedd ar gangen y goeden dderw uwchben y garreg sylfaen a oedd wedi ei gosod gan bwysigion Lerpwl ym mis Gorffennaf 1881. Dyna'r fan a'r lle y gwnaeth ei brotest. Er bod dail y goeden bellach yn disgyn, roedd y canghennau wedi'u plethu mor drwchus nes bod cuddfan Jo yn berffaith. Roedd o o'r farn ei bod yn bwysig iawn i rywun gadw golwg ar y datblygiadau yn y gwaith. Bwriadai adrodd yn ôl bob wythnos i bawb o'r pentrefwyr a oedd yn fodlon gwrando beth oedd y 'pethau Lerpwl yna' yn ei wneud. Y fo, Jo, oedd y prif ysbïwr, ac fe deimlai'r cyfrifoldeb yn drwm ar ei ysgwyddau. Felly, pan oedd cyfle'n codi a'i ddyletswyddau yn siop saer Ned, ei ewyrth, wedi dod i ben, dyna lle y byddai Jo ar ei gangen yn sbïo, yn pwyso ac yn mesur er mwyn adrodd yn ôl.

Roedd poblogaeth Dyffryn Efyrnwy wedi cynyddu ers mis Gorffennaf, ac roedd Corfforaeth Lerpwl wedi codi cytiau yn gartrefi dros dro i'r gweithwyr. Roedd nifer y disgyblion yn yr ysgol wedi cynyddu hefyd. Plant y gweithwyr oedd y rhan helaethaf ohonynt.

Nid oedd Cymry bach y pentref yn deall acenion y Gwyddelod a'r Albanwyr. Bob dydd, bron, yn ystod amser egwyl roedd yna ffraeo ac ymladd ar fuarth yr ysgol. Y Cymry fel arfer fyddai'n cychwyn yr helynt gan floeddio'n uchel yn eu Saesneg bratiog nad oedd croeso i'r dieithriaid. Roedd Now Glyndu wedi cyfansoddi rhigwm, a buan iawn fu i'r Cymry ei fabwysiadu a'i ganu bob amser chwarae:

> *Go, go, go away,*
> *We don't like you*
> *You can't play.*

> *Go, go, go away,*
> *We don't like you*
> *You can't stay.*

Fel arfer, roedd yna ddwsin o Gymry bach drygiog yn cerdded fraich yn fraich o amgylch y buarth yn llafarganu'r rhigwm. Unwaith y byddai hynny'n digwydd, byddai ymladd yn torri allan ymysg y bechgyn, a'r merched yn ymosod ar y dieithriaid gan dynnu eu gwallt hir. Roedd y Gwyddelod druan yn ei chael hi'n ofnadwy oherwydd lliw eu gwallt. Yn aml, roedd Jones y Sgŵl allan ar y buarth gyda'i gansen a byddai'n barod i'w defnyddio ar unrhyw rai a fyddai'n codi helynt.

Fel ysbïwr roedd Jo yn cymryd ei ddyletswyddau o ddifrif. Y dydd Sadwrn hwnnw roedd pethau'n edrych yn wahanol iawn o gwmpas y 'gwaith'. Roedd yna o leiaf dri anghenfil anferth yn codi pethau trymion heb unrhyw drafferth. Doedd o erioed wedi gweld y fath bethau. Wrth gwrs, roedd o'n gwybod beth oedd caib a rhaw, ond be' yn y byd oedd y pethau enfawr yna?

Synnodd o weld fframiau pren mawr yn cael eu hadeiladu ar draws y dyffryn. Allai Jo ddim dirnad beth oedd y rheiny. Clywodd sŵn ffrwydron yn dod o gyfeiriad y chwarel. Ffrwydron fel taranau oedd ddigon â dychryn unrhyw un, yn enwedig un oedd yn eistedd ar gangen fregus. Ond beth yn y byd oedd y pethau hyll yna a oedd yn gallu codi pwysau yn well na chant o ddynion? Roeddynt yn symud ymlaen ar reiliau ac ymhob un ohonynt roedd yna ddyn yn eistedd mewn caban bach. Daeth dychryn mawr dros Jo, roedd ei galon yn curo fel gordd. Roedd yna bethau'n digwydd o'i gwmpas a oedd yn gwbl ddieithr iddo. Doedd o ddim yn eu deall o gwbl. Ym mhobman gwelai ddynion yn cloddio. Roedd o'n meddwl eu bod yn debyg i forgrug, bob un â'i gaib a'i raw wrthi'n chwysu i godi'r wal enfawr! Sleifiodd oddi ar y gangen a'i chychwyn hi am adre. Tybed a oedd Ned yn gwybod beth oedd y peiriannau mawr dieithr?

*

Erbyn i Jo gyrraedd adref roedd hi'n nosi. Wrth iddo redeg heibio'r siop gwelodd rai o'i ffrindiau yn stelcian o gwmpas, dwy law yn eu pocedi a heb wybod beth i'w wneud ar fin nos Sadwrn.

'Hei Jo, ble ti wedi bod? Canlyn wyt ti? Pwy ydi hi?' holodd Dei Tŷ Llwyd.

'Cer o'ma. 'Does gen i'r un lodes. Wedi bod yn sbecian ar yr hyn sy'n mynd ymlaen tua'r gwaith yna rydw i. Rhaid i un ohonon ni gadw golwg. Wyddoch chi fod yna anghenfil o beth sy'n codi pwysau'n well na chant o ddynion. Oes rhywun yn gwybod be ydi o?' holodd Jo.

Doedd neb yn gallu cynnig enw ac roedd pawb wedi synnu.

'Y tro nesa fyddi di'n mynd draw yna, mi ddo i hefo ti,' addawodd Dei.

Cerddodd Jo tuag adref gan addo iddo'i hun na fyddai byth yn dweud wrth Dei pryd y byddai'n mynd i olwg y gwaith. Y fo'n unig oedd y sbïwr go iawn wedi'r cyfan. Gwell fyddai cadw pethau'n dawel neu mi fyddai cogiau'r fro yno i gyd yn sbïo.

Agorodd y drws cefn. Clywai'r plant ieuengaf yn rhedeg o gwmpas y ddwy lofft fach i fyny'r grisiau. Ond ble oedd ei fam? Ble oedd Ned ei ewyrth? Gwaeddodd yn uchel, 'Lle da chi i gyd?'

Ymddangosodd Olwen ar ben y staer yn wên o glust i glust.

'Dan ni i gyd yma. Mae Mam a Ned wedi picied i dŷ Ned am funud.'

Gwylltiodd Jo. Un byr ei dymer oedd o. Un tro fe gollodd ei dymer yn siop y saer pan oedd Benji Tŷ Llwyd yn disgwyl i Jo gwblhau gwaith iddo. Meddai Benji, 'ara deg Jo bach, rwyt ti yn union fel dy daid, yr hen Dei Elis. Roedd hwnnw'n un sobr o wyllt, yn un handi efo'i ddyrnau ac y barod i ymladd unrhyw adeg. Dwi'n 'i gofio fo'n iawn yn ymladd ers talwm yn y ffeiriau.'

Chafodd Jo ddim ei demtio i ddefnyddio ei ddyrnau erioed, ond mi roedd ganddo dymer wyllt ac yn y tymer hwnnw aeth yn ei flaen i dŷ Ned. Beth oedd ym meddwl y ddau yn gadael pump o blant ar ben ei hunain yn y tŷ yn ymladd clustogau nes bod plu yn hedfan drwy'r awyr i bobman?

Curodd ar y drws. Dim ateb. Curodd yr ail waith. Dim ateb. Cododd y glicied ac i mewn â fo. Clywodd leisiau isel yn dod o gyfeiriad y siambr.

Lleisiau Ned a'i fam!

Roedd drws y siambr yn gil agored. Clustfeiniodd a chymerodd gipolwg i mewn. Ni fyddai Jo fyth yn anghofio'r olygfa a welodd. Roedd y ddau yn gorwedd ar y gwely. Ei fam yn cael ei chofleidio, ei hanwesu a'i chusanu gan Ned. Roedd o'n rhedeg ei fysedd drwy ei gwallt du a oedd wedi'i ryddhau o'r cwlwm tyn ar dop ei phen.

Safodd Jo wedi'i syfrdanu. Clywodd Ned yn sibrwd yn gariadus, 'Ann, dwi wedi dweud o'r blaen fy mod i wedi dy garu di ac yn dal i dy garu di ers amser maith.'

Yna, clywodd Ann yn sibrwd yn ôl gydag ochenaid ddofn, 'Dwi'n credu fy mod i'n dy garu di hefyd, Ned.'

Roedd Jo wedi clywed mwy na digon. Yn sydyn, ond ar flaenau ei draed, aeth allan o'r tŷ gan adael y drws yn llydan agored. Doedd gan y ddau ar y gwely ddim syniad eu bod wedi cael ymwelydd, oherwydd eu bod wedi ymgolli'n llwyr yn ei gilydd. Carlamodd Jo â'i wynt yn ei ddwrn. Doedd o ddim yn siŵr i ble. Yn y diwedd cyfeiriodd ei gamau tuag at hen weithdy ei dad. Doedd y drws byth ar glo. Er bod Twm wedi'i ladd yn y ddamwain ers bron i ddeng mis bellach, a Wil Tŷ'n Shetin wedi cymryd ei le fel y saer maen, roedd y gweithdy yn edrych yn union yr un fath. Gwelodd offer Twm yn dal yno, yn union fel pe bai newydd adael. I goroni'r cyfan, roedd ei ffedog fawr ledr a'i gap yn dal yn llwyd efo llwch y garreg ar y bachyn. Syrthiodd Jo ar ei liniau a dechreuodd feichio crio. Doedd o ddim wedi crio'n iawn er pan laddwyd ei dad. Trio bod yn ddyn y teulu er mwyn ei fam a'r lleill.

Ond roedd profiadau heno wedi ei lethu. Ned mewn cariad efo'i fam! Ei fam yn meddwl ei bod mewn cariad efo Ned ei brawd yng nghyfraith! Ewyrth iddo fo, Bob, Tomos bach, Olwen, Jini a Meri! Sut yn y byd all hynny fod ac yntau'n perthyn?

Anghofiodd Jo am yr amser. Eisteddodd ar fainc lychlyd y saer maen. Beth oedd yn mynd i ddigwydd? Tybed ddylai o ddweud wrth Bob ac Olwen. Roedden nhw'n ddigon hen i wybod am gariadon. Doedd dim rhyfedd yn y byd bod Ned yn byw ac yn bod cymaint yn nhŷ Ann a'i fod o mor barod i helpu bob dydd Sadwrn.

Fel aeth yr amser ymlaen, sylweddolodd Jo fod yna leuad lawn yn goleuo'r gweithdy. Roedd ei feddwl yn un bwrlwm cynhyrfus. Cododd a chychwynnodd tuag adref yn araf bach. Wrth fynd heibio i dŷ Ned sylwodd nad oedd yna olau cannwyll i'w weld yn y siambr ond bod yna olau gwan yn dod o'r gegin. Aeth heibio'n dawel, dawel. Tybed a oedden nhw'n dal ar y gwely yn y siambr yn sibrwd pethau neis wrth ei gilydd?

Agorodd ddrws ei gartref yn Fishing Street. Roedd hi bron yn un ar ddeg y nos. Gwelodd olau gwan cannwyll yn y gegin fach ac fel yr oedd yn rhoi ei droed ar ris isaf y grisiau daeth Ann allan o'r gegin a golwg bryderus ar ei hwyneb.

'Ble yn y byd mawr wyt ti wedi bod? Dwi wedi meddwl pob math o bethau. Meddwl dy fod wedi colli dy ffordd yn y goedwig 'na neu wedi cwympo i'r afon,' meddai.

Edrychodd Jo gyda dirmyg ar ei fam a holodd,'Ble dach chi wedi bod, Mam?'

Y bore canlynol aeth y teulu i'r capel yn ôl eu harfer. Wedi'r gwasanaeth ymunodd Ned â nhw ar y ffordd adref a chlywodd Jo ei fam yn ei wahodd i ginio.

'Wyt ti'n siŵr? Fydd hi'n iawn imi ddod?'

'Dwi isio sgwrs. Mae gen i rywbeth i'w ddweud am be' ddigwyddodd wedi i mi gyrraedd adre neithiwr,' sibrydodd Ann.

Eisteddodd pawb o amgylch y bwrdd cinio yn sgwrsio'n braf. Un teulu hapus, heblaw Jo, a oedd yn edrych yn bwdlyd iawn. Edrychodd Ann ar Tomos bach ac meddai,

'Tomos, rhaid iti ddysgu adnod newydd erbyn yr wythnos nesaf. Rwyt ti wedi dweud Gwyn eu byd y rhai pur o galon sawl tro bellach.'

'Ond Mam, roeddwn ni'n chwilio amdanoch chi neithiwr er mwyn cael gwybod pa adnod i'w dysgu. Allwn i ddim eich ffeindio chi yn unman. Ble oeddech chi, Mam?'

Cochodd Ann at ei chlustiau a dechreuodd gasglu platiau cinio.

'Wedi picied i dŷ dy ewyrth Ned i roi help llaw iddo efo rhywbeth,' oedd ei hateb brysiog.

Cyn iddi gyrraedd y bowlen olchi llestri, safodd Jo ar ei

draed, ei wyneb yn fflamgoch a golwg gynhyrfus arno. Ni allai gymryd dim mwy, rhaid oedd bod yn onest.

'Mam, deudwch y gwir. Nid helpu Dewyrth Ned oeddech chi. Na, deudwch y gwir eich dau. Caru ar y gwely yn y siambr oeddech chi!'

Yna, gan edrych i gyfeiriad Ned aeth yn ei flaen, 'Dewyrth, mi gerddais i mewn i'ch tŷ chi. Roeddwn o fy ngho'. Wedi mynd adre a gweld fod pawb yn hollol wyllt yno'n neidio o gwmpas y lle ac yn cael hwyl. Roedd hi fel ffair Llanfyllin yna! Roeddwn i hefyd eisiau dweud wrthych be' oeddwn ni wedi'i weld tra oeddech yn 'gweithio'. Mi wnes i guro ar y drws. Dim ateb. Mi gerddais i mewn. Roedd drws y siambr yn agored. Dyna lle roeddech chi eich dau yn caru a chusanu'n wyllt ar y gwely yn y siambr!'

Aeth pawb yn fud am eiliad neu ddwy. Dechreuodd Olwen feichio crio.

'Be' fydde Dad yn ei ddweud? Dach chi'ch dau wedi anghofio am Dad.'

Yna, gan droi at Ned, meddai gyda llymder yn ei llais, 'Dewyrth, dach chi wedi'i fradychu a chithau'n frawd iddo.'

Roedd pawb mewn syndod. Rhedodd Meri at ei mam a chuddio ym mhlygion ei ffedog. Methodd Ann yngan gair. Safodd Ned ar ei draed ac meddai'n bwyllog, 'Rŵan, rŵan, blant, rhaid i ni beidio â chwympo allan efo'n gilydd. Flynyddoedd yn ôl, mi wnes i gyffesu wrth eich tad, fy mod i'n meddwl y byd o'ch mam. Ddaru o ddim digio efo fi. Roedden ni'n deall ein gilydd i'r dim, ond gofynnodd i mi un peth: a fyddwn ni 'n edrych ar ei hôl hi, a chi fel teulu, pe bai rhywbeth yn digwydd iddo fo. Roedd eich Tad yn gwybod fod ei waith fel saer maen yn beryglus.'

Holodd Bob, 'Be' mae hyn i gyd yn ei feddwl Dewyrth?'

'Wel, mi wnes i addewid i fy mrawd flynyddoedd lawer yn ôl, mai dyna'n union fyddwn i'n ei wneud. Gwarchod pob un ohonoch, a hwyrach un diwrnod gofyn i'ch mam fy mhriodi i!' atebodd Ned gan edrych yn gariadus ar Ann.

Ymateb Meri a Jini oedd rhedeg at eu hewyrth a thaflu eu breichiau bach amdano.

'Dewyrth, dan ni'n falch. Chi fydd ein tad ni felly, ynte?' meddai Jini.

'Na, na ddim tad ond llys-dad,' eglurodd Ned.

Safodd Ann fel delw. Roedd hi wedi synnu at yr ymateb gwahanol gan bob un o'i phlant. Roedd y rhai ieuengaf, Tomos, Meri a Jini, yn falch iawn. Ond ymateb gwahanol a gafwyd gan Jo, Bob ac Olwen.

'Fedra i ddim dygymod â'r syniad o gwbl,' meddai Jo.

'Na fi, chwaith,' ategodd Bob ac Olwen fel un.

Cododd Jo a Bob, ac allan â nhw drwy ddrws y cefn heb gael y pwdin reis a oedd wedi ei baratoi. Ond i'r ffwrn i nôl y fasin fawr o bwdin yr aeth Olwen. Rhoddodd lwyaid da i bawb. Yna cododd ac meddai:

'Dwi'n mynd ar ôl Jo a Bob er mwyn cael sgwrs'.

Wrth iddi ddiflannu trwy ddrws y cefn meddai'n uchel, 'Gormod o bwdin dagith gi.' A chaeodd y drws yn glep nes bod y tŷ yn ysgwyd. Roedd cyfrinach Ann a Ned allan.

Ymhen awr, pan oedd Ann yn golchi'r llestri, aeth Ned i fyny ati'n dawel a rhoi ei fraich o amgylch ei chanol a rhoi cusan ysgafn ar ei boch, sibrydodd yn ei chlust dde,

'Paid â â phoeni, cariad. Mi ddaw Jo, Bob ac Olwen at eu coed. Dan ni'n dipyn o ffrindiau, wyddost ti. Dwi o ddifri, mi hoffwn feddwl y cawn ni fod yn ŵr a gwraig ymhen blwyddyn neu ddwy.'

Edrychodd Ann arno'n syn a phlygodd ei phen i sibrwd yn ei glust, 'Dwi'n credu y bydd raid i hynny ddigwydd ynghynt nag wyt ti'n ei feddwl.'

Pennod 12

Roedd Meira wedi bod ar ei chyfnod mamolaeth ers mis bellach. Roedd hi bron yn ddiwedd y Mis Bach, ac am ei bod mor fawr yn ei beichiogrwydd, roedd hi'n falch nad oedd y babi i'w eni yn ystod yr haf. Syllodd arni ei hun yn y drych wedi iddi ddod allan o'r gawod. Hm! Roedd hi'n anferth! Tybed a fyddai'n mynd yn ôl i'w siâp a'i phwysau arferol wedi i'r babi gael ei eni? Rywsut roedd hi'n amau hynny.

'Dwi wedi bod yn reit iach, heblaw am dipyn o boen yn fy nghefn ac ychydig o chwydd o gwmpas fy nhraed,' meddyliodd. 'Ymhen mis mi fydd y cwbl drosodd. Babi mis Mawrth fydd fy mhlentyn i, a chyda lwc mi fydd yn cael ei eni ar y diwrnod cyntaf o wanwyn.'

Erbyn hyn roedd hi a Dafydd wedi dod yn ffrindiau agos. Bob dydd byddai'r ffôn yn canu. Dafydd fyddai yno, yn holi sut oedd hi. A bob yn ail wythnos mi fyddai'n gyrru i fyny o Gaerdydd i fwrw'r Sul efo hi. Roedd hi'n gorfod cyfaddef ei bod yn hoff iawn ohono, ac roedd o hefyd wedi dweud wrthi ei fod yn teimlo bod eu cyfeillgarwch yn tyfu ac yn cynhesu.

Nos Wener oedd hi, a thua naw o'r gloch byddai Dafydd yn cyrraedd. Rhaid oedd paratoi swper arbennig iddo. Un o'i hoff brydau oedd *chilli con carne*, a dyna fyddai hi'n ei baratoi ar ei gyfer. Ac wrth gwrs, roedd Dafydd yn hoffi glasied neu ddau o win coch i'w olchi i lawr. Er ei hoffter o win, ymatal er mwyn y babi fyddai Meira bob tro.

Am naw ar ei ben clywodd gar Dafydd yn troi i mewn i'r dreif. Roedd hi wedi gwneud ei gorau i edrych yn ddel, ac wedi cymryd trafferth arbennig wrth roi'r colur ymlaen gan ofalu bod ei llygaid mawr yn edrych yn arbennig o ddeniadol. Pensil du o dan y llygaid, a chysgod o wyrdd ysgafn ar ei hamrannau. Dewisodd drowsus du llac a thiwnic lliwgar drosto i geisio cuddio'r bol anferth!

Wedi iddynt fwynhau swper a chlirio'r llestri, eisteddodd y ddau ar y soffa ledr i gyfnewid newyddion a rhannu cusanau a chofleidio. Braidd yn swil oedd Meira ar y cychwyn, ond buan y daeth hi i fwynhau'r cyfnodau preifat hynny o eistedd yn glòs a sibrwd cyfrinachau wrth ei gilydd.

'Rwyt ti'n edrych yn arbennig o ddel heno,' meddai Dafydd, gan ei hanwesu'n dyner.

'Dwi ddim yn teimlo'n ddel o gwbl. Dwi'n ofni na fydda'i byth yn naw stôn pedwar eto,' atebodd Meira.

'I mi, rwyt ti bob amser yn ddel ac mae yna rywbeth deniadol iawn o gwmpas merch feichiog. Natur ar ei gorau,' meddai Dafydd gan wasgu ei llaw.

Fel yr aeth y noson yn ei blaen, teimlodd Meira'n flinedig. Roedd hi'n un ar ddeg o'r gloch, felly penderfynodd fynd tua'r gwely.

'Dwi'n sori, Dafydd, dwi wedi blino, felly dwi am ei throi hi tua'r gwely. Gobeithio nad oes ots gennyt ti.'

Er eu bod mor agos a hapus yn eu perthynas, nid oedden nhw eto wedi rhannu gwely oherwydd beichiogrwydd Meira.

Dringodd y grisiau'n araf a llafurus ac wedi newid i'w dillad nos, glanhau ei dannedd a thynnu'r colur, teimlad o ryddhad pur oedd gorwedd yn esmwyth ar ei chefn o dan y *duvet*. Meddyliodd am ei pherthynas â Dafydd. Teimlai fod pethau'n datblygu'n hyfryd. Roedd hi'n dechrau sylweddoli erbyn hyn ei bod yn ei garu ef hefyd! Awr ynghynt, wrth iddynt eistedd ar y soffa, roedd o wedi sibrwd yn ei chlust, 'Meira, dwi'n hollol sicr fy mod yn dy garu di.'

'Wyt ti'n siŵr, Dafydd? Mae dweud hynna'n gam mawr i'w gymryd,' oedd ei hymateb i'w gyfaddefiad.

'Ydw, rydw i'n berffaith siŵr,' oedd ei ateb pendant.

Er ei bod wedi cael teimladau tebyg tuag ato fo, roedd rhywbeth yn ei rhwystro rhag mynegi hynny: amheuon ynglŷn â'r ffaith ei bod yn dal i garu Wil. Oedd hi'n bosib iddi garu dyn arall mor fuan ar ôl colli Wil? Oedd hi'n bradychu Wil? Beth fyddai pobl yn ei ddweud amdani? Oedd o'n deg i'r babi ei bod yn syrthio mewn cariad efo dyn arall nad oedd yn dad iddo? Oedd hi'n bosib iddi garu dau ddyn?

Dyna'r meddyliau a oedd yn troi a throi yn ei meddwl, ac er ei bod wedi blino'n lân, doedd hi ddim yn gallu cysgu. Tua hanner nos, cododd o'r gwely a dechrau cerdded o amgylch yr *en-suite* oedd yn ymyl ei hystafell wely. Roedd hi'n andros o anghyfforddus – yn boeth ac yn chwyslyd. Golchodd ei hwyneb gyda dŵr oer, a chymerodd lasied o ddiod oer o'r tap. Wrth sipian y ddiod, dyna pryd y digwyddodd pethau! Poen sydyn, annioddefol, ac yna torrodd y dŵr.

Gwaeddodd am Dafydd, a chododd hwnnw mewn braw a dryswch.

'Be sy'? Be sy'?' holodd.

'Dwi'n teimlo'n sâl, rhaid i ti fy helpu. Mae'r babi yn dŵad! Mae o ar fin cael ei eni a hynny fis yn fuan!' meddai Meira, gan weiddi'n uchel wrth i boen arall ei tharo.

Doedd Dafydd ddim yn gwybod ble i droi na beth i'w wneud. Roedd hyn yn sefyllfa annisgwyl ac anghyfarwydd. Roedd hi'n argyfwng mawr a hynny'n ystod oriau mân y bore pan oedd dyn rhwng cwsg ac effro.

Rhedodd i mewn i ystafell wely Meira. Doedd hi ddim yno!

'Ble wyt ti?' galwodd.

'Brysia, gwna rywbeth, dwi yma yn yr ystafell molchi fach,' meddai Meira, gan gychwyn colli amynedd efo arafwch Dafydd.

'Be dwi fod i wneud?' holodd Dafydd yn hurt.

'Ffonia'r fydwraig, mae ei rhif hi wrth y ffôn. O! mam bach,' plygodd Meira drosodd mewn poen.

Rhwng y pyliau griddfan meddai, 'Dwi wedi dewis geni gartref, ac mae gen i gynllun geni. Ond dwi'n amheus fydd hyn yn cael ei ganiatáu rŵan.'

Cydiodd Meira'n dynn wrth y basn molchi wrth i boen arall ei tharo. Roedd Dafydd wedi cynhyrfu trwyddo. Wrth siarad gyda'r fydwraig, clywodd ei hun yn dweud, 'She's in terrible pain, please come quickly.'

'Well, the baby isn't due for another four weeks. Are you sure she's started?' holodd honno.

'Yes, yes, her waters have broken,' atebodd Dafydd.

Cyrhaeddodd y fydwraig o fewn chwarter awr, ac wedi asesu'r sefyllfa penderfynodd mai mynd i'r ysbyty fyddai orau.

Ymhen dim, roedd Meira, Dafydd a'r fydwraig ar eu

ffordd i'r Liverpool Women's Hospital. Oedodd Dafydd pan gyrhaeddodd yr ambiwlans, heb wybod yn iawn beth i'w wneud, ond mynnodd Meira ei fod yn mynd hefo hi.

'Plîs, Dafydd, tyrd gyda mi, fedra' i ddim wynebu hyn ar fy mhen fy hun,' plediodd.

'Wel, dwi ddim yn siŵr. Dwi ddim yn dad i'r un bach,' atebodd yntau, gan ddal i oedi.

Ond roedd Meira'n benderfynol.

'Rhaid i ti ddod efo fi. Does neb yn gwybod nad ti yw'r tad. Plis, plis,' erfyniodd Meira.

Doedd dim amser i'w golli, ac i mewn â nhw i'r ystafell eni, ac er gollyngdod i Meira hebryngwyd Dafydd, er yn ansicr, i mewn gyda hi.

'Sit near her and hold her hand,' meddai'r nyrs.

Ufuddhaodd Dafydd gan afael yn dynn yn llaw Meira, yn enwedig pan oedd y poenau ar eu gwaethaf. Sychodd dalcen Meira'n dyner wrth i'r chwys lifo i lawr ei hwyneb.

'Dwed wrthi na fedra i ddim gwthio dim rhagor, dwi'n rhy wan,' llefodd Meira, ac aeth sawl awr heibio gyda Meira'n teimlo nad oedd hi'n bosib iddi ymdrechu mwy.

'One more push Mrs Owen. I can see the head. Here we are,' meddai'r nyrs o'r diwedd.

A dyna ni – daeth gollyngdod mawr!

'You have a beautiful baby boy and he's got masses of hair,' meddai'r nyrs wedyn.

Roedd Meira wedi breuddwydio am glywed y newyddion yna. Bachgen bach! Tebyg i'w Dad gobeithio. Trosglwyddwyd y bychan i freichiau ei fam, wedi ei lapio mewn siôl gotwm wen. Syllodd arno gyda'r dagrau yn llifo i lawr ei bochau. Edrychodd ar Dafydd, a sylwodd fod dagrau yn ei lygaid yntau hefyd.

'Your turn now,' meddai'r nyrs gan roi'r bychan ym mreichiau Dafydd.

Roedd o'n gegrwth. Doedd o erioed wedi gafael mewn babi o'r blaen yn ei fywyd, ac roedd ei emosiynau ar chwâl ym mhobman.

'Beth fydd ei enw?' holodd, gan edrych ar Meira.

'William Geraint Owen, ac fe fydd yn cael ei nabod fel Wil,' atebodd Meira.

'Addas iawn a hyfryd,' meddai Dafydd gan syllu ar yr un bach yn ei freichiau.

Pennod 13

Wedi pum niwrnod yn yr ysbyty cafodd Meira a William Geraint Owen fynd adref. Addawodd Dafydd y byddai'n aros ymlaen gyda Meira a Wil bach am ychydig. Roedd Margied yn ysu am weld ei nai newydd, ond gan fod Wil bach wedi penderfynu cyrraedd yn gynnar, byddai wedi bod yn lletchwith iddi adael ei gwaith yr adeg honno.

Roedd Meira wedi rhoi gwybod i Dafydd beth oedd angen ei gael ar gyfer Wil. Dros y misoedd roedd hi wedi prynu rhai pethau angenrheidiol, fel clytiau, *baby-gros* a sawl dilledyn arall. Ond roedd rhaid dweud wrth Dafydd ble i ddod o hyd iddynt yn y tŷ. Rhaid oedd cael un neu ddau o eitemau ychwanegol hefyd, megis cadair babi ar gyfer y car, clytiau sychu, ac eli pen ôl. Roedd angen cant a mil o bethau ac roedd Dafydd yn rhyfeddu bod eisiau cymaint ar gyfer babi mor fach.

'Ymhle ga' i brynu'r holl stwff yma, ac ymhle ga' i'r gadair?'

Roedd Dafydd wrth ei fodd pan alwodd yn yr ysbyty am Meira a Wil bach. Y nyrsys yn ei longyfarch ac yn ffarwelio â'r tri wrth iddynt adael y ward. Roedd un o'r nyrsys yn Gymraes o Sir Fôn, ac meddai wrth Dafydd, 'Cofia edrych ar ôl y ddau.'

'Dwi'n siŵr o wneud hynny,' atebodd Dafydd gyda gwên.

Wrth yrru adref yn ofalus, holodd Dafydd, 'Wnest ti ddim eu goleuo nhw ynglŷn â'n sefyllfa ni felly?'

'Na, roedd pethe'n rhy gymhleth. Dwi'n gobeithio nad ydw i ddim wedi dy ddigio di. Fydd yr un ohonyn nhw ddim callach,' atebodd Meira.

'Dwi'n hapus i helpu mewn unrhyw ffordd,' meddai Dafydd, gan daflu cipolwg ar Wil bach a oedd yn cysgu'n braf yn ei gadair ar gyfer y car.

Yn ystod y dyddiau canlynol roedd Dafydd fel tad i Wil bach. Dysgodd sut i newid ei glwt a sut i'w ddal i godi gwynt ar ôl iddo fwydo. Roedd o'n rhyfeddu ato ac yn magu perthynas glòs iawn efo'r un bychan. Roedd Meira, wrth gwrs, yn ei gwendid ac yn mwynhau'r gofal roedd Dafydd yn ei ddangos tuag ati hi a Wil bach. Yn wir, wyddai hi ddim sut y byddai wedi ymdopi heb Dafydd. Er syndod iddi, yn ei llawenydd, roedd hi'n teimlo'n isel iawn. Tybed a oedd hyn oherwydd nad oedd Wil yn bresennol i gydlawenhau â hi? Dyna'n union oedd gobaith Wil, ac roedd hi wedi'i siomi. Yn raddol, trwy ofal Dafydd a'i gefnogaeth, daeth pethau'n well ac yn fuan daeth i deimlo'n hapusach ac yn fwy llawen.

Os oedd yna nefoedd, tybed a oedd Wil yn gwybod am fodolaeth Wil bach?

Dafydd oedd yn coginio iddo fo a Meira, ac yn cadw llygad ar Wil pan fyddai Meira yn gorffwys yn ystod y prynhawn.

'Wel, mi fyddi'n falch o glywed fod Margied yn dod fory. Cei fynd yn ôl i Gaerdydd ac i dy waith. Mi fydda i'n ddyledus iti am byth. Dwi'n siŵr y byddi'n falch o gael gorffwys ar ôl yr holl halabalŵ yma,' meddai Meira wrth eistedd ar y gadair siglo yn y gegin i fwydo Wil.

Sythodd Dafydd, ac edrych arni gyda golwg siomedig ar ei wyneb. Ar y pryd, roedd o'n llwytho'r peiriant golchi llestri. Croesodd y gegin gan sefyll o flaen Meira.

'Dwi ddim eisiau eich gadael chi. Dwi wrth fy modd yma. Dwi'n sicr ddim eisiau mynd yn ôl at y bywyd unig sydd gen i yng Nghaedydd,' meddai gydag ochenaid.

Yna aeth yn ei flaen, 'Dwi'n dy garu di Meira, a dwi wedi dod i feddwl y byd o Wil bach. Wnei di fy mhriodi i, fel y gallwn ni fyw gyda'n gilydd ac y gallaf dy helpu i fagu Wil? Mi rof fy ngwaith i fyny. Dwi'n sicr o gael gwaith arall efo fy nghymwysterau i.'

Roedd Meira wedi'i syfrdanu, a'r unig beth yr oedd hi'n gallu ei ddweud oedd, 'Wyt ti o ddifri?'

'Ydw, fues i erioed yn fwy sicr o fy meddwl.'

Fe gytunwyd y byddai Meira'n cael amser i ystyried cynnig Dafydd ac y byddai ef yn dychwelyd atynt i dreulio'r penwythnos canlynol.

*

'Ble wyt ti wedi bod Dafydd? Dwi ddim wedi dy weld ti ers achau.'

Ieuan Puw, un o gydweithwyr Dafydd yng Nghaerdydd, oedd yn holi. Edrychodd Dafydd arno'n syn. 'Na, dwi'n gwybod. Dwi wedi bod i fyny yn Lerpwl yn gweld fy nghariad. Mae'n stori hir. Fyddai'n iawn imi ddod draw i'r fflat am sgwrs heno? Dwi angen dipyn o gyngor,' atebodd Dafydd.

Wrth deithio yn y car yn ôl i Gaerdydd roedd Dafydd wedi dechrau troi pethau yn ei feddwl. Oedd o wedi gwneud y peth iawn yn gofyn i Meira ei briodi, a chynnig ei hun yn llys-dad i Wil Bach? Ymddiswyddo o'i swydd dda yn y coleg? Roedd hi'n swydd yr oedd o yn ei mwynhau. Roedd pethau'n mynd rownd a rownd yn ei feddwl. Wedi mynd i'r gwely, methodd a chael noson dda o gwsg. Troi a throsi a chael dychmygion hunllefus. Tybed a fyddai Meira'n newid ei theimladau tuag ato wrth weld Wil yn tyfu i fyny'n debyg i'w Dad? Fyddai Wil ymhen amser yn dweud, 'Ddim chi ydi fy nhad i?' Fyddai o a Meira yn gallu cael plant eu hunain? Ni chafodd unrhyw lonydd i gysgu'n dawel y noson honno.

*

'Gwydriad o win?' gofynnodd Ieuan.

'Diolch, mi wnaiff les imi,' atebodd Dafydd.

Fflat hen lanc go iawn oedd gan Ieuan Puw. Pethau ym mhobman. Roedd rhaid clirio papurau oddi ar y soffa cyn i Dafydd fedru eistedd i lawr.

'Ti'n gwybod be i ddisgwyl yma,' oedd sylw Ieuan, gan chwerthin wrth daflu'r papurau oddi ar y soffa ar y bwrdd coffi ac ar ben papurau arholiad rhai o'i fyfyrwyr. 'Rŵan, be ydi dy broblem di?'

Daeth y stori allan yn bendramwnwgl. Hanes y cyfarfyddiad yn Llanwddyn. Disgrifiad o Meira'n ferch hardd a gosgeiddig. Y syndod o ddeall ei bod yn feichiog. Y ffaith ei fod o wedi syrthio mewn cariad â hi bron yn syth. Yna, hanes geni Wil bach ac fel y bu yn rhan o hynny. Ac yn fwy pwysig na dim, y teimlad ei fod eisiau gwarchod Meira, eisiau ei phriodi hi, eisiau hefyd bod yn lys-dad i Wil bach.

Yna, yr amheuon mawr. Tybed oedd o'n gwneud y peth iawn?

Syllodd Ieuan arno'n syn. Doedd o ddim yn sicr beth i'w ddweud, heblaw gofyn, 'Wyt ti wir yn ei charu hi? Sut fyddet ti'n teimlo pe bai ti'n dweud: 'fe wna i anghofio am Meira ac am Wil bach'? Dyna ydi'r prawf wedi'r cwbl.'

'Dwi'n gwybod yr ateb i'r cwestiwn hwnnw. Mi fyddwn yn torri fy nghalon,' meddai Dafydd gydag ochenaid.

'Yr unig beth alla' i ddweud wrthyt ti, Dafydd, ydi, bydd ofalus, paid â rhuthro i mewn i bethau, rhag ofn iti gymryd cam gwag,' cynghorodd Ieuan.

Wedi mynd adref y noson honno ar ôl cael sgwrs efo Ieuan, roedd Dafydd yn dawelach ei feddwl. Roedd o'n gwbl siŵr ei fod yn caru Meira ac yn meddwl y byd o Wil bach. Roedd y dyfodol, felly, yn edrych yn fwy sicr ac yn fwy addawol o lawer.

*

Roedd hi'n fore Iau, ac roedd Meira a Margied yn mwynhau cwpanaid o goffi, a Wil bach yn cysgu'n braf wedi cael llond ei fol o lefrith.

'Mae Dafydd yn dod nos yfory am y penwythnos,' cyhoeddodd Meira.

'Da iawn, mi fydd hynny'n iawn efo mi. Fe ga'i gyfle i fynd adref am ddiwrnod neu ddau,' atebodd Margied yn swta.

Gyda hyn, cododd Meira ac aeth i olchi ei chwpan o dan y tap. Roedd ei chefn at Margied ac meddai, 'Gyda llaw, mae o wedi gofyn i mi ei briodi.'

'Rargien fawr, be wyt ti am wneud? Does dim blwyddyn ers i Wil farw.'

'Dwi'n ymwybodol o hynny. Dyna sy'n fy mhoeni. Ydw i'n bradychu Wil? Ydw i'n rhuthro pethau?'

Aeth yn ei blaen gan droi i wynebu ei chwaer.

'Dwi'n andros o hoff ohono. Dwi'n credu fy mod i'n ei garu, ac a dweud y gwir, mae o fel angel gwarcheidiol.'

'Bydd di'n ofalus. Paid â neidio o'r badell ffrïo i'r tân,' rhybuddiodd Margied.

Rhywfodd doedd Meira ddim yn credu mai dyna fyddai hi'n ei wneud wrth briodi Dafydd, a mentrodd ddweud hynny wrth ei chwaer fawr, 'Dwi wedi bod drwy lot, a dwi'n gwybod yn union be dwi'n ei wneud. Dyma gyfle imi gychwyn pennod newydd yn fy hanes. Fyddet ti'n hoffi i mi fod yn fam sengl, heb ddim cefnogaeth gan neb?'

'Ti sy'n gwybod sut wyt ti'n teimlo. Mi wna innau dy helpu gymaint ag y medraf hefyd, a does dim ond angen iti godi'r ffôn ac mi fydda'i yma'n syth.'

Gwenodd y ddwy ar ei gilydd am y tro cyntaf ers blynyddoedd.

Pennod 14

Edrychodd Ned i fyny'n sydyn a syllodd ar Ann gyda golwg syn ar ei wyneb.

'Be wyt ti'n feddwl, Ann? Pam wnest ti ddweud y byddai hynny'n digwydd ynghynt nag ydan ni'n ei feddwl? Mae amser ar ein hochr, does dim rhaid i ni frysio.'

Gwridodd Ann at ei chlustiau ac ymledodd y gwrid i lawr ei gwddw hefyd.

'Wel, dwi'n credu fy mod i'n disgwyl. Dwi wedi mynd rhyw chwech wythnos. Gobeithio nad wyt ti'n fecsio! Dan ni wedi mentro braidd yn rhy bell ers rhai wythnosau bellach.'

Aeth ceg Ned yn hollol sych. Na, doedd o ddim yn flin. A dweud y gwir, roedd o'n hapus iawn. Roedd o am fod yn dad am y tro cyntaf yn ei fywyd. Ond yr hyn oedd yn ei flino oedd beth fyddai pawb yn ei ddweud amdanynt. Beth hefyd fyddai Jo, Bob ac Olwen yn ei ddweud? Sut fydden nhw yn derbyn y newyddion?

Tynnodd Ann tuag ato a'i chofleidio'n gynnes. Cusanodd hi ar ei boch, ei gwddw a'i gwefusau llawn.

'Na, dwi ddim yn flin o gwbl. Dwi wrth fy modd. Ond bydd rhaid i ni briodi mor fuan ag sy' modd cyn i neb ddechrau amau a siarad tu ôl i'n cefnau ni. Mi af i Lanfyllin i'r sêl ddydd Gwener ac mi af i setlo pethau gyda'r cofrestrydd yr un pryd. Allwn ni byth â mentro priodi yn y capel.'

Y bore canlynol aeth Ann i siop y pentre i brynu un

neu ddau o nwyddau ar gyfer y teulu. Pwy oedd yno ond Alys Lloyd, ei ffrind gorau ers dyddiau Llanuwchllyn.

'Wyt ti ar hast? Tyrd i gael paned a sgwrs acw ar dy ffordd adref. Mi wnawn ni roi'r byd yn ei le,' awgrymodd Alys gan chwerthin.

Roedd y baned yn dda a'r sgwrs yn gyfeillgar a hyfryd.

'Sut wyt ti'n ymdopi wedi colli Twm? Dwi'n clywed dy fod yn dipyn o ffrindiau efo'i frawd o, yr hen lanc. Mae o'n dal i fod yn olygus.'

Roedd Alys ac Ann wedi hen arfer rhannu cyfrinachau ers dyddiau ysgol yn Llanuwchllyn. Am ei bod yn ymddiried yn llwyr yn ei ffrind, dywedodd Ann heb feddwl, 'Paid â dweud gair wrth yr un enaid byw, ond y gwir ydi fod Ned a fi yn mynd i briodi ymhen pythefnos.'

'Gwarchod y byd! Pam cymaint o hast? Wyt ti'n disgwyl dwed?'

'Dwi wedi mynd tua chwech wythnos. Cofia, dim gair wrth neb – ddim wrth yr un enaid byw.'

' Na, ddweda' i ddim gair. Ti'n gwybod fy mod i'n gallu cadw cyfrinach,' addawodd Alys.

Min nos Sadwrn oedd hi, a phawb yn mwynhau eu swper o gwmpas y bwrdd mawr yn y gegin. Doedd dim llawer o hwyliau ar yr un ohonynt. Dim o'r bwrlwm arferol o bawb yn siarad ar draws ei gilydd. Doedd Jo ddim wedi bod yn fo ei hun ers pan ddaliodd o Ned ac Ann yn caru ar y gwely yn nhŷ Ned. Ar y llaw arall, roedd Olwen wedi maddau i'w mam a'i hewyrth.

'Mae mam yn dal yn ifanc ac yn ddel ac mae dewyrth yn olygus iawn hefyd. Dwi ddim yn synnu eu bod nhw wedi syrthio mewn cariad â'i gilydd.'

'Cariad yn wir! Roeddwn i'n meddwl ei bod hi'n caru'n 'Nhad. Sut fedrai rhywun anghofio'i gŵr mor sydyn,' atebodd Jo wedi colli ei amynedd yn lân.

'Dwi'n meddwl ei bod mewn cariad gyda'r ddau, 'Nhad a Dewyrth,' oedd ateb Olwen.

Er hynny, nid oedd bod mewn cariad gyda dau ddyn ddim yn gwneud synnwyr i'r un ohonynt. Eisteddodd Ann yn ei chadair wrth ben y bwrdd. Edrychai yn anghyfforddus ac roedd gwên nerfus yn chwarae ar ei gwefus.

'Ble mae Dewyrth heno?' holodd Jini.

Roedd Jini yn meddwl y byd o Ned ac yn ei ystyried yn ail dad.

'Dwi wedi dweud wrth eich Dewyrth 'mod i eisiau sgwrs breifat gyda chi i gyd,' meddai Ann; aeth yn ei blaen i egluro.'Dach chi'n cofio i Ned a fi ddweud ein bod am briodi rhyw ddiwrnod? Wel, dan ni wedi trefnu i briodi ymhen pythefnos yn y swyddfa yn Llanfyllin. Dan ni ddim eisiau priodas fawr, dim ond seremoni dawel. Dyna pam dan ni ddim am briodi yn y capel,' eglurodd.

Yna, gyda gwên, meddai, 'Dach chi'n gweld, rydan ni'n hoff iawn o'n gilydd. Dan ni'n hapus pan dan ni efo'n gilydd ac mae Ned yn meddwl y byd o bob un ohonoch chi. Mi fydd o'n dod yma i fyw unwaith dan ni wedi priodi.'

Trawodd Jo y bwrdd yn ei dymer, 'Pam y brys, Mam? Ychydig fisoedd mae 'Nhad wedi bod yn ei fedd. Dwi'n credu eich bod wedi ei anghofio fo yn barod.'

'Nac ydw, Jo, dwi'n bendant ddim wedi anghofio eich tad. Fydda' i byth, byth, yn ei anghofio. Fo oedd fy nghariad cyntaf ac roedd eich tad a fi yn caru'n gilydd yn fawr iawn. Pennod newydd ydi hon i Ned a fi, ac i ni fel teulu. Rhyw ddiwrnod fe wnewch chi ddeall y sefyllfa.'

'Na, fydda'i byth yn deall y sefyllfa,' oedd ateb Jo.

Ac allan â fo i'r ardd gefn gan rwgnach yn fygythiol o dan ei wynt.

*

Daeth cnoc sydyn ar y drws. Roedd hi'n nos Fawrth; noson seiat yn y capel. Roedd Ann a Ned wedi bod yn briod ers mis. Dim ond y ddau ohonynt a dau dyst oedd yn eu priodas yn Swyddfa'r Cofrestrydd ar y bore oer hwnnw ym mis Tachwedd. Wedi iddynt wneud eu haddunedau a thorri eu henwau ar y dystysgrif, heb oedi dim, adref â nhw yn nhrap Elis y Foel. Symudodd Ned i mewn at Ann a'r teulu y diwrnod hwnnw gan gludo ambell ddodrefnyn, megis y cwpwrdd cornel hyfryd roedd ei dad wedi'i weithio o bren hen dderwen a syrthiodd yn ystod storm fawr 1859. Roedd Ann wedi edmygu'r cwpwrdd cornel erioed. Ond yn fwy na dim, roedd hi bob amser wedi edmygu'r llestri hardd a oedd ar y silffoedd.

'Ti fydd perchennog y cwpwrdd cornel pan fyddwn ni wedi priodi,' addawodd Ned.

Cadwodd ei addewid, ac roedd Ann wrth ei bodd. Erbyn i Ned gario cynfasau, llestri ac ambell i gadair a chwpwrdd yno, roedd tŷ Ann yn orlawn, ond roedd hi'n falch iawn ohonynt.

'Pwy wyt ti'n meddwl sy' yna?' holodd Ann gan edrych i fyny o'i gwau.

Agorodd Ned y drws yn araf. Pwy oedd yno ond y gweinidog, y Parchedig Samuel Pugh.

'Dewch i mewn o'r glaw, Mr Pugh. Dan ni'n falch o'ch gweld,' meddai Ned yn serchus gan estyn ei law i'r gweinidog. Ond gwrthododd y gweinidog ysgwyd llaw Ned.

Roedd Pugh yn edrych braidd yn gynhyrfus a'i wep blin yn dangos cryn anfodlonrwydd.

Mae o'n edrych fel deryn drycin, meddyliodd Ann.

Roedd o wedi'i wisgo mewn du o'i gorun i'w sawdl. Het bowler ddu gyda'r cantal yn dechrau dangos ei oed am fod awgrym o liw gwyrdd arni. *Gladstone cape* am ei ysgwyddau, a'i wddw main yn edrych yn anghyfforddus yn ei goler gron oedd yn dechrau melynu gan ei bod yn cael ei gwisgo bob dydd. Ni fyddai Samuel Pugh byth yn ei thynnu, ond i fynd i'r gwely wrth gwrs, er mwyn i bobl ddangos parch i'w swydd yn Weinidog yr Efengyl.

'Steddwch. Gymrwch chi baned o de?' cynigiodd Ann.

'Na, dydw i ddim eisiau paned. Wedi dod yma ar fater pwysig iawn yr ydw i heno. Mater sy' wedi codi yn y seiat, ac mae'r brodyr wedi gofyn i mi ddod ar unwaith i gael gair efo chi.'

Roedd Pugh yn amlwg yn teimlo'n annifyr iawn. Cliriodd ei wddw o boer nerfus dychmygol a rhwbiodd ei ddwylo gyda'i gilydd. Aeth yn ei flaen.

'Dwi wedi clywed, a dwi'n gobeithio'n fawr nad ydi o'n wir ...'

Torrodd Ned ar ei draws, 'Dewch ddyn, be dach chi wedi'i glywed?'

Teimlai Ned ei wrychyn yn codi. Beth oedd ar y dyn gwirion?

'Peidiwch â bod mor ddiamynedd, Ned Elis. Mae yna

ddau beth sy'n peri gofid mawr i'r brodyr ac i minnau fel eich gweinidog. Y peth cyntaf ydi eich bod chi eich dau wedi priodi yn y dirgel. Y ddau ohonoch yn aelodau o'r capel, a heb ddymuno cael bendith Duw ar eich ymrwymiad.'

Erbyn hyn roedd wyneb Ann yn welw ac roedd hi'n eistedd yn hollol lonydd fel delw farmor ac yn edrych ar Ned. Ar y llaw arall, roedd wyneb Ned fel fflam dân a'i lygaid glas yn fflachio.

Aeth y gweinidog ymlaen â'i gyhuddiadau, gan droi at Ned a dweud, 'Dach chi, Ned Elis, wedi priodi gwraig eich brawd. Ydach chi ddim yn gwybod fod y Beibl yn gwahardd hyn? Mae'n dweud yn glir yn yr Hen Destament, yn yr ugeinfed bennod o Lefiticus, adnod 21: "Os bydd dyn yn priodi gwraig ei frawd y mae hynny'n aflan; amharchodd ei frawd, a byddant yn ddi-blant."'

Edrychodd Ned ar Ann. Doedd o erioed wedi clywed y fath beth. Roedd y geiriau'n ddieithr iddi hi hefyd. Teimlai faich euogrwydd yn drwm ar ei hysgwyddau a dechreuodd ochneidio a chrio. Aeth Puw yn ei flaen yn ddidrugaredd gan anwybyddu effaith ei eiriau hallt ar Ann a Ned.

'Dwi'n deall, yn groes i'r hyn a ddywed y Llyfr Sanctaidd, eich bod chi, Ann, yn feichiog!'

'Sut gawsoch chi wybod hynny?' gofynnodd Ned yn wyllt ei dymer.

'Ydach chi'n gwadu hyn?' holodd Samuel Pugh.

Plygodd Ann ei phen gan godi ei ffedog i guddio ei hwyneb a'i dagrau.

'Nac ydach, mae'n amlwg. Wel, dach chi eich dau wedi pechu yng ngolwg Duw. Dach chi wedi godinebu ac wedi dangos amarch i Twm Elis. Mae'r brodyr o'r farn, felly, y dylech gael eich torri allan o'r seiat ac o'r capel, Ann Elis, hynny yw, nes y byddwch yn dod i'r seiat i gyffesu eich bai ac i edifarhau.'

Neidiodd Ned ar ei draed. Agorodd y drws led y pen er bod gwynt traed y meirw'n chwythu'n gryf o'r dwyrain.

'Allan â chi, ddyn! Peidiwch byth â mentro dod yn agos at y tŷ yma eto. Galw eich hun yn Weinidog yr Efengyl. Dach chi a brodyr y capel yn warthus. Fyddwch chi byth yn gweld yr un ohonon ni yn eich capel eto. Mi wnawn ni droi at yr eglwys ac yno bydd ein babi bach newydd yn cael ei fedyddio.'

Oedodd Samuel Pugh gan daflu golwg fygythiol ar Ann. Yna, trawodd ei fowler yn ôl ar ei ben moel ac meddai, 'Nos Fawrth nesaf, mi fyddai'n eich disgwyl yn y seiat i gyffesu eich pechod, Ann Elis.'

O glywed hyn, bu bron i Ned roi dyrnaid iddo ar ei drwyn. Cydiodd yn ei fraich.

'Ydach chi ddim wedi clywed na deall be wnes i ddweud? Fyddwn ni byth yn dod yn agos i'r lle eto. Oes raid i mi eich taflu chi allan? Ewch o'ma,' meddai'n chwyrn.

Doedd dim cysuro ar Ann. Bu'n torri ei chalon am funudau lawer wedi i Samuel Pugh eu gadael.

'Pam rhaid i fy enw i gael ei bardduo? Dan ni'n dau wedi pechu, yn ôl yr hyn y mae o yn ei ddweud. A phwy sy wedi dweud wrtho mod i'n feichiog?'

Roedd Ned yn gandryll. Yn gyntaf, oherwydd yr hyn roedd y gweinidog wedi'i ddweud a'r cyhuddiadau a wnaeth yn eu herbyn. Yn ail, oherwydd ei bod yn amlwg fod rhywun wedi bradychu Ann. Cerddai i fyny ac i lawr y gegin. Dyrnodd y bwrdd a diawliodd y gweinidog.

Yna, safodd o flaen Ann a gofynnodd, 'Rŵan, fy nghariad i, wyt ti wedi sôn wrth unrhyw un o dy ffrindiau dy fod ti'n feichiog?'

Ysgydwodd Ann ei phen, 'Na, fedra' i ddim meddwl mod i wedi dweud gair wrth neb.'

Ond yn sydyn, cofiodd am y sgwrs a'r paned yn nhŷ Alys, ei ffrind gorau un. Pan fentrodd grybwyll hyn wrth Ned, dyrnodd y bwrdd nes bod Ann yn neidio.

'Hi sy wedi dy fradychu di. Rhag ei chywilydd hi. Mi rof i bryd o dafod iddi pan wela' i hi nesaf,' oedd ymateb Ned.

'Paid â dweud dim. Erbyn hyn mae pawb yn y fro yn gwybod am ein cyfrinach. Dwi ddim am fynd yn agos i'r seiat nac am dderbyn y ddedfryd o gael fy nhorri allan'.

Cofleidiodd Ned ei wraig yn dyner a chynnes.

'Fe ddown ni drwy hyn, fy nghariad i,' sibrydodd gan gusanu ei gwallt prydferth.

*

Ni bu erioed y fath gynulleidfa yn festri'r capel ar gyfer y seiat ag a fu ar nos Fawrth gyntaf mis Rhagfyr. Cododd y Parchedig Samuel Pugh ar ei draed i groesawu pawb, ac yna lediodd yr emyn 572, 'Myfi'r pechadur pennaf fel yr wyf'. Darllenodd ran o'r ugeinfed bennod o Lefiticus gan bwysleisio adnod 21. Yna, wedi gair o weddi a oedd yn erfyn ar i'r Bod Mawr faddau pechodau bob un oedd yn bresennol, dywedodd, 'Dwi wedi dewis emyn 572 ac wedi darllen o'r ugeinfed bennod o Lefiticus yn fwriadol. Dach chi'n gweld, mae yna rai o'n mysg wedi cyflawni pechod mawr. Fel y gŵyr llawer ohonoch erbyn hyn, dwi'n cyfeirio at Ann Elis. Dwi wedi'i gwahodd yma heno i gyfaddef ei phechod ac i edifarhau. Ond fel y gwelwch, does dim sôn amdani. Felly, frodyr a chwiorydd, er iddi gael y cyfle i gyffesu ac i ofyn am faddeuant, dwi wedi ymgynghori â'r brodyr yn y sêt fawr, ac wedi dod i'r casgliad, oherwydd natur ei phechod, bod rhaid ei thorri allan o'r seiat.'

Yn sydyn, fel roedd Samuel Pugh ar ganol ei araith, dyma ddrws y festri yn agor. Safai Ned Elis yn y drws agored, gan adael i wynt y dwyrain lifo i mewn.

'Caewch y drws, ddyn,' gwaeddodd Twm Williams y pen blaenor.

'Na wna i, wir. Dach chi i gyd yn haeddu rhynnu nes eich bod yn dal y bronceitus. Twyllwyr ydach chi i gyd. Y pen twyllwr yn eich mysg ydi'r gweinidog, Samuel Pugh. Pa hawl sy' ganddoch chi i bardduo enw da Ann?'

Yna, trodd at Alys oedd yn swatio gan geisio cuddio ei hwyneb, a chan bwyntio ati, meddai'n llym, 'Ti, Alys Lloyd, nid yn unig rwyt ti'n rhagrithiol, ond rwyt ti wedi bradychu dy ffrind gorau. Fy ngwraig i, Ann Elis.'

Edrychodd ar y gynulleidfa.

'Ydi, mae hi'n disgwyl fy mhlentyn i. Os ydach chi'n galw hynny'n bechod wel, dach chi i gyd yn golledig.'

Yna, trodd at y gweinidog, a chan bwyntio bys ato, 'Rwyt ti'n edrych ar y brycheuyn yn llygad dy frawd heb weld y trawst yn dy lygad dy hun, barchus weinidog.'

Edrychodd o'i gwmpas ar y seiadwyr ac aeth yn ei flaen,'Dach chi'n galw eich hunain yn Gristnogion? Faint ohonoch chi, tybed, sy heb bechu erioed? Dach chi'n cofio'r hanes am Iesu yn dweud wrth ragrithwyr ei ddydd a oedd am labuddio'r ferch a gyhuddwyd o odineb: 'Boed i'r rhai ohonoch sy'n ddibechod daflu'r garreg gyntaf'? Pa hawl sy' gan unrhyw un ohonoch i gondemnio Ann?'

Gan droi at Samuel Pugh, meddai'n wawdlyd, 'Mr Gweinidog, dach chi ddim yn gwybod eich Beibl!'

Wedi iddo gael dweud ei ddweud, aeth Ned allan o'r seiat gan gau drws y festri gyda'r fath glep nes bod yr adeilad yn crynu. Roedd pob un o'r gynulleidfa, gan gynnwys Pugh, yn welw ac yn gegrwth. Cododd Twm Williams ar ei draed.

'Dwi'n meddwl, frodyr a chwiorydd, y dylem adael pethau heno a mynd bob un i'w gartref. Rydan ni i gyd wedi cynhyrfu gormod.'

Aeth pawb adref gan sibrwd yn isel ymysg ei gilydd. Ond roedd rhaniad pendant ym marn aelodau'r seiat yn y capel bach y noson honno.

*

Am hanner awr wedi pump y bore, ar y trydydd ar hugain o Fawrth, ganwyd Lisa Annie, merch fach Ned ac Ann. Roedd hi'n pwyso saith pwys a hanner. Er y trafferthion a'r anghydfod a oedd wedi bodoli rhwng aelodau teulu Ann, a hefyd yn y gymdogaeth wedi'r helynt yn y seiat, roedd llawenydd mawr pan ddaeth Lisa Annie i'r byd.

Deffrôdd Ann am hanner awr wedi un y bore hwnnw gyda phoen sydyn yn ei bol. Pwniodd Ned i'w ddeffro.

'Dwi wedi dechrau, rhaid mynd i nôl Hen Wraig Eifionydd i fy helpu i yn ystod y geni.'

Neidiodd Ned allan o'r gwely, ei wallt ym mhobman

a'i grys nos bron o gwmpas ei wddw. Roedd golwg gwyllt arno. Dechreuodd gerdded yn ôl ac ymlaen o gwmpas y llofft.

'Hen Wraig Eifionydd,' gwaeddodd Ann o'i phoen.

'Mi wna i ofyn i Jo. Mae o'n ddigon hen i redeg i dŷ'r hen wraig. Mi wna' i aros yma efo ti a'r plant.'

Am unwaith yn ei fywyd, er bod Jo wedi bod mor annifyr ei agwedd tuag at briodas Ned ac Ann, ac yn fwy annifyr fyth pan ddeallodd fod yna fabi ar y ffordd, roedd hi'n amlwg ei fod yn fwy na pharod i helpu ei fam. I ffwrdd â fo ar unwaith i nôl yr hen wraig. Grwgnach a wnaeth honno o gael ei deffro am ddau y bore. Roedd golwg ryfedd arni pan ddaeth allan o'i bwthyn. Bonet ddu am ei phen, siôl lwyd am ei hysgwyddau a blows a sgert o wlân trwm amdani.

'Dewch, brysiwch, mae Mam mewn poen mawr ac mae'r babi ar ei ffordd,' ymbiliodd Jo.

'Paid â bod mor ddiamynedd. Ddaw'r babi ddim am awr neu ddwy. Mae'n rhaid i mi roi fy nannedd i mewn a chael fy mag sbesial wrth law i helpu dy fam,' oedd ei hateb.

Fel roedden nhw'n nesu at gartre Jo, dyma nhw'n clywed Ann yn gweiddi'n uchel.

Gwthiodd Ned druan o'i ffordd ac aeth yn syth at Ann a oedd erbyn hyn bron ag esgor. 'Ewch o'ma Ned Elis. Dan ni'r merchaid ddim eisiau dynion o gwmpas y lle. Fe wnawn ni'n iawn, diolch yn fawr.'

Ymhen rhyw awr, fe glywodd Ned grio gwan ei blentyn cyntaf. Aeth at ddrws y llofft a gwahoddwyd ef i mewn gan yr hen wraig.

'Dewch i mewn, Ned Elis, dach chi'n dad i ferch fach hardd.'

Ni fyddai Ned byth yn anghofio'r olygfa welodd o'r bore hwnnw. Roedd Ann yn eistedd i fyny yn y gwely, ei gwallt hir cyrliog yn damp gan ymdrech yr oriau mân.

Roedd gwên hapus ar ei hwyneb ac yn ei breichiau y babi delaf a welodd Ned erioed. Roedd ganddi wallt du ac roedd hi'n edrych yn hynod o glyd ym mreichiau ei mam.

'Dyma ti. Gafael yn dy ferch, Ned. Gawn ni ei galw hi'n Lisa Annie?' Trosglwyddodd Ann y fechan i freichiau ei thad.

'Mae Lisa Annie yn enw del. Does dim rhyfedd dy fod wedi dioddef o ddŵr poeth pan oeddet yn ei disgwyl o weld yr holl wallt du yma!' atebodd Ned gyda gwên lydan hapus ar ei wyneb.

Pennod 15

Roedd hi'n nos Wener, a Dafydd ar ei ffordd o Gaerdydd i Lerpwl i dreulio'r penwythnos gyda Meira a Wil bach. Er ei fod wedi gofyn i Meira ei briodi, a hithau wedi addo rhoi ystyriaeth ddwys i'w gynnig, wythnos ddigon rhyfedd, lawn amheuon, a gafodd Dafydd. Roedd o a Meira wedi siarad bob dydd ar y ffôn ac ambell waith yn amlach na hynny, ond doedd yr un ohonynt wedi mentro sôn am y cwestiwn mawr. Wrth deithio i fyny i Lerpwl, roedd yr un hen feddyliau negyddol yn mynnu gwthio eu hunain i'w feddwl, er ei fod yn ddigon sicr o'i obeithion ei hun am y dyfodol.

Tybed oedd o'n symud ymlaen yn rhy gyflym? Oedd Meira yn meddwl amdano fel ffrind yn unig yn y bôn? Oedd hi'n dal mewn cariad efo Wil ac yn teimlo rhywfaint o euogrwydd am eu bod wedi ffraeo'r bore hwnnw cyn y ddamwain?

Fodd bynnag, er hyn i gyd, siawns nad oedd yr hyn a ddigwyddodd amser geni Wil bach yn ddigon i'w glymu o a Meira gyda'i gilydd. Pan oedd o'n cael ei boeni gan yr amheuon hyn, y peth pennaf yn ei feddwl oedd ei fod yn caru Meira'n gwbl ddiamod, a'i fod yn meddwl y byd o Wil bach. Wrth yrru heibio i Groesoswallt y noson honno, penderfynodd na fyddai unrhyw droi'n ôl yn eu perthynas.

Wedi iddo gyrraedd cartref Meira, ac wedi iddi weld ei gar yn gyrru i mewn i'r dreif, agorodd hi'r drws led y pen i'w groesawu. Safai gyda gwên lydan ar ei hwyneb, ac yn ei breichiau roedd Wil bach yn edrych yn glyd a dedwydd, gan ei fod newydd gael ei fwydo.

Bobl! Roedd hi'n hynod o ddel yn ei thiwnic amryliw a'i throwsus gwyn, meddyliodd Dafydd. Sut fyddai o'n gallu troi ei gefn ar ddynes mor hardd?

'Helo cariad, mae Wil bach wedi bod yn edrych ymlaen drwy'r dydd i dy weld,' meddai Meira gan estyn ei boch er mwyn i Dafydd ei chusanu.

'Gad dy gelwydd, dwi'n tybied mai mami Wil bach sy' wedi bod yn edrych ymlaen am y foment hon,' atebodd Dafydd yn bryfoclyd.

Yna, trodd Dafydd i wynebu Meira a'i chusanu ar ei gwefus yn hir. Dilynodd hynny gyda chusan fach ysgafn ar ben Wil bach. Chwarddodd Meira gan gyffesu braidd yn swil ei bod wedi bod yn cyfri'r dyddiau a'r oriau hyd nes y byddai Dafydd yn dychwelyd.

'Dach chi wedi dod i ben heb fy help i felly,' meddai Dafydd.

'Do, ond dwi'n meddwl bod Margied yn gwneud gormod o Wil bach. Dwi'n ofni nad ydi o'n gwybod pwy ydi ei fam o,' atebodd Meira.

Eog gyda salad a thatws bach, yn cael eu dilyn efo treiffl mafon cochion oedd i swper y noson honno.

'Sori, ond o'r siop mae'r treiffl, gobeithio ei fod o'n iawn,' eglurodd Meira.

Gorweddai Wil bach yn ei got symudol ymhen draw'r stafell fyw, ond am ddeg o'r gloch, dyma waedd. Roedd eisiau ei fwydo eto.

'O diar! Fel hyn mae o, eisiau ei fwydo'r munud mae o'n

deffro. Wyt ti'n meddwl ei fod o wedi prifio ers yr wythnos ddiwetha?' holodd Meira.

Doedd Dafydd ddim yn gweld cymaint â hynny o wahaniaeth yn y bychan ers y bore Llun cynt, ond i blesio Meira cytunodd ei fod yn tyfu'n gyflym.

Wedi'r bwydo rhoddwyd Wil bach yn y cot yn ystafell Meira. Roedd hi'n ystafell braf gyda digon o le i'r cot yn y pen draw, yn ymyl y cwpwrdd dillad mawr. Cafodd ei haddurno'n ofalus gan Wil tua thair blynedd ynghynt: waliau pinc golau, carped trwchus hufennog, llenni a *duvet* patrymog gydag awgrym o binc yn y cefndir a dodrefn gosod lliw hufen yn golygu bod digon o le i gadw dillad. Roedd y gwely yn chwe throedfedd o led ac yn cymryd ei le ynghanol yr ystafell gyda digon o ofod o'i gwmpas.

'Dwi am gael peintiwr i mewn i beintio'r ystafell ganol a'i gwneud yn ystafell wely a meithrinfa i Wil bach,' eglurodd Meira wrth iddynt fynd i fyny'r grisiau.

Roedd Dafydd yn hynod falch o glywed hyn. Teimlai rywsut fod cael trydydd person yn yr ystafell pan fyddai Meira a fo yn caru yn y gwely, braidd yn anghysurus, a dweud y lleiaf. Er, roedd o'n ymwybodol nad oedd gan fabi bach mis oed fawr o syniad yn y byd beth oedd y mynd ymlaen rhyngddynt!

Ddywedodd o yr un gair wrth Meira, ond roedd y newyddion yn dipyn o ryddhad iddo.

Trwy gydol y penwythnos ni fentrodd Dafydd na Meira sôn am y posibilrwydd o briodi, nac am wneud cynlluniau i'r dyfodol. Teimlai Meira y dylai feddwl mwy cyn rhoi ei gair, er yn dawel fach, o fod yng nghwmni Dafydd, ac o'i weld efo Wil bach, roedd hi'n ddigon sicr ei bod am dreulio gweddill ei hoes yn ei gwmni. Roedd y ffaith iddo fod yn bresennol pan ddaeth Wil bach i'r byd wedi'u clymu'n glos iawn i'w gilydd.

Poenai Dafydd am godi'r cwestiwn rhag i Meira ei wrthod, ac er bod cwestiynau rif y gwlith wedi codi yn ei feddwl yn ystod yr wythnos, o weld Meira a Wil bach eto, roedd o'n dawel ei feddwl ac wedi dod i'w benderfyniad.

Roedd Dafydd yn fwy na pharod i dderbyn gwahoddiad Meira i rannu'r gwely mawr efo hi.

'Wyt ti am ddod mewn ataf i heno?' gofynnodd gyda gwên ddeniadol. 'Cofia, dim ond cwtsho, fedrwn ni ddim mynd ymhellach ar hyn o bryd.'

Sut allai Dafydd wrthod y fath gynnig? Doedd dim rhaid gofyn ddwywaith. Cofleidio a chusanu am oddeutu hanner awr a mwy, hyd nes i Meira ymryddhau o'i freichiau a dweud, 'Dwi isio trafod rhywbeth pwysig iawn efo ti.' O glywed hyn, cododd gobeithion Dafydd. Ond aeth Meira yn ei blaen, 'dwi wedi penderfynu bedyddio Wil bach yn Llanwddyn oherwydd cysylltiadau teuluol a hefyd am mai yno ddaru ni'n dau gyfarfod. Be' wyt ti'n ei feddwl?' Cytunodd Dafydd fod hynny'n syniad ardderchog a chafodd deimlad braf o feddwl ei fod yn rhan o'r darlun. Penderfynwyd bod Meira'n cysylltu â'r person plwyf i wneud trefniadau ar gyfer bedyddio Wil bach ym mis Mehefin.

Fe gawson nhw benwythnos braf yng nghwmni ei gilydd ac roedden nhw'n hapus yn magu Wil bach. Bore Llun, wedi i Dafydd godi cyn cŵn Caer a'i chychwyn hi am Gaerdydd, ffoniodd Meira berson Llanwddyn.

'Pryd da chi am ei fedyddio fo?' holodd y person.

'Wel, criw bach fyddwn ni, y fi, Dafydd fy narpar wr (synnodd Meira pa mor rhwydd oedd ei disgrifiad o Dafydd), fy chwaer, a hefyd ffrind i Dafydd. Maen nhw ill dau yn barod i fod yn rhieni bedydd. Beth am yr ail Sul ym Mehefin?' ychwanegodd.

'Iawn, mae'r dyddiad yn gyfleus. Rydw i'n ei daro i lawr rwan yn y llyfr bach. Dewch i'r eglwys erbyn dau o'r gloch y prynhawn hwnnw. O, be ydi enw'r un bach?'

'William Geraint,' atebodd Meira gyda balchder.

*

Roedd hi'n un o'r Suliau bendigedig hynny ym mis Mehefin. Edrychai Llyn Efyrnwy fel drych yn adlewyrchu'r coed a'r llwyni a oedd yn tyfu o'i gwmpas. Wrth edrych ar yr olygfa drwy ffenestr yr ystafell, meddai Meira, 'Drycha Dafydd, dyma olygfa hyfryd; dim awel, ambell i bysgotwr allan ar ganol y llyn ac adlewyrchiad perffaith o'r coed ar wyneb y dwr. Mae'r twr yn edrych yn hudolus ac mae'r haul yn tywynnu mor braf.'

Roedd y noson gynt yn y gwesty wedi bod yn ddymunol iawn hefyd yng nghwmni Margied ac Ieuan, cyfaill Dafydd. Gorweddai Wil bach yn ddedwydd yn ei gadair arbennig wrth y bwrdd. Nid cadair roedd Meira yn ei galw ond 'bwced,' a hynny, yn ei thyb hi, am ei bod yn debyg i fwced efo handlen arno. Roedd yn sobr o gyfleus iddi gludo Wil bach ynddi i bobman.

Cafwyd pryd bwyd arbennig o dda. Cig oen Cymreig a ddewisodd Meira a Margied, ac fe ddewisodd y ddau ddyn stecsen bob un.

'Pam mae dynion bob amser yn glafoerio uwchben clamp o stecsen?' holodd Margied. 'Mi fyddan yn siŵr o ddiodde diffyg traul yn yr oriau mân.'

'Mwy na thebyg mai chwyrnu dros y lle fydd y rhai dwi'n eu nabod, ar ôl stecsen a gwin,' meddai Meira gan roi pwniad chwareus i Dafydd.

Bu'n noson hwyliog. Tueddu chwerthin yn uchel a wnâi Margied wedi iddi yfed glasied neu ddau o win, ac roedd Ieuan wrth ei fodd yn adrodd storïau digri a digon amheus ar adegau. Fel yr aeth y noson ymlaen, roedd storïau Ieuan yn gwaethygu a Margied yn rhowlio chwerthin bob tro.

Tua hanner awr wedi deg, cododd Dafydd oddi wrth y bwrdd a dweud, 'Gwell i ni fynd i glwydo. Mae hi'n amser rhoi Wil bach yn ei wely. Be wyt ti'n feddwl, Meira?'

Cytunodd Meira a gafaelodd yn handlen 'bwced' Wil bach a chychwyn am y grisiau.

'The night is young! Be sy' arnat ti? Dwyt ti ddim mor eiddgar i fynd i dy wely fel arfer,' meddai Ieuan wrth Dafydd, gan roi chwincied slei i Margied.

'Wel, mae pethau wedi newid yn fy hanes i bellach. Arhoswch chi'ch dau i chwerthin a mwynhau mwy o storïau amheus Ieuan,' meddai Dafydd yn benderfynol.

'Wyt ti'n meddwl fod y ddau yna wedi clicio?' gofynnodd Meira, wrth iddi hi a Dafydd ddringo'r grisiau i'w hystafell.

'Na, fe fydd o'n prynu wisgi iddi cyn diwedd y noson. Ond diod a storïau amheus ydi'i bethau o. Hen lanc go iawn ydi Ieuan yn y bôn. Fyddai o ddim yn gwybod beth i'w wneud efo merch yn y gwely,' atebodd Dafydd gan chwerthin.

Bu caru dwys a thyner rhwng Meira a Dafydd y noson honno. Roedd y ddau erbyn hyn yn golygu cymaint i'w gilydd. Aethant i gysgu'n drwm ym mreichiau ei gilydd, nes i Wil bach eu deffro am hanner awr wedi chwech y bore wedyn.

Cododd Meira i'w fwydo ac i newid ei glwt, yna wedi iddo setlo, aeth yn ôl i'r gwely. Yn y cyfamser, roedd Dafydd wedi gwneud paned o de iddynt ill dau.

Eisteddent i fyny yn y gwely yn sipian eu te ac yn mwynhau'r olygfa hyfryd drwy'r ffenestr. Cofiodd Meira iddi gael breuddwyd ryfedd yn ystod y nos. Gwelai Wil, ei gŵr, yn sefyll wrth erchwyn y gwely. Yna, aeth draw at got Wil bach gan blygu drosto a gwenu. Yn y freuddwyd, roedd Wil wedi troi at Meira a dweud, 'Meira, dwi'n iawn, dos di ymlaen efo dy fywyd dy hun, er mwyn y bychan yma.'

Fe setlodd y freuddwyd bopeth ym meddwl Meira. Wrth eistedd yn y gwely'r bore hwnnw yn Llanwddyn, trodd at Dafydd a dweud, 'Ti'n cofio i ti ofyn i mi dy briodi di rai wythnosau'n ôl? Wel, dwi'n barod i roi ateb i ti rŵan. Mi fyddwn i wrth fy modd yn dy briodi ac fe fyddwn yn hoffi gwneud hynny yn yr eglwys fach yma yn Llanwddyn. Mae'r lle ei hun mor sbesial i ni. Felly, ga' i ofyn i'r person, ar ôl bedydd Wil bach, wnaiff o'n priodi ni ar y dydd Sadwrn cyntaf ym mis Awst? Beth am i ni wedyn gael parti bach i'n ffrindiau a'n perthnasau agosaf yma yn y gwesty ar ôl y seremoni?'

Roedd Dafydd ar ben ei ddigon. Trawodd y cwpan oedd yn hanner llawn o de ar y bwrdd bach yn ymyl y gwely. Trodd at Meira ac meddai gyda dagrau o lawenydd yn ei lygaid, 'Fy nghariad bach i, dyna'r newyddion gorau dwi wedi'i glywed erioed. Brysied y dydd.'

Dros frecwast dyma rannu'r newyddion gyda Margied ac Ieuan.

'Dan ni'n cynllunio i briodi yma yn Llanwddyn yn yr eglwys, gan obeithio y bydd popeth yn gyfleus i'r person, ar y Sadwrn cyntaf ym mis Awst,' meddai Meira'n eiddgar.

'Wel, llongyfarchiadau! Newyddion ardderchog,' oedd ymateb Ieuan.

'Ie, ardderchog yn wir! Ond dwi ddim yn siŵr 'mod i eisiau llusgo yma eto i ben draw'r byd a chael noson arall fel neithiwr. Mae gen i andros o gur yn fy mhen,' grwgnachodd Margied, gan gilwenu.

'Mae hi'n gwybod yn iawn sut i daflu dŵr oer ar bethau. Fel yna y buodd hi erioed,' cwynodd Meira wrth i Dafydd, Wil bach a hi fynd am dro yn y car o amgylch y llyn ar ôl brecwast.

'Be ydi'r ots amdani, Cariad? Dan ni'n tri yn ogoneddus o hapus. Felly, dwbl wfft i bawb. Mae'n hyfryd o braf heddiw ac mae hi'n ddiwrnod arbennig i Wil bach,' oedd ymateb Dafydd.

Roedd y ddau arall wedi aros yn y gwesty, un i nyrsio'i phen a chymryd *paracetamol*, a'r llall i ddarllen y papurau Sul.

Wrth aros ar gyfer yr hen bentref, dyma godi Wil bach o'i 'fwced' a'i gario i lan y llyn. Safodd Meira a Dafydd yn dawel a syn wrth yr union fan lle y gwasgarwyd llwch Wil. Roedd Wil bach ym mreichiau Dafydd. Syllodd y ddau ymhell i ganol y llyn.

'Dyna lle'r oedden nhw'n byw. Draw fan acw. Dyna lle'r

oedd Fishing Street. Dwi'n mynd i wneud yn hollol sicr fod Wil bach yn dod i wybod am yr hyn a ddigwyddodd yma,' meddai Meira. Yna, ychwanegodd gan wenu ar Dafydd a Wil bach, 'Dwi'n hollol sicr rŵan fod Wil yn hapus i ni'n dau briodi. Chi ydi'r hogiau pwysicaf yn fy mywyd i.'

Ni fentrodd sôn am y freuddwyd a gafodd y noson gynt, rhag ofn i Dafydd feddwl ei bod wedi bod yn disgwyl am arwydd cyn mentro addo ei briodi.

*

'William Geraint Owen, rwyf yn dy fedyddio di yn enw'r Tad a'r Mab a'r Ysbryd Glân.'

Wrth i'r diferion dŵr ddisgyn ar ei dalcen, dechreuodd Wil bach grio ac am rai eiliadau doedd dim cysuro arno. Er hynny, roedd yna awyrgylch hyfryd yn yr eglwys fach ar ben y bryn.

Safodd y pedwar o amgylch y bedyddfaen gan blygu pen mewn gweddi. Roedd meddwl Meira fodd bynnag, ar Wil, ei gŵr annwyl a'i gyndadau. Roedd hi mor falch ei bod wedi dewis bedyddio Wil bach yn Llanwddyn, ac er ei bod yn meddwl y byd o Dafydd, roedd gofid lond ei chalon oherwydd nad oedd Wil yn gwybod dim am ddyfodiad Wil bach, a hefyd ei bod hi a Wil wedi cweryla'r bore y cafodd ei ladd. Roedd hynny'n dal i bwyso'n drwm ar ei chydwybod.

Wedi'r gwasanaeth bedydd, ysgydwodd y person law efo Meira a Dafydd gan ddweud fod gan Wil bach lais cryf ac ysgyfaint hynod o iach.

'Dwi isio gofyn ffafr. A fyddech chi cystal â phriodi Dafydd a mi yma yn yr eglwys ar y dydd Sadwrn cyntaf ym mis Awst?' gofynnodd Meira braidd yn swil wrth y person.

Cytunwyd ar y dyddiad a'r amser yn y fan a'r lle, ac yna aeth y cwmni bach i'r fynwent a oedd gyferbyn â'r eglwys i weld beddau rhai o gyndadau Wil bach, treuliwyd hanner awr dda yn edrych o amgylch y fynwent.

Am ryw reswn, tynnwyd sylw Meira at enw Elis Elis, a fu farw pan nad oedd ond ychydig wythnosau oed, a oedd wedi'i naddu ar fedd ei fam Ann a'i dad Thomas. Aeth ias ryfedd i lawr ei hasgwrn cefn. Dw i mor lwcus bod Wil bach wedi'i eni'n holliach ac wedi ffynnu cystal.

Wrth deithio'n ôl i Lerpwl, bu Meira a Dafydd yn cynllunio eu diwrnod priodas.

'Dwi isio iddo fod yn ddiwrnod sbesial. Seremoni briodas dawel ac wedyn parti preifat yng ngwesty Llanwddyn i berthnasau a ffrindiau agos,' meddai Meira.

'Iawn, dwi'n hapus efo hynny, ond mae gen i rywbeth i'w ddweud. Dwi wedi gweld hysbyseb yn y *Cymro* am swydd ym Mhrifysgol Glyndŵr yn Wrecsam. Meddwl y gwna' i roi mewn amdani,' meddai Dafydd.

'Ardderchog, mi fyddai Wrecsam yn llawer iawn nes na Chaerdydd,' cytunodd Meira.

Yna, ychwanegodd, 'Mi rydw i am ddychwelyd i'r ysgol ar ddiwedd fy nghyfnod mamolaeth a chael nani, a honno'n Gymraes, i warchod Wil bach. Ymhen amser, daw swydd i fy siwtio yng ngogledd Cymru. Mi fydd eisiau i Wil bach gael addysg Gymraeg.'

'Rhaid i ni gynllunio'n fanwl. Os ydan ni'n tri gyda'n gilydd, mi fyddwn ni'n iawn,' meddai Dafydd, gan lywio'r car yn ofalus i mewn i ddreif Meira.

Pennod 16

'Mae gen i rywbeth i'w ddweud fydd yn rhoi braw a syndod i bob un ohonoch,' meddai Jo un nos Sadwrn pan oedd Lisa Annie tua mis oed.

Roedd y teulu i gyd yn eistedd o amgylch y bwrdd yn y gegin yn mwynhau eu swper o gawl. Edrychodd Ann i fyny yn bryderus.

'Tyrd, dwed nawr be sy' ar dy feddwl di,' oedd ei hymateb, gan ofni fod rhyw ddrwg yn y caws.

'Tua mis yn ôl mi ddois i ar draws llythyr o gydymdeimlad i chi, Mam, oddi wrth Dewyrth Dei o'r America. Edrych roeddwn i yn y cwpwrdd cornel acw am bapur sgwennu, i mi gael anfon gair at fy ffrind, Gron Jones, sy'n byw yng Nghroesoswallt. Dach chi'n cofio ei deulu ers talwm yn byw yn y bwthyn bach yna yn ymyl Glyndu?'

'Doedd gen ti ddim hawl i ddarllen fy llythyrau i,' torrodd Ann ar ei draws.

'Roedd gen i bob hawl, oherwydd y cyfeiriad ar yr amlen oedd 'Mrs Ann Elis a'r Teulu', atebodd Jo a'i wrychyn wedi codi.

Aeth yn ei flaen, 'Dwi wedi bod yn anhapus iawn ers i Nhad gael ei ladd. Yna chi, Mam, yn colli'r babi ac yn priodi Dewyrth Ned. Yn ogystal â hyn, rydw i'n anhapus iawn efo ymateb pobl y pentre yma i'r ffaith fod Lerpwl am foddi ein dyffryn hardd. Does neb efo digon o asgwrn cefn i godi stŵr.'

Wrth ddweud hyn, edrychodd trwy gil ei lygaid ar Ned a oedd yn syllu arno'n syn heb symud amrant.

'Dach chi'n gweld, Mam, dwi'n methu deall pam dach chi wedi priodi Dewyrth. Mae hi'n sefyllfa na fedra' i mo'i derbyn, a hynny mor fuan wedi i Nhad fynd.'

Trodd at Ned, gan edrych i fyw ei lygaid, 'Peidiwch â'm camddeall i, Dewyrth, dwi'n meddwl y byd ohonoch fel ewythr ac fel ffrind. Pan ddaru chi briodi Mam fe ddigwyddodd rhywbeth i mi. Roeddwn ni'n teimlo eich bod wedi amharchu Nhad.'

Eglurodd wedyn, 'Mi wnes i sgwennu cyfeiriad Dewyrth Dei i lawr a phenderfynu anfon ato i holi os oedd yna waith i bobl fel fi yn y Merica, a gofynnais iddo sgwennu'n ôl i gyfeiriad Gron. Fe gefais ateb ddechrau'r wythnos yma yn dweud bod yna ddigon o waith i bobl ifanc yn ardal dinas Minneapolis yng ngogledd America. Dyna lle mae Dei a'i deulu'n byw. Mae ei wraig, Siân, yn dweud bod digon o le i mi aros yn eu cartref nhw sy'n glamp o dŷ. Maen nhw'n dweud y byddai croeso mawr yn fy nisgwyl i. Felly, dwi am ei mentro hi, a mynd draw yno mor fuan ag sy' bosib.'

Doedd neb yn gallu dweud gair. Edrychai Ann fel pe bai wedi gweld drychiolaeth, ei cheg fel bricsen o sych, ac nid oedd yn gallu symud o'i chadair. Roedd gweddill y teulu wedi stiffio gan fraw a syndod, ac roedd Ned yn welw a'i wefusau main yn llinyn tyn. Methai'n lân ag yngan gair.

'Wel, deudwch rywbeth. Nid y fi ydi'r cyntaf o'r teulu i fentro i'r Merica fawr. Fe aeth Dewyrth Dei yno ddeugain mlynedd yn ôl, a dwi'n siŵr nad y fi fydd yr olaf, chwaith,' oedd ymateb Jo i'r distawrwydd llethol.

Yr unig sŵn i darfu ar y tawelwch oedd ochneidio a

chrïo Ann, Jini a Meri. Pwysodd Ann ei phen ar ei dwy fraich ar fwrdd y gegin. Aeth y dagrau tawel yn wylo uchel. Cododd y gweddill o'r teulu oddi wrth y bwrdd, a dringo'r grisiau yn araf bach. Yr unig rai oedd ar ôl o amgylch bwrdd y gegin oedd Jo, Ann a Ned.

Syllodd Ned a Jo ar ei gilydd, ac o'r diwedd meddai Ned, 'Drycha be wyt ti wedi'i wneud i dy Fam. Ddaw hi byth dros hyn. Ti ydi ei mab hynaf hi. Roeddwn i'n arfer meddwl dy fod ti'n hen gog clên. Os ei di i'r Merica hwyrach na welwch chi byth mo'ch gilydd eto. Fyddai waeth iti fod wedi marw ddim.'

Gwylltiodd Jo, a chan sefyll uwchben Ned yn fygythiol, meddai, 'Dewyrth, chi sy' wedi gwneud hyn i Mam. Ei charu hi ar y slei heb iddi hi na Nhad wybod. Dach chi wedi gwneud hyn i'ch brawd eich hun! Chi sy' wedi cynhyrfu'r dyfroedd!'

Ac wedi dweud hynny aeth tua'r grisiau. Yna trodd, a chyda phenderfyniad yn ei lais, dywedodd, 'Dydi ots yn y byd be fydd neb yn ei ddweud. Dwi'n mynd i'r Merica o'r hen le yma, a hynny am byth!

Roedd Ann wedi'i chlwyfo'n arw iawn. Methodd gysgu winc y noson honno, dim ond crio ac ochneidio.

'Wna i byth ei weld o eto, mae hynny'n ddigon siŵr. Beth pe bae yna storm ar y môr a'r llong yn suddo a fynte'n boddi? Dyma ddiwedd popeth. Twm yn cael ei ladd, Elis bach yn marw, a rŵan Jo yn mynd gannoedd ar filoedd o filltiroedd i ffwrdd a'r bobl Lerpwl yna'n mynd i foddi'r dyffryn yma!'

Doedd dim cysuro arni.

*

Aeth y gair am yr epidemig drwy'r pentref fel tân gwyllt. Roedd yna blant yn marw gan beri ofn a dychryn ar bawb. Aeth pethau cynddrwg nes i Gorfforaeth Lerpwl adeiladu cwt yn rhyw fath o ysbyty pren ymhen draw'r dyffryn, er mwyn gwahanu'r cleifion oddi wrth eu teuluoedd.

'We must isolate these children. They must be taken from their families as soon as possible, that is, as soon as they develop the symptoms of diphtheria,' awgrymodd y meddyg a oedd wedi teithio o Lerpwl i roi cyngor i'r rhai a oedd yn byw yn yr ardal.

Doedd Ann fawr callach am yr hyn a elwid yn diphtheria. Doedd hi erioed wedi clywed amdano. Yn ystod y gaeaf, cafodd hi'r annwyd mwyaf annifyr, fel sawl un arall yn y cwm, ac fe drodd hwnnw'n froncitis. Yr oerfel a'r lleithder ym mhen ucha'r cwm oedd yn cael y bai am yr annwyd a hefyd am y ffaith fod cymaint o drigolion Llanwddyn yn dioddef o'r crydcymalau a stumog ddrwg.

Bu galw mawr am wasanaeth Hen Wraig Eifionydd yn ystod y gaeaf hwnnw, a phan fu raid iddi ymweld ag Ann tua chanol mis Ionawr, ei chyngor oedd am iddi aros yn gynnes gan fod y gwynt o'r dwyrain, a bod gwraig Llechwedd Du wedi marw rhyw fis ynghynt o gasgliad ar ei brest a oedd wedi troi'n niwmonia!

'Fedra i ddim peidio â rhedeg yn ôl ac ymlaen i'r cefn yna,' cwynodd Ned ddechrau mis Chwefror.

'Wel, mi gymrais i ffisig yr Hen Wraig pan ges i'r broncitis y mis diwethaf, a dwi'n falch o ddweud fy mod i'n well. Dos am dro i'w gweld hi'r pnawn ma, a gofyn am botelaid,' awgrymodd Ann.

'Fedra i ddim cyrraedd tŷ'r Hen Wraig fel dwi'n teimlo

rŵan, rhaid i un o'r plant fynd i holi yn fy lle,' atebodd Ned yn llawn hunandosturi.

'Dwn ni ddim be sy ar bawb: dolur rhydd, broncitis, crydcymalau. Mae pawb yn afiach yn y lle yma,' meddai'r Hen Wraig, pan aeth Olwen at ei drws i holi am botelaid i Ned i wella'i anhwylder. Estynnodd yr hen Wraig am botelaid o gymysgedd hyll iawn yr olwg oddi ar silff yn y pantri. Yno roedd hi'n cadw sawl potel o ffisig ac eli yn barod ar gyfer amrywiol anhwylderau'r pentrefwyr.

'Mae yna goesgoch yn hwn. Y peth gorau un ar gyfer stumog ddrwg. Mi fydd o fel newydd ymhen deuddydd,' oedd ei chyngor.

'Be ar wyneb y ddaear ydi hwn? Fedra' i ddim cymryd hwn,' protestiodd Ned.

'Wedi i Olwen fynd yr holl ffordd i'w nôl, mi wna' i'n siŵr dy fod ti'n ei gymryd o. Y botel gyfan!' gorchmynnodd Ann. A'i gymryd o fu raid, gyda Ned yn tynnu wynebau difrifol ac yn holi'n syth am lwmp o daffi triog Ann i dynnu'r blas drwg o'i geg. Y rhyfeddod oedd ei fod, fel y proffwydodd yr Hen Wraig, wedi gwella'n llwyr ymhen deuddydd.

Ond tynged llawer gwaeth oedd yn disgwyl Tomos bach. Daeth adref un prynhawn Sadwrn wedi bod yn chwarae 'hela llwynog' yn y goedwig gyfagos gyda nifer o'i ffrindiau, gan gwyno ei fod yn teimlo'n sâl, yn sâl iawn.

'Be sy' arnat ti?' holodd Ann yn bryderus.

'Dwi wedi blino, ac mae gen i ddolur gwddw a dwi'n methu llyncu'n iawn. Dwi'n rhynnu o oer,' atebodd Tomos gan led orwedd ar y setl.

'Wel, wrth gwrs dy fod ti wedi blino os wyt ti wedi bod

yn chwarae hela yn y coed drwy'r bore. Dydi o'n syndod yn y byd gen i dy fod ti'n oer, chwaith. Mae dy ddillad di'n wlyb am dy fod ti wedi bachu yn y brigau isel yna wrth redeg yn ôl ac ymlaen,' meddai Ann.

'Ond Mam, dwi isio mynd i'r gwely, dwi wedi blino'n ofnadwy.'

'Wel, cymer ddiod gynnes a golcha dy wyneb a dy ddwylo. Gad i mi gael y dillad gwlyb yna,' oedd ateb Ann.

Gwrthod y ddiod gynnes gan ddweud nad oedd o'n gallu llyncu a wnaeth Tomos. Llusgodd ei hun i fyny i'r ystafell wely gan orwedd ar ben y dillad. Roedd hyn yn annhebyg iawn iddo fo, ac aeth Ann i fyny ar ei ôl. Cyffyrddodd yn ei dalcen. Roedd ganddo wres! Ceisiodd ei wneud mor gyfforddus â phosib gan ei helpu i mewn i'w grys nos.

Wedi berwi'r tegell mawr haearn aeth â jar bridd yn llawn o ddŵr cynnes a'i tharo o dan y gynfas i gynhesu ei draed.

'Tria gysgu, 'mach i, mi deimli'n well ar ôl ychydig o gwsg. Wedi cael oerfel rwyt ti yn yr hen goedwig yna,' cysurodd Ann ei mab, gan gau drws yr ystafell yn dawel.

Ond doedd Tomos ddim yn well wedi iddo gael ychydig o gwsg. Roedd o'n teimlo'n waeth. Bu Ann a Ned ar eu traed y rhan fwyaf o'r nos. Crio oedd o am nad oedd o'n gallu llyncu na siarad yn iawn oherwydd y dolur yn ei wddw. Roedd o hefyd yn crynu gan yr iasau oer trwy ei gorff, ac erbyn y bore roedd Ann yn sicr fod ei wyneb wedi chwyddo.

'Clwy'r pennau sy' arno fo. Gwell iti ofyn i'r Hen Wraig ddod draw i gael golwg ar yr hen gog,' awgrymodd Ned.

Aeth Bob draw ar ei union i gael gair efo'r Hen Wraig a gofyn a fyddai hi cystal â dod i olwg Tomos. 'Mae Ned yn meddwl mai clwy'r pennau sy' arno fo, ond dwi'n siŵr eich bod chi yn gwybod mwy am y pethau yma na Ned,' awgrymodd Bob.

'O! mae Ned yn ddoctor rŵan ydi o. Rwyt ti'n iawn, dwi yn gwybod mwy o lawer na fo am y pethau yma,' atebodd yr Hen Wraig gan rwgnach.

Pan gyrhaeddodd y tŷ aeth yn syth i fyny i weld y claf.

'Na, nid clwy'r pennau sy' arno fo, dwi'n meddwl ei fod o'n dioddef o'r diphtheria. Mae plant y fro yma'n dioddef oddi wrtho ac mae rhai mor wael nes bod rhaid iddyn nhw fynd i'r ysbyty pren, yn ddigon pell oddi wrth eu teuluoedd. Y bobl Lerpwl yna sy wedi adeiladu'r ysbyty ac mae yna rai yno, medden nhw, yn edrych ar ôl y cleifion,' meddai'r Hen Wraig yn llawn gwybodaeth.

'Diphtheria! Dwi erioed wedi clywed am y fath beth. Ydach chi'n meddwl mai'r pethau Lerpwl yna sydd wedi dod â fo i'r dyffryn yma?' holodd Ned.

'Pwy a ŵyr,' atebodd yr Hen Wraig yn bwysig. Yna ychwanegodd, 'Mi ro' i ffisig fydd yn cynnwys cwmffri iddo fo. Fe fydd hwnnw yn help i dynnu'r gwres i lawr.'

Aeth ar ei hunion i'w hen fag o groen gafr gan dynnu potelaid o foddion allan a'i roi i Ann.

'Llond llwy bwdin bob tair awr. Mi ddo' i draw fory i gael golwg arno.'

Ac allan â hi, gan adael y teulu yn dal i ryfeddu at yr hyn oedd ganddi i'w ddweud.

'Un glyfar ydi'r Hen Wraig, rhaid i mi ddweud. Mae

hi'n gwybod ei phethau, ydi'n wir,' meddai Ned, gan ysgwyd ei ben yn ddoeth.

Ond gwaethygu a wnaeth cyflwr Tomos bach. Daeth yr Hen Wraig draw i'w weld bob dydd am bedwar diwrnod. Roedd y claf yn rhy wael i lyncu ffisig ac er iddynt geisio cael y gwres i lawr trwy roi gwlanen wlyb ar ei dalcen, doedd dim arwyddion o wella i'w gweld. Ceisiwyd hefyd roi te lafant iddo i helpu'r anadlu, ond dim ond gwlychu ei wefusau a wnaeth Ann oherwydd bod ei wddw wedi chwyddo cymaint. Fel yr aeth yr oriau ymlaen nid oedd Tomos yn gallu siarad oherwydd y chwydd yn ei geg. Gorweddai ar ei wely bach gyda dagrau tawel yn powlio i lawr ei fochau. Ar y pedwerydd diwrnod deallwyd ei fod yn rhy wael i ddeall unrhyw gyfarwyddiadau.

'Da ni wedi gwneud ein gorau, gwell i chi alw'r meddyg o Lanfyllin,' cynghorodd yr Hen Wraig.

Anfonwyd neges frys efo Wil y Cariwr a oedd yn digwydd mynd i Lanfyllin i'r farchnad y diwrnod hwnnw.

'Dwed wrtho fod Tomos yn wael iawn a bod rhaid iddo ddod i'w weld gynted â phosib,' plediodd Ned.

'Dwi ofn i'r meddyg ei anfon i'r ysbyty pren yna. Dwi isio iddo fod yma efo ni,' meddai Ann yn ofidus.

Tua dau o'r gloch y prynhawn gwaethygodd Tomos. Gorweddai yno ar ei wely plu, ei galon yn curo'n gyflym a'i anadl yn fyr. Roedd chwys oer yn rhedeg i lawr ei dalcen. Roedd Ned yn slwmbran cysgu yn y gadair siglo ym mhen draw'r ystafell pan glywodd Ann yn sgrechian dros y lle.

'Mae o wedi mynd! Dydi o ddim yn anadlu rŵan!'
Neidiodd Ned ar ei draed.
'Mynd? Mynd i le?'

Gyda'i phen ar ei braich ac yn gafael yn llaw lipa Tomos, sibrydodd Ann, 'Mae o wedi'n gadael ni. Mae o wedi marw, Ned!'

Ar y gair fe glywyd cnoc ar y drws a cherddodd y meddyg i mewn, gan frasgamu i fyny'r grisiau pren. Wrth iddo gerdded i mewn i'r llofft fach, deallodd yn syth beth oedd wedi digwydd.

'Dach chi'n rhy hwyr, Doctor, mae o wedi mynd,' meddai Ned.

Croesodd y meddyg at Tomos bach. Yn dyner, rhyddhaodd ei law o afael Ann.

'Rhaid imi wneud yn siŵr o hyn,' a theimlodd am bỳls.

Nodiodd ei ben, 'Ydi, yn anffodus mae o wedi colli'r dydd. Mae'r hen afiechyd yma yn mynd fel tân gwyllt drwy bobman. Byddwch chi'n ofalus rŵan. Pawb i garglo efo dŵr cynnes a halen dair gwaith bob dydd, ac os bydd un ohonoch yn dechrau teimlo'n sâl anfonwch yn syth amdanaf i.'

'Mae'r Hen Wraig wedi trio'i wella fo,' meddai Olwen a oedd newydd gerdded i mewn i'r ystafell.

'Hen Wraig yn wir! Hen wrach ydi honno,' oedd ateb y meddyg wrth iddo fynd i lawr y grisiau pren yn araf.

Roedd byd Ann yn deilchion! Pa ddigwyddiad torcalonnus arall a oedd yn mynd i ddigwydd yn ei bywyd? Twm, Elis bach a rŵan Tomos, i gyd wedi marw!

'Mae pawb o fy nheulu i'n marw ar draws ei gilydd. Be wnawn ni Ned?' holodd trwy ei dagrau.

Fel ymgymerwr y pentref, roedd hi bron yn amhosib i Ned weithio arch i'r trydydd aelod o'r teulu, a bu raid iddo ofyn i John Huws, ei gydweithiwr, orffen y gwaith.

Doedd o ddim yn gallu canolbwyntio trwy ei ddagrau. Roedd gweddill y teulu hefyd yn byw mewn gofid dros golli Tomos bach ac yn ofni pwy fyddai'r nesaf i ddal y clefyd.

Dioddefodd Jo nosweithiau o hunllefau erchyll. Roedd marwolaeth ei frawd bach wedi chwarae'n drwm ar ei feddwl. Ac er iddo gael ei demtio i beidio â mynd draw i America oherwydd y sefyllfa gartref, penderfynu mynd draw i Lanfyllin a wnaeth o, i weld yr asiant, er mwyn cael gwybodaeth am longau yn teithio o Lerpwl draw i'r byd newydd.

'Rhaid imi fynd o'r twll lle yma. Mae pobl a phlant yn marw, ac mi fydd y dyffryn yma wedi marw hefyd pan fydd pobl Lerpwl wedi'i foddi,' meddai wrtho'i hun.

*

'Mi ga' i air efo'r person. Dan ni ddim am gael gwasanaeth yn y capel wedi i'r gweinidog a'r blaenoriaid dy drin di fel y gwnaethon nhw, Ann fach. Galw eu hunain yn Gristnogion, wir. Awn ni byth yn agos i'r lle eto,' dwrdiodd Ned yn llawn dicter.

Ni fu erioed y fath 'gligeth'. Llanwyd yr eglwys fach newydd ar y bryn gan deulu a ffrindiau. Doedd neb wedi'u claddu yn yr Hen Lan ers 1880 a bu raid symud y cyrff o'r hen fynwent i'r fynwent newydd oherwydd bod pobl Lerpwl yn credu, o'u gadael yno, y byddai'r dŵr yn cael ei wenwyno. Ned druan, oedd wedi gorfod ymgymryd â'r gwaith o wneud yr eirch newydd ar gyfer gweddillion y rhai a gafodd eu symud. Cafodd sawl hunllef wrth wneud y gwaith hwnnw, ac amharod iawn oedd o i sôn am y profiad erchyll.

Angladd Tomos bach oedd y chweched i'w gynnal yn yr eglwys ers pan ddaeth y diphtheria i'r fro yn 1886. Pob un ohonynt yn blant ifanc. Pan roddwyd ei gorff i orffwys yn yr un bedd â'i Dad a'i frawd bach, ni allai Ann golli deigryn. Roedd y ffynnon wedi sychu. Syllodd yn hir i mewn i'r bedd. Roedd ei llygaid yn fawr, ei cheg yn sych a'i hwyneb tlws yn wyn fel y galchen. Sylwodd sawl un nad oedd hi'n crio, ond ei bod yn syllu a syllu ac yn siglo'n annaturiol yn ôl ac ymlaen gan afael yn dynn ym mraich Ned a chan sibrwd rhywbeth annealladwy.

'Welest ti Ann? Beth oedd arni, dwed?' holodd Bet Nantycoedwr.

'Sioc, siŵr, mae o'n gallu gwneud pethau rhyfedd i feddyliau pobl,' atebodd Sera Jên.

*

Erbyn y flwyddyn 1888 roedd Jo wedi gwneud ei benderfyniad ac wedi casglu'r holl wybodaeth angenrheidiol ar gyfer mudo i'r America.

Un bore Sul, meddai wrth Ned, 'Dwi am fynd i'r Merica a does neb yn mynd fy rhwystro i.'

'Be? Wyt ti wir am fynd ar ôl yr hyn sy' wedi digwydd?' holodd Ned gydag anghrediniaeth yn ei wyneb. 'Rwyt ti'n sobr o hunanol. Meddwl oeddwn i y byddet ti wedi ystyried teimladau dy fam.'

Bu dadlau a ffraeo mawr rhwng y ddau. Roedd hi mor ddrwg ar adegau nes i Ned gychwyn aros yn hwyr yn y gweithdy, a dim ond dod yn ôl am brydau bwyd, yna'n ôl i'r gwaith neu'n syth i'w wely. Roedd Jo yn teimlo ei fod wedi ystyried teimladau ei fam a gweddill y teulu wedi marwolaeth Tomos bach bron i ddwy flynedd ynghynt. Roedd o wedi oedi digon. Roedd hi'n amser mynd a chychwyn ar ei fywyd newydd.

Roedd hi'n fore oer a rhewllyd ym mis Chwefror. Deffrôdd Ann yn sydyn. Eisteddodd i fyny yn y gwely. Yn bendant roedd rhywun yn symud o amgylch y tŷ yn llechwraidd.

'Ned, Ned, deffra mae un o'r plant ar eu traed.'

'Paid â bod yn wirion. Dwi'n clywed dim. Dos yn ôl i gysgu,' meddai hwnnw'n swrth.

Ar y gair, dyma ddrws yr ystafell wely'n agor yn araf. Jo oedd yno, wedi gwisgo ei gôt ucha, cap a myfflar. Roedd o'n cydio mewn hen fag lledr yn ei law chwith.

'Mam, Ned, dwi'n mynd rŵan. Dwi ddim isio ffýs a ffwdan. Dwi ar fy ffordd i Lerpwl. Mi wna' i ysgrifennu pan fydda' i wedi cyrraedd y Merica.'

Cyn i neb ddweud gair, diflannodd gan gau'r drws yn dawel.

'Na, Na, tyrd yn ôl. Paid â mynd. Tyrd yn ôl,' llefodd Ann, gan neidio allan o'r gwely.

'Gad iddo fo. Mae o wedi gwneud ei benderfyniad, Ann fach,' cynghorodd Ned hi, gan ei thynnu'n ôl i'r gwely i'w freichiau lle bu'n crio'n hidl am hydoedd.

Teimlodd Ned elfen o ryddhad fod Jo wedi mynd o'r diwedd. Roedd pethau wedi bod yn ddiflas iawn yn y cartref ers iddo sôn am ymfudo. Ond dyna fo, hen gog hunanol oedd o. Ond yng ngolwg Ann, roedd Jo yn berffaith, wrth gwrs, meddyliodd.

Cafodd Jo reid yn nhrap Eunant i Lanfyllin ac oddi yno daliodd y trên i Gobowen ac o Gobowen i Lerpwl. Roedd yr asiant wedi dweud wrtho y byddai'r cwmni llongau, yr 'Allan Line,' yn gofalu am lety iddo yn ymyl y porthladd. Yno y bu am dridiau yn aros mewn tŷ lojin digon blêr yn disgwyl i'r llong fod yn barod i hwylio. Er hynny, roedd y bwyd yn ddigon blasus a'r lletywraig yn hanu o Sir Fôn ac yn gallu Cymraeg.

Bore oer a niwlog oedd hi pan hwyliodd Jo ar y 'City of Rome' allan o borthladd Lerpwl. Llong haearn yn cael ei gyrru gan ager oedd hi. Roedd yn rhaid iddo rannu caban gyda sawl un arall ym mherfeddion y llong, ac roedd y bync yn edrych yn sobr o anghyfforddus. Eto, roeddynt i gyd yn ddigon hwyliog yn y caban bach: pawb â'i fryd ar fywyd gwell yn America.

Peidiodd Jo ag edrych ar arfordir gogledd Cymru yn diflannu wrth i'r llong deithio trwy Fae Lerpwl i gyfeiriad y môr mawr. Roedd y byd newydd yn galw a bywyd anturus o'i flaen.

Pennod 17

Roedd 1888 yn flwyddyn ansicr a chythryblus, ac erbyn ei diwedd roedd pawb yn Nyffryn Efyrnwy wedi cynhyrfu o ddeall beth oedd o'u blaen. Rhyfeddod i'r pentrefwyr hynny a oedd wedi mentro i ddiwedd y cwm, oedd gweld cymaint o weithwyr o bellafoedd y wlad yno'n brysur yn adeiladu'r argae fawr. Cafwyd gweithlu o beirianwyr, chwarelwyr (er mwyn cael cyflenwad o feini mawr o'r chwarel gyfagos i adeiladu'r argae), seiri maen a seiri coed, yn ogystal â llu o rai yn labro ac yn gwneud y gwaith caled. Deuai'r mwyafrif o Loegr a'r Iwerddon, ac ambell Gymro o siroedd cyfagos, ac ni fu ysgol y pentref erioed mor llawn, gyda dros gant o blant yn bresennol, y rhan fwyaf ohonynt yn siarad yr iaith fain. Roedd popeth yn un gymysgfa fawr yn Nyffryn Efyrnwy, cymysgfa fyddai'n gadael ei chysgod am byth ar y cwm.

Ond roedd rhai o drigolion yr hen Lan wedi cael digon, a chyn diwedd 1888 roeddynt wedi penderfynu gadael y cwm cyn i bethau fynd yn waeth. Aeth rhai teuluoedd i'r Foel a Llangadfan, eraill i Lanrhaedr-ym-Mochnant, a phenderfynodd y gof a'i deulu symud i Benybontfawr.

'Mae'r dyffryn yma'n gwagio. Pawb wedi cael braw ac yn hel eu traed o'ma. Fydd yna fawr iawn ohonom ni ar ôl. Be sy' mynd i ddigwydd, dwed?' holodd Ned yn ddigalon dros ei frecwest un bore.

'Mi wn i un peth, mae'r pethau Lerpwl yna wrth eu boddau,' atebodd Ann.

'Sut hynny?'

'Wel, llai o dai iddyn nhw orfod eu hadeiladu ar gyfer criw bach ohonon ni. Roedd rhai yn dweud bod yna dros bedwar cant yn byw yma ar un adeg. Mae yna dipyn yn llai rŵan. Rwyt ti'n iawn, mae pawb wedi dychryn ac mae ein cymdeithas wedi chwalu. Fydd hi byth yr un fath yma eto.'

Yn ogystal â'r cartrefi dros dro i'r gweithwyr a'u teuluoedd, bu'r ysbyty bach pren yn fendith pan ledodd y diphtheria ymysg plant y fro. Ond roedd y Cymry yn anhapus iawn i ganiatáu i ddieithriaid o Saeson ofalu am eu plant gan nad oedd rhai ohonyn nhw yn deall acen gref Lerpwl.

Er bod afiechyd corfforol yn gyffredin iawn, anhwylder gwahanol, sef y felan, a oedd yn teyrnasu yng nghartref Ned ac Ann yn yr hen Lan. Roedd marwolaeth Tomos bach, y ffaith fod Jo wedi mynd draw i'r America, a'r wybodaeth y byddai'r dyffryn yn cael ei foddi ymhen ychydig fisoedd wedi ysgwyd y teulu bach hyd at ei seiliau.

'Mae yna rybudd yn y siop wedi'i ysgrifennu yn Saesneg bod rhaid i bob un ohonon ni fod allan o'n tai cyn canol mis Tachwedd,' cyhoeddodd Olwen wedi iddi fod yn y siop yn hel neges i'r teulu.

'Be ddeudest ti? Allan o'r tŷ ymhen pump wythnos! Dydi hynny ddim yn bosib. Ble'r awn ni? Dan ni ddim yn sicr fod y tai newydd y mae cymaint o sôn amdanynt yn mynd i fod yn barod,' oedd ymateb anghrediniol Ann.

Ar y gair, daeth Ned i mewn a'i wynt yn ei ddwrn a golwg arbennig o wyllt arno.

'Mae hi'n hollol iawn. Rhaid i ni symud allan o'r tŷ o

fewn rhai wythnosau. Mae yna gyfarfod yn y capel nos Lun, ac yno medden nhw, y cawn ni wybod ymhle y byddwn yn byw yn y pentre newydd.' Yna ychwanegodd, 'Mae hyn yn hollol afresymol ac annynol. Boddi'r dyffryn a boddi'n cartrefi ni. Mae rhai teuluoedd wedi byw yn y dyffryn yma ers canrifoedd. Does dim diwedd ar greulondeb pobl Lerpwl. Bwlis go iawn ydyn nhw. Maen nhw'n dweud y bydden nhw'n cau'r falfiau ar yr 28ain o Dachwedd ac y cymerith flwyddyn gron i'r dŵrgronni.'

Erbyn iddo ddweud ei ddweud a dwrdio'n iawn, roedd Ned allan o wynt ac eisteddodd i lawr yn swp ar y gadair siglo wedi ymlâdd yn llwyr gan siglo'n ôl ac ymlaen. Aeth Ann yn syth i'r spensh. Roedd hi fel y fagddu yn y twll dan grisiau, ac yno y bu hi am beth amser yn chwilio ymysg hen bapurau.

'Be wyt ti'n ei wneud ymhen draw'r spensh yna?' holodd Ned.

'Dyma fo, dyma be dwi'n chwilio amdano. Mi roddodd y person gopi i mi o *Faner ac Amserau Cymru* beth amser yn ôl. Deud fod yna rywbeth am Lanwddyn ynddo ac y byddet ti'n hoffi ei ddarllen. Mi anghofiais ei roi i ti. Ac wrth gwrs, dwi ddim yn ei ddeall o.'

Doedd Ann byth yn darllen, felly rhoddodd y papur i Olwen.

'Mae gen ti well crap ar y geiriau na fi.'

Darllenodd Olwen yr erthygl oedd ar dudalen un ar ddeg *Baner ac Amserau Cymru*, rhifyn o ddechrau Chwefror 1888, o dan y teitl 'Pryder y bobl'.

'Fe gostia'r dwfr yma gryn lawer mewn arian i Gorfforaeth Liverpool, ond nid oes ond Un a ŵyr faint o bryder a thristwch y mae wedi'i achosi i ddynion ...' darllenodd Olwen.

'Digon reit hefyd,' meddai Ned gan ysgwyd ei ben.

Syllodd Ann am hydoedd drwy'r ffenestr ac meddai, a'r dagrau yn llifo, 'Doedd gennym ni'r un syniad beth fyddai'r gwaith yma yn ei gostio i ni, bentrefwyr Llanwddyn.'

*

Daeth nifer fawr o drigolion Llanwddyn i'r cyfarfod yn y capel y nos Lun ddilynol. Roedd pawb wedi cynhyrfu'n lân ac yn condemnio Corfforaeth Lerpwl am ddiffyg sensitifrwydd yn rhoi dim ond ychydig wythnosau o rybudd iddynt cyn y byddai'n ofynnol i bawb fudo o'r hen Lan.

Distawodd pawb pan ddaeth dau ddyn yn gwisgo hetiau bowler i mewn i'r capel drwy ddrws ochr y festri a brasgamu i'r set fawr.

'Quiet please, we believe you all understand English,' meddai'r un mwyaf pwysig yr olwg.

'Be wyt ti'n drio ei ddweud, y diawl?' gwaeddodd un o'r bechgyn ifanc a oedd yn sefyll ym mhen ucha'r capel. Chwarddodd pawb yn uchel gydag un neu ddau yn gweiddi:

'Tynna dy fowler, rwyt ti mewn addoldy.'

Yna, safodd yr ail ŵr ar ei draed a chan ddyrnu'r astell meddai'n chwyrn, 'Silence. You must concentrate. We will give you some information as to where you will reside,' cyhoeddodd hwnnw'n dorrog.

'Be mae'r cythraul yna'n drio'i ddweud Ned?' holodd gŵr Nantycoedwr.

Cyn i Ned ei ateb dyma hisian bygythiol i'w glywed ymysg y dorf.

'Go back to Liverpool where you belong. We don't want you here,' gwaeddodd gwraig ifanc a oedd yn eistedd yn y sêt flaen ac yn edrych yn hynod o fygythiol gyda'i gwallt cyrliog coch blêr yn gwneud iddi edrych fel pe bai wedi'i thynnu drwy'r gwrych.

'Hear! Hear! Go home and leave us alone,' oedd ymateb un arall.

'Well, well, I'm astonished at your attitude. If you don't listen the valley will be flooded. We have Parliament on our side. You will all then be homeless,' oedd ateb gwas hunanbwysig Corfforaeth Lerpwl.

Distawodd pawb, er eu bod yn dal i edrych yn fygythiol ar y ddau swyddog. Eto, roeddynt yn deall yn iawn ei bod yn bwysig fod pob un ohonynt yn gwrando'n astud i wybod i ble roeddynt am gael eu hailgartrefu neu mi fyddent ar y clwt. Mynegwyd anfodlonrwydd mawr pan gawsant ddeall fod rhaid dechrau pacio a hel eu dodrefn a'u dillad a symud i'r pentref newydd ymhen ychydig wythnosau. Er yr anfodlonrwydd, doedd neb yn gwybod at bwy i droi am arweiniad.

'Wel, hogie, mae'n rhy hwyr arnon ni. Mae gen i ofn fod rhaid i ni ildio i'r drefn a cheisio codi pac neu mi fyddwn yn sicr o foddi yn y dyffryn yma,' meddai Ned o dan deimlad.

Wrth iddo roi ei law ar glicied y drws y noson honno, trwm iawn oedd ei galon a chalon pawb arall o'r pentrefwyr a oedd yn bresennol yn y cyfarfod tyngedfennol hwnnw yn y capel.

'Ned, lle fyddwn ni'n byw?' holodd Ann a'r plant.

'Dwn ni ddim wir. Dwi'n ei ffeindio hi'n anodd i sôn am yr hyn sy'n digwydd. Dwi'n mynd i'r gwely. Wna' i drafod y peth fory hwyrach. Mae pethau'n edrych yn well yn y bore. Mae hi ar ben arnon ni,' oedd ei ateb.

Aeth i'w wely, ond wrth orwedd yno gydag Ann wrth ei ochr, roedd cwsg ymhell iawn oddi wrth y ddau.

*

Erbyn yr ail ddydd Sadwrn ym mis Tachwedd 1888 roedd y rhan fwyaf o'r pentrefwyr wedi llwytho eu troliau'n uchel gyda dodrefn, gwelyau, dillad a bwyd. Roeddent wedi penderfynu gadael yr hen Lan gyda'i gilydd oherwydd bod llawer wedi symud o'r pentref i ardaloedd cyfagos rai misoedd ynghynt. Deuddeg teulu trist a phenisel. Clodd Ned y drws wedi i Ann a gweddill y teulu gerdded dros y trothwy am y tro olaf. Roedd dagrau yn llygaid pawb a distawrwydd llethol i'w glywed a'i deimlo fel cwmwl isel o ddigalondid dros y fro i gyd.

'Mae'n union fel mynd i gligeth,' oedd sylw Jini wrth iddi gydgerdded gyda'i mam.

'Mi awn ni ar ein taith tuag at Glyndu, ein cartref newydd yn y pentref newydd,' meddai Ned.

Cydiodd ym mhen y ferlen ddu yr oedd o wedi'i benthyg, ynghyd a'r drol, i gludo eu holl eiddo i'r Llanwddyn newydd. Ond roedden nhw a'r teuluoedd eraill a oedd yn gadael yr hen Lan y diwrnod hwnnw yn edrych i gyfeiriad dyfodol newydd a ffordd newydd o fyw. Roedd pob un o'r teuluoedd yn deall y byddai'r tai yn rhwymedig wrth waith y penteulu ac y byddai'r dynion yn gweithio o hynny ymlaen i Gorfforaeth Lerpwl. Byddai Ned yn cychwyn ar swydd yn y felin goed yn saer ac ymgymerwr y pentref. Yn eu sefyllfa newydd, swyddogion y *Corporation* oedd y meistri.

Wrth i'r teuluoedd deithio'n araf a phenisel ar hyd y llwybr tuag at eu cartrefi newydd, edrychodd Ann yn ôl ar y naw trol a oedd yn eu dilyn. Y plant yn dechrau sioncio, ac edrych ymlaen at newid byd. Syllodd Ann ar yr hen Lan. Roedd y tai i gyd yn wag a difywyd. Yr ysbryd wedi diflannu ohonynt. Y ffenestri heb lenni ac yn edrych yn debyg i socedi llygaid gwag.

'Paid, paid ag edrych yn ôl. Rwyt ti'n gwybod be ddigwyddodd i wraig Lot pan edrychodd hi'n ôl ar Sodom a Gomora yn llosgi. Mae popeth wedi gorffen rŵan. Rhaid i ni drio edrych ymlaen at y dyfodol a gwneud y gorau o'r gwaethaf,' meddai Ned.

Yna ychwanegodd, gan geisio codi calon Ann, 'un peth sy'n sicr, mi fydd ein cartref yn Glyndu yn fwy, ac oherwydd ei fod yn adeilad newydd fydd o ddim yn llaith.'

Ond doedd dim gwenu na chwerthin i fod ymysg yr oedolion wrth i'r orymdaith drist deithio'r pum milltir o un pen i ddyffryn Efyrnwy i'r llall. Wedi iddynt gyrraedd yr argae fawr gerrig a oedd wedi'i hadeiladu ar draws y dyffryn ac yn edrych fel anghenfil mawr, cawsant fraw, doedd neb wedi disgwyl y byddai'r wal mor enfawr.

'Mae'n hyll, myn coblyn i. Mae hi fel castell. Dwi'n meddwl eu bod nhw'n trio'n cau ni i mewn. Tybed be fyddai Wddyn y cawr yn ei ddweud am hyn?' gwaeddodd Dic Jones gyda dychryn.

'Pwy oedd Wddyn y cawr, Mr Jones?' holodd Meri a oedd wedi bod yn clustfeinio.

'Hen, hen stori sy gan yr hen bobl am y cawr Wddyn oedd yn byw yn y dyffryn. Ar ei ôl o roedd yr hen bentref wedi'i enwi. Fydd y Llanwddyn newydd ddim yr un fath â'r hen un,' ychwanegodd.

Synnu a rhyfeddu a wnaeth sawl un ohonynt o weld yr argae. Dim ond un neu ddau a oedd wedi trafferthu mynd cyn belled i weld y gwaith yn datblygu. Ers rhai blynyddoedd bellach agwedd y pentrefwyr oedd nad oedden nhw ddim eisiau gweld beth oedd yn mynd ymlaen. Doedden nhw ddim eisiau i bobl Lerpwl feddwl fod ganddyn nhw unrhyw ddiddordeb o gwbl yn yr hyn a oedd yn digwydd yn nyffryn Efyrnwy.

'Welais i erioed y fath beth. Doeddwn ni ddim isio mynd draw i'w weld o. Mae Jo wedi gwneud y peth iawn, dengid o 'ma. Mae'r cythreuliaid Saeson nid yn unig wedi'n troi ni allan o'n cartrefi, ond maen nhw wedi hagru a hyllio'r dyffryn hardd yma,' oedd ymateb Wil Lewis.

Yn ôl yr ymateb a gafwyd wrth i'r fintai gyrraedd y wal fawr, roedd hi'n amlwg fod y pentrefwyr wedi bod yn ddigon hapus i fyw eu bywyd syml cefn gwlad yn yr hen Lan, ac o dan y croen roedd sawl un ohonynt yn gynddeiriog ac yn casáu pobl Lerpwl a phob Sais arall o ran hynny.

'Dewch yn eich blaenau, mae gennym ni i gyd waith dadbacio cyn iddi dywyllu,' oedd awgrym Ned.

Wedi iddo ddatgloi drws cefn rhif 6, Glyndu, ac er mwyn ysgafnhau ychydig ar y sefyllfa, cododd Ann yn ei freichiau a'i chario dros y trothwy.

'Tyrd Ann fach, rhaid i ni geisio codi calon a wynebu'r dyfodol yn deulu. Mi gei di weld, fe fydd pethau'n well nag wyt ti'n ei feddwl. Mae un peth yn sicr, fe fydd gen i gyflog rheolaidd yn dod mewn rŵan y bydda' i'n gweithio i'r *Corporation*,' sibrydodd yn ei chlust gan ei rhoi i lawr yn ofalus. 'Maen nhw wedi cynnig y ddwy acer yna, sef cae Holland a'r un agosaf ato, imi i'w trin. Mae yna gwt mochyn yn y cefn a lle yn uwch i fyny i gadw dwy fuwch ac ychydig o ieir. Mi ddaw haul ar fryn eto fe gei di weld.'

'Hwyrach, ond dwi'n synnu atat ti'n derbyn unrhyw beth gan y bobl Lerpwl yna,' atebodd Ann yn dawel.

*

Wythnos wedi i bawb fudo o'r hen Lan deffrowyd y trigolion yn gynnar un bore gan sŵn fel taranu yn dod o gyfeiriad yr hen bentref. Cododd Ned, ac wedi gwisgo amdano'n sydyn, rhedodd allan o'r tŷ. Roedd hi'n dechrau gwawrio, ond o gyfeiriad Bwlch y Groes roedd yr awyr yn goch gan fflamau a chwmwl du o fwg yn dod o'r un cyfeiriad. Aeth criw o'r cymdogion i ben y wal fawr i gael gweld beth oedd yn digwydd.

'Maen nhw'n llosgi'r hen bentref. Roedd un o'r gweithwyr yn deud wrtha i ddoe eu bod wedi cael ordors i ddeinameitio'r tai, yr ysgol, y capel, y siop a'r tafarndai,' oedd eglurhad Benjamin Jones.

'Deinameitio? Pam mae angen deinameitio?' holodd Ned.

'Maen nhw am wneud yn ddigon siŵr fod yr hen Lan yn diflannu oddi ar wyneb y ddaear am byth, y cachgwn.

Dan ni wedi bod yn rhy wan a llwfr i'w gwrthwynebu. Mi oedd Jo yn iawn, mae diffyg asgwrn cefn ar bob un ohonom.'

Daeth llais llanc ifanc yn llawn angerdd o ganol y criw a oedd wedi ymgasglu. Trodd Ned a gwelodd Bob yn sefyll yno a'i wyneb bachgennaidd yn gandryll o weld yr hyn a oedd yn digwydd.

'Na, Bob Elis, dan ni'n teimlo'r un mor gas â ti, ond be allen ni fod wedi'i wneud, o ystyried mai criw bach o gefn gwlad ydan ni, a Lerpwl yn ddinas mor fawr,' meddai Rich Bryndu.

'Mi fyddech wedi gallu gwneud mwy o lawer, a pheidio â rhoi mewn mor barod. Dan ni rŵan o dan eu bawd nhw. Yn gweithio iddyn nhw ac yn cael tai ganddyn nhw. Mae hi ar ben arnon ni rŵan. A be am ein dyfodol ni, y to ifanc?' atebodd Bob, a oedd erbyn hyn yn ei arddegau.

'Mae o'n ddigon reit, ydi'n wir. Mae fel ei frawd, Jo. Gobeithio wnaiff o ddim cymryd yn ei ben a'i heglu hi o'ma,' cytunodd Dei y Crydd.

Ar hyn, clywsant lais awdurdodol un o swyddogion y gwaith.

'We've had orders to level the place in readiness for the valves to be closed next week. You might as well all go home. There's nothing to be gained from you standing here in the cold.'

Trodd Bob gan weiddi ar dop ei lais, 'You are the one who should go home. You and your type have made us leave our homes.'

'Dos i'r tŷ, yr hen gog. Waeth i ni heb â dadlau hefo hwn,' cynghorodd Ned.

Cyn i'r criw ddychwelyd i'w tai, rhedodd Ann yn wyllt i ben y wal. Roedd hi wedi taro hen gôt ar ben ei choban ac roedd ei gwallt yn hongian ar ei hysgwyddau.

'Be ydi'r sŵn yma? Be sy'n digwydd? Ble mae'r tân?'

'Dos i'r tŷ, mae'n well i ti beidio â gweld,' meddai Ned.

Ond chymerodd Ann ddim sylw. Rhedodd heibio i'r cymdogion ac ymlaen at ganol y wal. Edrychodd i gyfeiriad yr hen Lan. Llanwyd ei chalon â diflastod. Roedd yr awyr yn goch gyda fflamau tân, ac roedd arogl mwg yn llenwi'r dyffryn. Plygodd drosodd a chyfogodd surni ar gerrig llwyd yr argae newydd.

Cerddodd yn benisel yn ôl ar hyd y wal tuag at Glyndu, ei thŷ newydd. Roedd Ned erbyn hyn yn disgwyl amdani wrth y drws.

'Be welaist ti ?' holodd.

'Tân uffern,' oedd ei hateb.

*

Ar 28 Tachwedd 1888 caewyd falfiau'r argae er mwyn i'r dŵr o afonydd Conwy a Machnant, sy'n llifo i mewn i afon Efyrnwy, gronni yn y dyffryn i ffurfio llyn anferth. Adeiladwyd ffordd ddeuddeng milltir o hyd o amgylch y llyn. Y bwriad gan y cynllunwyr oedd ffurfio llyn pedair milltir a hanner o hyd a rhyw chwarter milltir o led. Byddai llyn o'r fath yn rhoi i ddinas Lerpwl dros ddeuddeng miliwn o alwyni o ddŵr y dydd. Adeiladwyd Tŵr Rhidyllio heb fod ymhell o'r argae, ac roedd cynllun a ffurf y tŵr yn rhyfeddod i bawb.

Araf iawn fu'r teuluoedd i ymgartrefu yn y pentref

newydd, ond fe aeth misoedd y gaeaf heibio o dipyn i beth ac yn araf bach dechreuodd pethau wella rhyw gymaint. Roedd rhaid i Ann gyfaddef fod ei thŷ newydd yn hwylusach ac yn haws i'w gadw'n lân na'r bwythyn bach yn Fishing Street. Ond doedd hi ddim yn barod i ddweud hynny'n gyhoeddus.

Un o res o chwech o dai oedd rhif 6 Glyndu, pob un â'i barlwr, ystafell fyw, cegin a phantri. Yn y pantri roedd slab o lechen yn ffurfio silff oer i gadw menyn, llefrith a chaws. Ymhen draw'r gegin roedd popty mawr ar gyfer pobi bara. Doedd hyn, wrth gwrs, ddim yn plesio pawb, oherwydd roedd y merched wedi hoffi cyfarfod ar ddiwrnod pobi bara unwaith yr wythnos i sgwrsio a chyfnewid ambell stori am hwn a'r llall. Am nad oedd raid iddynt gyfarfod yn y tŷ popty pentrefol bellach, roedd ambell un yn cwyno nad oeddent byth yn gweld ei gilydd.

Roedd yna dair ystafell i fyny'r grisiau troellog, gydag un ohonynt, y brif ystafell, yn wynebu'r argae fawr. Y tu allan yn y buarth roedd cwt glo, neu gwt i gadw cogiau ar gyfer y tân, a thŷ golchi gyda boiler mawr yn y gornel bellaf er mwyn berwi'r dillad ar fore dydd Llun. Prynwyd mangl newydd hefyd a oedd o fudd mawr i Ann. Gwaith Ned ar nos Sul oedd gosod tân oer o dan y boiler, yna ei danio'r peth cyntaf ar fore Llun.

Yn y buarth roedd cwt mochyn ac ymhen ucha'r ardd gefn cododd Ned gwt ieir, a phrynodd chwech o ieir ym marchnad Llanfyllin.

'Oherwydd bod y *Corporation* am rentu'r ddau gae imi, mi alla' i dyfu rhesi o foron a thatws yng Nghae Holland a throi y llall yn gae gwair,' meddai Ned yn llawn brwdfrydedd. 'Mi fydd rhaid i ti, Bob, fy helpu i gasglu cerrig cyn i ni hau y tatws a'r moron.'

'O diar, oes wir raid imi?' oedd ateb hwnnw.

'Bobl y Bala! Wyt ti am droi'n ffermwr?' holodd Ann a oedd, erbyn 1889, mewn gwell hwyliau'n gyffredinol.

'Na, saer fydda' i am byth, fel y gwyddost. Rhyw ddiddordeb bach ychwanegol fydd y fferm fach yma ac fe fydd yn rhoi llaeth, wyau, cig moch a llysiau i ni fel teulu,' sicrhaodd Ned hi.

O'r diwedd, roedd Ann wedi dechrau cymryd diddordeb yn ei thŷ newydd ac yn meddwl amdano yn gartref y teulu. Fin nos, fe fyddai hi, Olwen, Jini a Meri yn gwnïo llenni ar gyfer y parlwr, y gegin fyw a'r ystafelloedd cysgu. Rhaid hefyd oedd gwneud dau fat rhacs mawr i'w rhoi o flaen y tân yn y parlwr a'r gegin fyw, yn ogystal â matiau llai bob ochr i'r gwelyau yn y stafelloedd cysgu i fyny'r grisiau.

'Dwi'n meddwl y dylen ni gael matiau newydd ar gyfer tŷ newydd. Dwi wedi taflu'r hen rai oherwydd bod hogle llaith arnyn nhw,' meddai Ann yn frwd.

Dysgodd y merched sut i fynd o'i chwmpas hi, a sut i wthio'r stribedi rhacs amryliw i mewn ac allan o'r sachliain er mwyn creu patrwm del.

Roedd yna fusnes mawr y tu mewn a'r tu allan i 6 Glyndu bob dydd a phob min nos. Yr un modd, pan brynwyd yr ieir, y mochyn a'r ddwy fuwch, bu Ned yn cyfarwyddo Bob ynghylch sut i lanhau o dan yr anifeiliaid a sut i odro'r ddwy fuwch.

*

Roedd blwyddyn wedi mynd heibio ers iddynt fudo o'r hen Lan, ac erbyn Tachwedd 1889 roedd Llyn Efyrnwy wedi'i ffurfio.

'Tyrd gyda mi, Ann, iti gael gweld y gronfa ddŵr, fel maen nhw'n ei galw hi,' meddai Ned un prynhawn Sadwrn braf ar ddiwedd Tachwedd.

Disgleiriai'r llyn yng ngolau gwan yr haul, ac o dan draed roedd dail yr hydref yn garped lliwgar, gwlyb. Aethant law yn llaw a sefyll ar y wal, gan edrych i gyfeiriad Bwlch y Groes.

'Mae'n edrych yn naturiol iawn. Yn union fel pe bai wedi bod yno erioed,' sylwodd Ann.

'Ydi'n wir, a does dim sôn am yr hen Lan. Mae o dan tua deg a thrigain o droedfeddi erbyn hyn,' atebodd Ned.

Trodd Ann gan edrych i fyw llygaid Ned ac meddai, 'Mae gen i newyddion i ti, dwi'n disgwyl babi eto.'

Daeth gwên o ryddhad a llawenydd dros wyneb Ned. Cofleidiodd ei wraig gan ei chusanu'n dyner a hir ar ei gwefus.

'Tŷ newydd, bywyd ifanc newydd, a ffordd newydd o fyw. Rhaid i ni edrych i'r dyfodol yn ffyddiog rŵan. Ond mi ddylem wneud yn sicr fod ein babi bach newydd yn clywed am hanes yr hen Lan,' meddai Ned gan ryddhau Ann a tharo'i fraich yn amddiffynol dros ei hysgwydd.

Cytunodd Ann, gan nodio'i phen a dweud, 'Ydi, mae'r hen Lan yn ddwfn ym mêr ein hesgyrn ni. Mae'r hen ffordd o fyw wedi mynd ond rhaid i ni drysori'r atgofion.'

'Mi rydw i'n fwy ffyddiog rŵan, ond rhaid i ni beidio ag anghofio mai cael ein twyllo a'n bradychu fu'n hanes fel pentrefwyr. Wna' i byth anghofio hynny ac mae'n ddyletswydd arnon ni i adrodd yr hanes hefyd,' atebodd Ned.

Cerddodd y ddau fraich yn fraich yn ôl i'w cartref newydd heb sgwrsio mwy. Roedd y tawelwch yn hyfryd. Braf iawn oedd cael agor y drws a gweld tanllwyth o dân yn y grât, ac Olwen yn gofyn, 'Dach chi eich dau eisiau paned?'

Pennod 18

Roedd deunaw mis wedi mynd heibio ers i Wil gael y ddamwain. Gorweddai Meira'n ddioglyd yn y gwely mawr yng ngwesty'r 'Lake Vyrnwy'. Clywodd sŵn y gawod yn hisian yn yr *en-suite* lle'r oedd Dafydd yn paratoi am y diwrnod. Dal i gysgu yr oedd Wil bach yn y cot symudol wrth draed y gwely.

'Rhaid i mi godi er mwyn paratoi ar gyfer fy niwrnod mawr,' meddyliodd Meira, ond anodd iawn oedd symud o foethusrwydd y gwely cynnes.

'Mae yna gymaint o bethau'n mynd rownd a rownd yn fy meddwl,' meddai wrthi ei hun.

Torrwyd ar ei synfyfyrion pan agorodd drws yr ystafell ymolchi fach, ac allan â Dafydd gyda thywel mawr gwyn wedi'i lapio'n dynn am ei ganol.

'Tyrd, y diogyn, dan ni'n priodi heddiw. Wyt ti wedi anghofio hynny?' gofynnodd yn bryfoclyd, gan esgus ei thaflu allan o'r gwely.

Deffrôdd eu chwerthin afreolus y bychan a oedd erbyn hyn yn gallu ei dynnu ei hun yn sigledig i fyny yn y cot. Roedd yr olwg ar ei wyneb bach yn awgrymu nad oedd o'n sicr ai chwerthin ynteu crio ddylai ei ymateb fod.

'Drycha, dan ni wedi'i ddeffro fo rŵan. Paid â fy ngoglais i,' plediodd Meira gan rowlio chwerthin.

Tynnodd Dafydd hi i fyny o'r gwely gan afael yn ei dwy law ac edrych yn ddwfn i'w llygaid.

'Hwn fydd diwrnod hapusaf fy mywyd. Dy gael di yn wraig i mi. Dwi'n gwybod ein bod wedi byw fel pâr priod ers rhai misoedd bellach, ond mi fydd hi'n braf cael y tamaid papur i gadarnhau hynny.'

'Dwi'n hapus hefyd, cariad. Dwi'n gwybod ein bod yn caru'n gilydd, a dan ni'n caru Wil bach hefyd. Dan ni'n deulu rŵan,' atebodd Meira gan gofleidio Dafydd a'i ddal yn agos ati. Roedd yn deimlad arbennig, cofleidio corff cynnes dyn a oedd newydd ddod allan o'r gawod.

*

Priodas anghonfensiynol oedd hi yn eglwys fach Llanwddyn yng ngolwg y Llyn. Roedd hi'n ddiwrnod hyfryd o braf a Llanwddyn yn edrych ar ei orau yn yr heulwen.

Dim ond pedwar, heblaw Wil bach, y person a'r cofrestrydd, a oedd yn bresennol: Ieuan, ffrind Dafydd, a Margied, chwaer Meira oedd y ddau dyst. Nhw hefyd a oedd yn gofalu am Wil. Am chwarter i ddau aethant draw i'r eglwys i ddisgwyl am Dafydd a Meira, ac am ddau o'r gloch ar ei ben cyrhaeddodd y ddau law yn llaw.

Doedd dim gwahaniaeth beth oedd Meira yn ei wisgo, roedd hi bob amser yn edrych yn drawiadol, ond ar y diwrnod hwnnw edrychai'n arbennig o hardd. Ei dewis oedd ffrog silc o liw ceirios, esgidiau sgleiniog du, bag llaw fach du i gyd-fynd â'r esgidiau gyda rhosyn lliw hufen wedi'i rwymo ar y bag. Gwisgai glustdlysau o aur Clogau a chadwyn aur ac am ei gwddw. Anrhegion Nadolig yr oedd hi wedi'u derbyn gan Dafydd y flwyddyn gynt oedd y tlysau, ac ar ddiwrnod ei phriodas roedd yn briodol iawn ei bod yn eu gwisgo.

Penderfynodd Dafydd wisgo siwt dywyll, crys gwyn a thei lliw ceirios i gyd-fynd â gwisg Meira. Roedd hefyd yn gwisgo rhosyn lliw hufen yn nhwll botwm ei siaced.

Cafwyd gwasanaeth syml. Darlleniad o'r Beibl, yna, yr addunedau priodasol. Gweddi fer gan y person, llofnodi'r dystysgrif, ac yna mentro allan i'r haul cynnes.

Heb yn wybod i Meira na Dafydd, roedd Ieuan, gyda help Margied, wedi cysylltu gyda thua tri deg o ffrindiau a pherthnasau agos i'r ddau. Trefniant Meira a Dafydd oedd eu bod yn dychwelyd i'r gwesty i gael glasied o siampaen ac yna bryd bach tawel i'r pedwar ohonynt fin nos, gyda digon o win coch, wrth gwrs.

Fel yr oeddynt yn dod allan o'r eglwys trodd Dafydd at Meira gan ei chofleidio a'i chusanu'n frwd.

'Hyfryd iawn a rhamantus,' meddai llais o gyfeiriad y llwyn bythol wyrdd gyferbyn â phrif fynedfa'r eglwys.

Neidiodd Dafydd, a chan droi gwelodd Dic, un o'i ffrindiau ysgol, yn ymddangos o'i guddfan. Yn ei law roedd camera i gofnodi'r achlysur. Tynnwyd sawl llun o'r ddau a lluniau o Ieuan, Margied a Wil hefyd, cyn iddynt fynd ymlaen i'r gwesty.

'Dwi'n dechrau amau pethau. Pam wyt ti yma? Sut gest ti wybod?' holodd Dafydd wrth iddynt ymlwybro tua'r gwesty.

'Mae Ieuan yn gwybod fy mod i'n hoffi tynnu lluniau, ac allwn ni ddim gadael i'r achlysur fynd heibio heb gofnod,' atebodd Dic, gan roi winc slei ar Ieuan.

Ond roedd mwy i ddod. Wrth iddynt agor y drws a oedd yn arwain i fynedfa'r gwesty cafodd Dafydd a Meira syndod o weld y dderbynfa yn llawn o berthnasau a ffrindiau. Pawb yn disgwyl yn eiddgar am y pâr priod er mwyn cael dymuno'n dda iddynt. Cafodd Wil hefyd ei siâr o gofleidio a mwythau. Y rhyfeddod oedd ei fod mor hapus ynghanol y miri.

Wedi i bawb fwynhau'r siampên ac i Ieuan weiddi am dawelwch iddo gael cyhoeddi, 'I Meira a Dafydd', hebryngwyd y ddau hapus a'r gwahoddedigion i ystafell fwyta'r gwesty lle'r oedd gwledd yn eu disgwyl. Roedd Ieuan a Margied wedi trefnu bwffe hyfryd ar eu cyfer. Cafwyd dewis o win gwyn neu goch, ac i goroni'r cyfan, roedd teisen wedi'i haddurno ag eisin gwyn ar ganol y bwrdd crwn yng nghornel yr ystafell. Margied a oedd wedi'i phobi, a'r unig addurn arni mewn eisin lliw ceirios oedd 'Meira a Dafydd'.

Wrth ochr un o'r byrddau roedd cadair uchel ar gyfer Wil bach. Roedd y bwrdd wedi'i osod ar gyfer pedwar, sef Meira, Dafydd, Ieuan a Margied.

'Fedra' i ddim credu hyn. Sut wnaethoch chi lwyddo i gadw pethau mor dawel? Ond rhaid i mi gyfaddef rydw i wrth fy modd yn cael cyfarfod â'r hen gang. Dwi ddim yn gwybod sut i ddiolch i chi eich dau,' meddai Meira, gan gofleidio Margied a Ieuan yn eu tro.

'Steady on, cool head, rwyt ti'n briod rŵan,' oedd ymateb Ieuan wrth iddi blannu cusan o ddiolchgarwch ar ei foch.

'Ie wir, da ni'n hynod ddiolchgar. Mae hyn i gyd wedi gwneud y diwrnod yn gofiadwy iawn i ni'n dau. Fy nhro i ydi cusanu Margied rŵan,' meddai Dafydd, gan godi i gofleidio ei chwaer yng nghyfraith newydd.

'Cofia, dim ond un fach ar fy moch,' atebodd Margied gan wenu.

*

Teimlad rhyfedd iawn oedd mynd â Wil am y tro cyntaf i ofal gwarchodwraig. Diwrnod cyntaf tymor yr hydref oedd hi, a Meira a Dafydd wedi bod yn briod am rai misoedd bellach. Cafodd Dafydd lwyddiant yn ei gais am swydd ym Mhrifysgol Glyndŵr, Wrecsam. Er nad oedd y tymor yno'n cychwyn yr un wythnos â thymor Meira, penderfynwyd mynd â Wil at Mrs Cameron a oedd am ei warchod y diwrnod roedd Meira'n ail gychwyn yn yr ysgol.

'Rhaid i mi fod yn sicr fod yr un sy'n gofalu am Wil yn ticio'r bocsys i gyd. Mi fydd raid i mi ymweld â sawl un yn yr ardal yma cyn i mi wneud fy mhenderfyniad. Y drwg ydi, yma yn Lerpwl, mi fydd yn amhosib cael neb sy'n siarad Cymraeg, mae'n bur debyg,' meddai Meira â golwg drwblus ar ei hwyneb.

Treuliwyd y rhan fwyaf o fisoedd yr haf yn ymweld â gwarchodwyr a oedd â'u henwau ar restr y Gwasanaethau Cymdeithasol. Ond roedd Meira yn anodd ei phlesio. Y tai'n rhy fach, dim digon o ofod i'r plant bach chwarae. Y teganau yn edrych fel pe baent angen eu golchi. Dim rhaglen ddatblygedig a fyddai'n rhoi profiadau amrywiol a gwahanol ar gyfer rhai bach.

Eisteddodd Meira i fyny yn y gwely un bore Sadwrn tua thair wythnos cyn i'r tymor gychwyn a dechreuodd grio.

'Fedra i mo'i adael o. Dwi ddim wedi gweld un lle fyddai'n fy mhlesio. Be dwi'n mynd i wneud?'

O'i gweld wedi cynhyrfu, rhoddodd Dafydd ei fraich amdani ac awgrymu Mrs Cameron a oedd yn byw yn y stryd nesaf. Roedd ganddi glamp o dŷ a chlamp o ardd.

'Mi welais Mrs Clark yn mynd â'i wyres hi yno ddoe tra o'n i ar fy ffordd i'r gwaith, ' meddai Dafydd, 'ro'n i'n mynd i sôn am y peth neithiwr ond anghofiais yn llwyr.'

'Pam yn y byd mawr wnes i ddim meddwl amdani? Mae'n rhaid nad oeddwn wedi gweld ei henw hi ar y rhestr,' atebodd Meira wedi sirioli drwyddi. Cytunwyd, wedi rhoi galwad ffôn i Mrs Cameron, y byddai Meira, Dafydd a Wil yn ymweld â hi'r prynhawn hwnnw.

'Dwi'n amau'n fawr, er bod ganddi gyfenw Albanaidd, ei bod yn Gymraes. Mae ganddi acen Gogledd Cymru,' oedd ymateb Meira wedi iddi roi'r ffôn i lawr.

Doedd dim dwywaith amdani, roedd Mrs Cameron ei hun, ei thŷ a'i gardd, yn berffaith. Cymraes o ochrau Pen Llŷn oedd hi, wedi priodi Albanwr, ac yn byw yn Lerpwl ers rhai blynyddoedd. Roedd ganddi'r cymwysterau priodol oedd yn ei galluogi i warchod plant bach, a dangosodd i Meira y rhaglen ddyddiol yr oedd hi yn ei dilyn hyd yn oed gyda phlentyn mor ifanc â Wil. Yn fwy na dim, cymerodd Wil ati. Anti Lis oedd hi'n mynnu cael ei galw.

'Dim ond tri dwi'n gallu eu gwarchod ar y tro, dach chi'n lwcus, mae un yn fy ngadael i'r haf yma. Mae o ddigon hen i fynd i feithrinfa'r ysgol. Dwi'n addo siarad Cymraeg efo Wil. Hwyrach y gwnaiff y ddau arall ddysgu ychydig o'r iaith hefyd,' meddai gan chwerthin.

Er mwyn arfer cafodd Wil gyfle i ymweld am ryw

hanner awr ar y tro, gyda Meira yn aros gyda fo, cyn i'r tymor ddechrau. Roedd digon o hwyl i'w gael efo Anti Lis.

Fodd bynnag, fel pob mam, teimlad o bryder ac euogrwydd a oedd gan Meira ar ddiwrnod cyntaf tymor yr hydref. Beth fyddai Wil, ei dad, wedi ei ddweud amdani? Gadael y cyntafanedig efo dynes ddiarth, meddyliodd.

Amser cinio yn yr ysgol cerddodd Catrin, i mewn i swyddfa Meira. Dyna lle roedd y Pennaeth, gyda ffôn yn ei llaw a dagrau yn llifo i lawr ei hwyneb.

'Be wna i? Dwi isio ffonio i weld a ydi o'n iawn.'

'Paid â bod yn wirion. Wrth gwrs ei fod o'n iawn neu mi fyddai Mrs Cameron wedi dy ffonio di. Rwyt ti'n waeth na rhai o'r mamau ffyslyd sy yn yr ysgol yma. Tyrd yn dy flaen, paned a brechdanau ac fe fyddi'n well,' chwarddodd Catrin.

Setlodd Dafydd yn ei swydd newydd yn Wrecsam. Eto, o bryd i'w gilydd, roedd yn ofynnol iddo ddarlithio'n hwyr a cholli amser gwely Wil. Roedd yn gas gan Dafydd y nosweithiau hynny, oherwydd roedd wrth ei fodd yn cael cyfnod yn chwarae efo Wil bach. Cyn belled ag yr oedd Meira yn y cwestiwn, aeth y tymor heibio'n gyflym gyda'i holl helbulon, gwasanaeth Diolchgarwch a chyngerdd a phartïon Nadolig i'r disgyblion. Teimlai nad oedd hi erioed wedi bod yn absennol o'i swydd.

Fe gafodd y teulu bach, fodd bynnag, Nadolig i'w gofio. Coeden Nadolig fawr yn yr ystafell fyw, ond roedd gan Wil fwy o ddiddordeb yn yr addurniadau, y goleuadau ar y goeden a'r anrhegion mewn papur lliwgar na dim arall.

Gweiddi crio mewn braw a wnaeth o pan aeth Meira a

Dafydd ag o i weld Siôn Corn yn un o siopau mawr Lerpwl wythnos cyn y Nadolig.

'So what would you like to have this Christmas little man?' gofynnodd y Siôn Corn Saesneg yn garedig. Doedd Wil ddim yn hoffi ei olwg nac yn deall ei iaith, felly dyma weiddi a sgrechian mewn braw dros y lle nes bod Meira yn gwrido ac yn hollol ffwndrus.

Buan y daeth Nos Galan, a Dafydd a Meira'n eistedd yn dawel yn gwylio'r teledu ac yn disgwyl am y flwyddyn newydd, 2005.

'Ers talwm, roeddwn i bob amser mewn parti gwyllt ar Nos Galan. Wil a fi yn mynd i dŷ ffrindiau ac yn yfed llawer gormod,' meddai Meira.

'Dyna'n union oedd fy hanes i hefyd,' sibrydodd Dafydd, gan afael yn ei llaw ac anwesu ei boch.

'Wyt ti wir yn hapus, Meira?' holodd yn sydyn gan edrych i fyw ei llygaid.

'Ydw, yn hapus iawn. Yn dangnefeddus o hapus. Wyt ti'n hapus Dafydd?'

'Yn hapus dros ben. Does yna ddim geiriau i ddisgrifio sut rydw i'n teimlo, cariad,' oedd ei ateb.

'Fyddet ti'n hoffi clywed newyddion da ar drothwy'r flwyddyn newydd?' holodd Meira gan droi at Dafydd gyda gwên ar ei hwyneb a dagrau'n cronni yn ei llygaid.

'Wel, byddwn debyg iawn. Be ydi'r sypreis? Dwi'n gwybod! Rwyt ti wedi setlo i ni fynd nôl i Lanwddyn am benwythnos cyn bo hir. Dyna'r man mwyaf rhamantus i ni, ynte?'

'Na, nid dyna ydi'r newyddion. Fe gawn ni fynd yno i ddathlu pen-blwydd ein priodas yn y gwanwyn,' oedd ei hateb, gan wneud iddo geisio dyfalu ymhellach beth oedd y newyddion da.

'Mi fyddai hynny'n amgylchiad i edrych ymlaen ato. Llanwddyn sy mor bwysig i ni ein dau ac yn rhan o wreiddiau Wil bach hefyd,' meddai Dafydd.

'Dwi'n dy ddeall di'n iawn, Dafydd, rwyt ti bron â byrstio isio gwybod, on'd wyt ti?'

'Ydw, tyrd yma'r hogan bryfoclyd,' atebodd gyda gwên.

'Dwi bron yn sicr mod i'n disgwyl eto. Dwi wedi cymryd y prawf y bore 'ma. Disgwyl ein babi bach ni, Dafydd. Mae'n rhaid i'r babi yma gael ei eni yng Nghymru. Dwi wedi hen flino ar fyw yn Lerpwl.'

Wrth iddi dorri'r newyddion iddo cofleidiodd a chusanodd Dafydd hi dro ar ôl tro.

'Dyna newyddion ardderchog ar ddechrau blwyddyn newydd. Mi awn ni cyn y gwanwyn i Lanwddyn i ddathlu ac i gynllunio'r dyfodol.'

'Dyna'n union fyddwn ni'n hoffi ei wneud,' cytunodd Meira, a golwg ddedwydd ar ei hwyneb.